罪全书

ZUI QUANSHU

蜘蛛 著
WORKS

3

贵州出版集团
贵州人民出版社

目录

第一卷
逐臭之夫

- 第一章　闻屁识人　.004
- 第二章　微博杀人　.010
- 第三章　奸杀空姐　.017
- 第四章　泥球胖子　.023
- 第五章　恋臀癖者　.029

第二卷
刺猬少女

- 第六章　巫毒娃娃　.043
- 第七章　坟地怪影　.051
- 第八章　屌丝之泪　.059
- 第九章　妈妈的尿　.067
- 第十章　大叔情结　.075

第三卷
楼道血案

  第十一章 **空城旧楼** .087

  第十二章 **流血楼梯** .093

  第十三章 **僵尸孪毛** .100

  第十四章 **空中肠胃** .107

  第十五章 **尘封之门** .114

第四卷
恐怖村庄

  第十六章 **土洞怪尸** .123

  第十七章 **失踪人口** .127

  第十八章 **诡异厕所** .129

  第十九章 **泼妇骂街** .134

  第二十章 **葵花向日** .139

第五卷
畜生怪谈

  第二十一章 **鲜血笑脸** .149

  第二十二章 **警犬梅西** .155

  第二十三章 **贵妇之犬** .161

  第二十四章 **天堂来信** .166

  第二十五章 **惊人怪癖** .173

第六卷
冰封之脸

第二十六章　**割脸报案** .183

第二十七章　**你的眼睛** .188

第二十八章　**恐怖舌头** .195

第二十九章　**鱼鳞之茎** .201

第三十章　**碎尸喂鱼** .208

第七卷
林家凶宅

第三十一章　**人血豆腐** .219

第三十二章　**幽灵汽车** .225

第三十三章　**夜半鬼哭** .232

第三十四章　**骷髅说话** .239

第三十五章　**尸首百年** .246

第八卷
胶皮人蛹

第三十六章　**球状尸体** .257

第三十七章　**夜蛾迷魂** .263

第三十八章　**恶鬼压床** .270

第三十九章　**黑土肥圆** .276

第四十章　**玩具娃娃** .283

第九卷
变态校园

第四十一章　**鬼胎处女**　.293

第四十二章　**校园色狼**　.300

第四十三章　**鲜血被子**　.308

第四十四章　**厕所上吊**　.314

第四十五章　**虚拟世界**　.320

第一卷 （一）
逐臭之夫

给你的鲜花以野草的恶臭。

——莎士比亚

一

在一个下雨的夜里,一个女孩回家时,发现家里的防盗门开着,她感到很害怕,立刻把门反锁,跑回自己房间,惊魂未定的她打开电脑发了一条微博。

柯柯:难道是我忘记锁门了吗?回家时门是开着的,现在会不会有杀人犯已经藏在家里了,还是有什么东西进来了?我没敢检查其他房间,我躲在卧室,不敢出去了啊!

这个叫柯柯的女孩平时喜欢看恐怖小说,她的想象力很丰富,担心床下有具死尸,怀疑衣柜里藏着一个人,或者天花板滴漏下血水。她战战兢兢地坐在电脑前,不敢回头,不敢去厕所,微博上的朋友还在不断地吓唬她。

暗影悲歌:你把你那出门打酱油的老娘锁在门外了。

柯柯:我是单身,自己住!

苏兔子:肯定有什么东西进来了,有可能在你家哪个没开灯的房间里。

柯柯:兔子,我要拔了你的毛,不要吓我好不好。

馒头:哎哟,看看门缝里是不是有影子,窗帘后好像站着一个人,看见那人的鞋子了没?听见什么声音了没?

柯柯:啊,楼上有玻璃珠落地的声音,嗒嗒地响,我要上厕所,救命啊!

那个狐:亲,尿瓶子里吧,或者就地解决,然后拿拖把拖地。

柯柯:……

晚风:坐等明天的新闻。

门窗紧闭,房间里很安静,电子钟滴答滴答的声音令人不安,柯柯坐不住了,

一

想离开房间，但是外面下着雨，她也实在没有勇气走出房间。也许家中某个角落真的躲藏着一个杀人凶手，她想打电话给男友，拿起电话又放下了——男友上个星期刚刚和她分手。

一小时过去了，柯柯没有再回复微博上的网友。

又一小时过去了，微博上的朋友开始真的担心起她，大家七嘴八舌，议论纷纷。

柯柯发布了最后一条微博，还配上了照片。照片上的女孩侧躺在床上，穿着低腰牛仔裤，上身是一件白色紧身背心，她的胸部插着一把螺丝刀，鲜血浸红了床单。女孩的头耷拉到床下，秀发低垂，她还翻着骇人的白眼。

最后一条微博写着：这是我的尸体。

第一章
闻屁识人

燕京市立水桥附近的柏立方小区发生一起入室杀人案。

死者是一名25岁的女孩,名叫鲍柯柯。凶手将其杀害之后将尸体照片发布到她的微博上,引发轰动,微博尸照被网友转发数万次。这起案件因网络传播而被公众广泛关注,影响极大,辖区公安分局向特案组简单汇报了案情,请求协助。

梁教授在电话中对分局长说:你们刑侦支队有警界精英218人,其中不乏国内侦查破案的高手,"燕京十大优秀刑警"有三名就在你们局,为何还要我们特案组帮忙呢?

分局长说:我们的压力非常大,案发当晚,几百人拨打过我们的报警电话,都是全国各地的网友,到今天为止,我们分局的电话被打爆了,现在,分局门前还蹲守着几十家新闻媒体的记者……

画龙按下电话的免提键,说道:那你们就把这个烫手山芋扔给我们?

分局长:这起案件性质恶劣,影响极大,全国的网友都盯着我们呢,要是破不了案,咱们警察的脸往哪儿搁?那可就丢人丢大发了,你见过哪起案子,有全国各地成百上千的人同时报案?

画龙说道:我看就是一起普通的入室杀人案,顶多再加上抢劫的性质。

包斩说:那女孩死前应该被强奸过。

分局长拍马屁说:还是你们特案组牛,只看了一眼凶杀现场的照片就知道死者被强奸过。

苏眉看着死者的照片说:这么漂亮的女孩,不被强奸才怪呢。

画龙说:对不起,我们特案组只接变态重口味的特大凶杀案。

分局长急了,说出一个保密性质的案情细节:凶手咬掉了那女孩的半个屁股!

梁教授眼睛一亮,说道:恋臀癖!

在世界各地的变态案例中,不少凶手都有恋臀的变态嗜好。

香港有个凶犯,在公共场所,用硫酸泼美女的屁股,他所选择的受害人有一个共同点:都穿着紧身裤子,臀部丰满。

美国弗吉尼亚州曾接连发生女性遭割臀事件,一名狂徒手持刀具流连于商场,专向妙龄女郎下手,用美工刀或剃须刀割伤她们的翘臀,即使穿牛仔裤也被割破。受害者都是到商店购物的年轻少女。割臀狂徒犯案时会先分散受害者注意力,再用美工刀或剃须刀横向割破受害者的臀部。该事件闹得人心惶惶,少女们上街购物也不得不小心翼翼,四处张望,担心自己成为下一个目标。

公安部派了一名司机送特案组前往分局,车辆从长安街驶向安定门大街,再经过安慧桥,即可到达立水桥。正值下班高峰期,车辆拥堵,苏眉百无聊赖，打开电脑搜索恋臀癖的相关信息，然而大部分网络信息被屏蔽掉了。

到达立水桥后，特案组再次勘察了凶杀现场，分局长在现场作了详细的案情汇报。

在公安的专业分类中，杀人、绑架、强奸、劫持、纵火、爆炸案合称六类案件，占刑事案件总量的不到1%；抢劫、抢夺、盗窃，合称"两抢一盗"，占刑事案件总量的近九成。入室杀人案在凶杀案中占据很大的比重。

家，本是温暖的小窝，遮风挡雨的港口，然而也是大量凶杀案件的现场。

经过警方初步调查，柯柯人际关系简单，曾担任某外资化妆品公司区域代理，是一位职场女强人，因感情问题辞职，在柏立方小区附近的一家外国语幼儿园当教师，上班不到一个星期即遇害。然而柯柯的前男友向警方证实，柯柯不是因为感情问题丢失工作，而是受到上司骚扰，被迫辞职。

柯柯是一个长发齐刘海大眼睛美女，时尚高雅，靓丽挺拔。这位白领丽人喜欢穿长裤，不喜欢穿裙子，平时爱发布微博，内容包括各种隐私，从衣食住行到性格嗜好，甚至和男友的约会地点，无所不有。只需要看她的微博，即可了解她的一切。

柯柯买的房子位于柏立方小区四号公寓18层，物业设施还不完善，柯柯在微博上抱怨过小区的保安、装修工人以及送快递和外卖的人。用她发布在微博上的话来说：在这里买房子，什么都不方便，伦家（网络语：人家）倒血霉啦。

案发当晚，柯柯七点多去健身房，九点左右回家。这些她都发布在了微博上，其中还有一张她和瑜伽教练的上半身合影照。健身房的瑜伽教练文嘉向警方声称，柯柯是她的朋友，因为长得漂亮，在健身房里常常被搭讪，有个花花公子一直在追求她，案发当晚要求开车送她回家，被柯柯拒绝。

文嘉向警方提供了一则消息：柯柯走的时候，穿的并不是牛仔裤，而是一条运动短裤。

柯柯回家后，发现防盗门开着，她也照例把这件事发布到微博上。在粉丝讨论的两小时里，柯柯在家中被强奸后杀害，凶手咬烂了她的半个屁股，还将尸体照片发布到微博上。

这中间经历了怎样一个被凌辱摧残的过程呢？

想想就让人不寒而栗！

燕京十大刑警，有三名在这个公安分局。他们分别是：刑侦重案队王队长、现案队刘队长、法医鉴定中心病理室副主任法医师。

特案组认真听取了三位办案高手的意见。

重案队王队长认为，柯柯回家时，凶手就已经潜伏在她家里，有可能是用钥匙开门，然而，在调查中，尚未发现有人持有她家防盗门的钥匙。窗户和阳台安装有铝合金防护栏，都完好无损。

画龙问道：会不会是凶手自制的钥匙？

重案队王队长：防盗门的锁没有破坏痕迹，只有专业的开锁匠才能做到。

刘队长说：凶手要进入死者所在的18楼，必然要乘坐电梯，根据电梯的监控录像，几名可疑人员也在初步排查中被否决了。

苏眉说：小区其他的监控点呢？

刘队长说：监控设施并不完善，小区有很多监控盲点。

入室杀人案，往往伴随着抢劫。

凶手入室的方法千奇百怪，常常令人防不胜防，有的手里拿着个邮件，敲门冒充送快递的；有的关掉楼道里的电闸吸引受害人出门查看；还有的冒充物业管理人员，声称楼上卫生间漏水，要受害人开门以进去检查。笨一点儿的小偷趁家中无人时溜门撬锁，技艺高超的歹徒能够打开防盗门和保险柜。

防范措施很简单：提高警惕，不要轻易给陌生人开门。发现异常时，即使不报警，也要立即通知亲友邻居。

法医师结合凶杀现场以及验尸结果大胆重建了凶杀过程：凶手入室之后，应该潜伏了一段时间。死者的卧室进门有一个电脑桌，电脑桌后面是一张双人床，床的一侧是窗户，外面是阳台，床头挂着艺术照。床和电脑桌之间，靠墙放着一个很大的衣橱，凶手很可能潜伏在衣橱里，伺机行凶。

包斩问道：凶杀现场是不是和微博上的照片一致？

法医师回答：我们到现场时，死者身体的姿势和照片上是一样的，凶手拍照时就站在衣橱的位置。在整个行凶过程中，死者没有搏斗迹象。现场一片狼藉，这是凶手翻箱倒柜寻找财物留下的。凶手用手机的数据线将受害人的双手绑在床头，用胶带封嘴，看上去没有明显的性侵犯迹象，但是死者下体分泌物中提取到了避孕套润滑液，说明凶手强奸时戴着避孕套，事后，凶手带走了避孕套，留下了凶器——一把磨尖了的螺丝刀。

画龙说：你们觉得凶手有几人？

重案队王队长说：现场没有指纹和鞋印，目前还不能确定。我推测，凶手一直关注死者的微博，可能是她微博的粉丝之一。

梁教授说：我比较关心凶手是隔着牛仔裤还是脱下牛仔裤咬的死者的屁股？

法医师说：那女孩的牛仔裤和臀部都有咬痕，凶手先是隔着牛仔裤咬她的屁股，后来又脱下裤子直接咬，最后又给她穿上了裤子。紧身牛仔裤上还提取到了臭腐乳，应该是凶手留下的。凶手吃过臭腐乳，残留在牙缝里，但是牛仔裤上的臭腐乳很多，遍布臀部，这个不好解释。

包斩说：还有一种可能，凶手故意将臭腐乳抹到柯柯的牛仔裤上。

苏眉说：变态，为什么要这么做，目的是什么呢？

梁教授回答：闻屁！

梁教授见多识广，他说国外的警局有专门的性变态心理分析专家。专家认为，恋臀心理其实每个男人都有。爱美之心，人皆有之。男人看到赏心悦目的美女时，会根据自己的喜好选择第一视线焦点：有的男人喜欢看美腿丝足，有的男人对美女胸部特别注意，还有的男人会将视线停留在女性的手或者脖子的位置。

"楚王好细腰，宫中多饿死"，楚灵王喜欢美女的小蛮腰，于是，楚国流行细腰文化。

唐代以丰腴为美，杨贵妃的屁股惊艳天下；明清流行缠足，男人觉得三寸金莲性感无比。

当一个男人的恋臀情结越来越严重时，他会跟踪偷拍翘臀美女的背影，在公交车或者地铁上顶撞美女的屁股，从而升级为性变态心理，性冲动就会化为行动。

咬痕是奸杀案中出现最多的，除了受害人反抗，撕咬是凶手丧心病狂的特点之一。

特案组分析认为：柯柯离开健身房时穿着运动短裤，回到家后，在凶手的逼迫之下，换上了性感的紧身低腰牛仔裤，被迫坐在凶手的脸上，凶手贪婪地亲吻她的屁股。在凌辱过程中，凶手要求柯柯放屁，因为柯柯放不出来，凶手把自己带来的臭豆腐抹在牛仔裤臀部位置，用来代替屁味加强刺激。恋臀癖者往往伴有逐臭的嗜好，对普通人来说，臭屁是难以忍受的。对恋臀癖者来说，闻到一个紧身牛仔裤美女的屁，是梦寐以求的事。

她放的臭屁，就像美丽的云朵一样，在脸上绽开。

第二章
微博杀人

凶手是一个恋臀癖者。

特案组以前接触过各种各样的变态行为，恋臀癖还是一个很新鲜的词汇。这个群体更隐蔽，也许连他们都不知道自己有这种癖好。街头漫不经心地一瞥，一个职场丽人的背影，从而聚焦视线，引发深度呼吸，内心里潜伏的小兽蠢蠢欲动。

那些美丽性感的屁股，可远观而不可亵玩。得不到的东西，就要毁灭吗？

苏眉换上了警服，不再穿OL白领制服，也不再穿丝袜高跟鞋。分局里一些爱美的警花，平时喜欢穿紧身翘臀的长裤，现在也全部换上了宽松的警服。

分局长说：我强调过多少次，警察上班必须穿警服，我的话还不如一个变态凶手有效！

梁教授安排并分配任务，苏眉负责对死者的每一条微博进行分析，从中找出蛛丝马迹。凶手用死者的手机拍照，发布尸体照片，说明他对微博的功能很熟悉，有可能长期关注死者，评论柯柯的照片，转发她的日常琐事。尤其是涉及住址、作息时间的微博，应该格外注意。

警方清点死者财物时，发现银行借记卡和信用卡并未丢失，金银首饰、手机、现金，以及名牌包和高档礼品被席卷一空。

梁教授要求画龙联合电信部门，追查死者的手机的下落，查访市区金店，确认是否有人销赃。

重案队王队长负责对凶器——那把磨尖的螺丝刀——进行全面的调查。搞清楚规格、型号、销售网点，以及加工、打磨的方式。

法医病理室与痕迹学专家负责作出凶手咬痕模型和报告，咬痕如同指纹一样，每个人都具有不同的特征。女尸屁股上的牙齿排列、齿间距离、牙齿磨损程度、咬合力、咬合动作，这些对于识别凶手的身份信息至关重要。

现案队刘队长召集所有警力，在死者居住小区内进行大范围细致摸排，凡是案发前后三天出现在小区里的人员，都作齿痕对比，从中发现与凶手相似的咬痕。并派出警员，对柯柯的前男友以及骚扰过她的上司，还有近期追求她的男人，进行全面的调查。

包斩重新检查死者房间，掌握凶手入室的方法。

在现实生活中，我们常常感到恐惧的是：在睡梦之中，被闯入家中的凶手杀害。

面对入室的歹徒，女人比男人还要多一层恐惧，除了担心被杀，还害怕被强奸。

警方刑侦工作全面展开，只需要找到凶手入室的方法，这个案子也就突破了瓶颈。

包斩人手不够，他对苏眉说：小眉姐，能不能耽误一下你的工作，请你帮个忙？

苏眉：什么？

包斩：我们进行犯罪模拟，我扮演入室凶手，你扮演死去的那女孩。

苏眉：可以，这还不简单嘛。

苏眉答应帮忙后，就开始后悔了。包斩为了让一切都接近真实情景，为了让犯罪过程更逼真，并没有安排其他民警，模拟时间也和案发时间一致。苏眉要在晚上九点回到死者的住处，一个人待在刚刚死过人的房间里，等待着"凶手"的出现。苏眉是特案组成员，但她也是一个女人，有着女人所有的弱点：胆小、怕黑、怕鬼、怕杀人凶手。

晚上九点，苏眉一个人重回凶杀现场，防盗门虚掩着，和案发当晚一样。

苏眉心中叫苦，极力假装镇定，立刻关上防盗门，跑进卧室，经过黑暗的客厅时，她用眼角的余光看到卫生间里隐隐约约站着一个人，这使她头皮发麻，一阵凉意从脊背升起。她反锁卧室房门，摸索着打开灯，卧室里的血腥味还未完全消散。

苏眉拿出手机给包斩发短信：你在哪儿？小包，我不玩了，卫生间里好像有个人。

包斩没有回复。

苏眉壮着胆子，坐在电脑桌前，电脑已经搬回分局检验，桌上空空如也。苏眉想到那个遇害女孩柯柯当时也是坐在这桌前，和她一样胆战心惊。苏眉偶然一瞥，梳妆台上有一面镜子，苏眉想起恐怖片里常有的画面：往镜子里看时，一个男人突然出现在身后。

苏眉坐不住了，她站起来，惊慌失措。墙上挂着柯柯的艺术照，照片中，这个女孩的眼神显得非常恐怖。苏眉觉得房间里的东西都透着诡异，独自待在刚死过人的凶杀现场，确实需要很大的勇气。她索性躺到床上，闭上眼睛，不敢去看靠墙的衣柜，不去看房间里的任何东西。

如果凶手藏在房间里，那么只有两个地方：床下和衣柜。

连日来的工作让苏眉感到很疲惫，她闭着眼睛，暂作休息，心里又突然想到，那女孩就是死在她此刻躺着的这张床上，血液染红床单，凶手还拍下了尸体照片。

床单已经被警方拿走取证了，苏眉仍然觉得身下黏糊糊的，她意识到这是自己的错觉。

卧室门传来轻微的声响，苏眉觉得一个人悄悄走进来了，还轻轻地关上了门。

苏眉怀疑自己是不是听错了，房间里没有了声音，她猛地睁开眼睛，赫然看到一个人正站在床前，低头看着她。那人面无表情，脸色蜡黄，眼睛中布满血丝，目光呆滞。

那是一个陌生男人！

苏眉大叫着坐起来，那陌生男人说了句：你别怕。

他伸手想按住惊慌的苏眉，苏眉吓得惊叫：救命，小包救我！

那人说道：我不是坏人。

陌生男人解释说自己是公安部门备案的开锁公司的锁匠，是包斩请他来作开锁测试。苏眉半信半疑，那人出示了自己的证件，打消了她的疑虑。

这时，卫生间里竟然传来一阵声响，侧耳倾听，是马桶抽水的声音。

苏眉问开锁匠：你有同伙？话音刚落，又觉得不妥，改口说：你和同事一起来的?

开锁匠回答:我自己来的,刚才没注意卫生间里有人啊,真是怪事!

如果卫生间里空无一人,怎么会有声响,难道是一只看不见的鬼手按下了抽水阀门?苏眉和开锁匠准备去看看,刚打开卧室门,一个黑洞洞的枪管伸了进来,苏眉和开锁匠都吓了一跳,一个声音威胁道:不许动!

苏眉和开锁匠惊骇万分,呆立不动。

一个人闪身闯了进来,此人正是重案队王队长,他笑着收起枪说道:和你们开个玩笑。

重案队王队长也是包斩叫来协助犯罪模拟的。看来,包斩认为,凶手应为两人或以上。

苏眉吓得不轻,正欲发作,阳台外突然传来"当当当"的声音,外面有人敲窗,那是指关节敲击玻璃发出的声响。

苏眉下意识地问道:谁?

大家突然想到,这是在18楼啊,怎么可能有人在窗外敲玻璃?

又一阵敲窗的声音传来,大家感到毛骨悚然。重案队王队长拔出枪向阳台走去,苏眉和开锁匠跟在身后,打开通往阳台的门,大家清晰地看到玻璃后有一张脸,一个人正悬空吊在18楼的阳台外。

此人正是包斩。

包斩敲击玻璃,对开锁匠喊道:打开救生窗的锁。

阳台铝合金防护栏上有一个小窗户,挂着一把小锁。自从国内接连发生两场大地震之后,很多人家封阳台时,都会选择这种带有救生窗的防护栏。一些装修公司也极力推荐住户预留逃生出口,发生火灾或者地震时,可以多一条逃生途径。

开锁匠轻松打开救生窗上的小锁，包斩踩着阳台外的空调外机，从救生窗猫腰进来，跳到阳台上。

苏眉瞪着眼睛说：小包，你和外人合伙骗我？

包斩急忙说道：小眉姐，你听我解释。

苏眉气得扭头就走，边走边说：发短信你也不回，你故意吓我，你是王八蛋！

包斩在后面追，一个劲儿地解释：小眉姐，对不起，原谅我，我这不是为了破案嘛。为了犯罪模拟更真实，所以才找了他们俩，没有告诉你，你可千万别生我气。我错了，以后再也不会骗你，我已经找到了凶手入室的方法……

苏眉一个人不敢回去，走到客厅门口又返回。重案队王队长笑起来，模仿苏眉刚才呼救的声音说道：救命啊，小包救我！

苏眉又羞又恼，气得跺脚想哭。

如果坏人闯入家中，呼救时不要喊救命，应该喊救火。家中遇险，喊救火比救人更有效，左邻右舍担心火势凶猛殃及自家，会争先恐后前来相救。

重案队王队长问开锁匠：你倒是挺专业的。

开锁匠说：你可别怀疑我，我是第一次来这个小区。你知道一套开锁工具在网上卖多少钱吗？便宜的几百元，能开80%的防盗门的锁，还有开锁教程说明，十分钟就能学会。

包斩哄好苏眉，和重案队王队长一起回分局。

分局门前警灯闪烁，辖区刚刚又发生了一起入室奸杀案。

这次遇害的是一名空姐，名叫李亚。案发当晚，她过生日，YY里的网友为她举办生日歌会。YY是一款语音聊天软件，聚集了很多喜欢唱歌和玩游戏的网友。这名空姐开自由麦唱歌时，凶手闯入了她的家中，当时有59个网友在语音中听到了凶手行凶的过程。

一个细心的网友将整个过程的声音录制了下来，提供给了警方。其他网友陆续报警。

从凶手和这名空姐的对话中，可以想象到当时的情景是多么变态残忍。凶手先是威胁逼迫空姐乖乖就范，否则就要杀死她。空姐为了求生，为了拖住凶手赢取时间，被迫按照凶手的要求换上空姐制服，表演了空姐礼仪。

空姐：先生，您需要点儿什么，咖啡还是茶？
凶手的语气有些不好意思，他说：我想闻闻你的腚。

第三章
奸杀空姐

警方远程连线了YY房间的管理员，询问了每一个当时在场的人，据一个叫陈皮兔子的网友说，空姐李亚可能被一个富商包养，平时并不住在空乘楼公寓，而是独自居住在富商给她买的房子里。案发当晚，李亚过生日，正在语音聊天室唱歌，陈皮兔子负责录音，唱到一半的时候，李亚的歌声突然停止，大家听到她那边传来尖叫声，还有两个男人威胁辱骂的声音，接着是殴打哭泣声……

从录音中可以听出，凶手有两个人。对话摘录如下：

凶手说：你好好儿想想，得罪啥仇人没。你得听话，要是不按照我说的做，我就杀了你。实话和你说，我不是没杀过人，再多一个，也没事。你站起来，我不揍你。

空姐说：有话好好儿说，把枪收起来好吗？我老公一会儿就回来了，你们是来找他的吗？

凶手说：吓唬谁，你家男人出国了，我不是不知道，都摸清你的情况了。

另一名凶手说：嘿嘿，你是二奶。

空姐说：我老公已经出国回来了，因为今天我生日啊，我给他打电话让他现在就来。

凶手说：放下，别乱动，把手机放一边，想报警是吧？

空姐说：我也没办法报警啊，也没人替我报警，我就是想给我老公打电话，让他给你们钱。

凶手说：别再乱动，动就开枪！

空姐说：拜托，你们要钱是吗？还是我老公得罪你们了，你们到底想干什么？

另一名凶手说：干你，你个小婊子。

凶手说：脱衣服。

空姐说：拜托，你们饶过我吧，好，别打我……我脱。

凶手说：脱完了，再把空姐的衣服换上，换衣服，快点儿！

空姐说：好，我听你们的。

凶手：你最恨谁？

空姐：机长。

凶手：为啥恨他？

空姐：新来的空姐，都被他带出去参加富豪酒会。空姐都是交钱进来的，每个人要交30万，空姐越丑，后台越硬。那些丑空姐都不用交钱，也不用参加选拔，都是有关系进来的。

另一名凶手说：我俩就是机长派来的，来教训你。

凶手说：空姐都挺有礼貌，那个叫啥，你给俺表演表演，就当是现在就在飞机上。兄弟，你坐下，让她伺候伺候你。

空姐说：你说空姐礼仪？

凶手说：对，你给咱表演表演，伺候我兄弟俩。

另一名凶手说：大哥，让她走模特步。

凶手说：接着来，你鞠躬可真好看。

空姐：先生，您需要点儿什么，咖啡还是茶？

另一名凶手说：我想闻闻你的腚。

空姐说：啊，你们闯到我家里，到底想干吗呀？

凶手说：我想做了你。

另一名凶手说：大哥，让她先跳舞吧？

凶手说：你家有牙签吗？

空姐说：没有。

凶手说：你先跳舞，再走模特步，我找个东西剔剔牙，一会儿，我亲死你……

警方在现场发现了折断的玫瑰花枝，上面沾有菜叶，凶手曾用玫瑰花枝剔过牙。花瓶摔碎在地上，房间里一片凌乱，空姐衣衫不整，躺在血泊之中，嘴巴上贴着胶带。凶手用空姐的丝巾将她的眼睛蒙上，双手用胶带反绑，将其强奸杀害之后，仓皇逃走。警方在阳台上找到了凶手遗落的凶器：一把磨尖的螺丝刀。空姐的臀部有一些泛红发紫的牙印，死前曾遭受凶手的残忍噬咬。也许是逃跑时太匆忙，除了手机、iPad平板电脑和现金，凶手没有劫走空姐的其他财物。

两起入室奸杀案，作案手法类似，使用的凶器一致，特案组决定并案侦查。

包斩在第一时间搞清楚了凶手入室的途径，经过犯罪模拟，凶手入室只能有三种办法：

1. 死者出门时忘记锁门，凶手潜伏在家中。衣柜或者卫生间都是凶手藏身之所。

2. 凶手用开锁工具打开防盗门，闯入死者家中。

3. 凶手从楼顶使用绳索下降到受害人家的阳台位置，打开防护栏上的救生窗，进入室内。

低层的住户往往担心小偷攀爬护栏，潜入家中行窃，靠近顶楼的住户却忽略了歹人也有可能从楼顶吊下来，高空作业，突破防护栏，进入家中。上海某高档居民社区发生过多起入室盗窃案件，一个住在顶楼的女孩半夜里看到窗外吊下来一个人，报案后，犯罪嫌疑人被抓获，女孩也被吓得神经衰弱。

阳台是凶手入室的途径。

柯柯所在的楼层接近顶楼，凶手很容易吊着绳索进入她家，李亚却住在13楼，属于楼层中间的位置，这说明凶手色胆包天，从楼顶下降到13楼，绳索的长度足有几十米，借着夜色的掩护，凶手小心翼翼地滑落，经过了十几家住户的窗口，最终降到空姐家的阳台外面。

在案情分析会议上，梁教授给案件定性为：这是两起有预谋、有准备，以强奸为主要犯罪动机的入室杀人案！

重案队王队长说：凶手为两个人，作案工具包括枪、螺丝刀、绳索、胶带，还有一把大铰钳，以及简易开锁工具。凶手用开锁工具打开柯柯家阳台的救生窗上的锁，用大铰钳铰断了李亚住处阳台上的防护栏。

法医师说：玫瑰花上提取到的食物残渣说明凶手的生活水平不高，两名凶手说话粗俗，文化程度一般，应该有过犯罪前科，还有过高空作业的工作经历。

包斩说：我们应该重点排查这几种人：楼体粉刷工、油漆工、太阳能热水器安装人员、封阳台的民工、空调安装工。这些人都擅长高空作业，凶手应该就在其中。

画龙说：凶手有枪，却没有开枪，这两个家伙有一定的反侦查能力，他们知道弹壳会留下线索，开枪也会惊动四邻。枪是用来胁迫受害人的，杀人用的是螺丝刀，说真的，我还是第一次见到这种简单又有效的凶器。磨尖的螺丝刀比匕首更能一击毙命。

分局长说：涉枪案件都会被高度重视，这两名凶手要是抓不到，整个城市都会陷入恐慌，不知道还会不会发生第三起入室奸杀案件？

现案队刘队长说：我们也派出了很多警力，调查两名死者的关系人，根据我们目前掌握的信息，熟人作案的可能性不大。柯柯在燕京交际不广泛，她是外地辞职后来到这里的，房子刚买没多久。李亚确实被一名富商包养，对空姐来说，这种情况并不奇怪，刚刚工作的空姐，月薪五千元，多飞多得，她们是富商猎艳的目标。两名女孩都有着共同的特点：喜欢上网、喜欢发微博、喜欢在微博上发自己照片。

苏眉说：两个女孩都不懂得保护自己的隐私，几乎是在微博上直播自己的生活，例如柯柯发布的这条微博："18楼也有蚊子？"这条微博就透露了她住在18楼，另外几张照片拍摄了楼下小区停放的名车，凶手很容易从拍摄角度了解她家的位置。李亚每次出行都通过足迹分享网站实时发布到微博上，任何人都可以掌握她的行踪，炫富自拍也是将她自己的隐私公开，普通网友都能推测出她被包养。她微博上一张网购投诉的截图，无意中将自己的住址告诉了所有人。

梁教授说：凶手应该是利用微博选择同城的受害人，他潜伏、观察很长时间，前期经过精心的准备，通过微博了解受害人的生活，掌握两名女孩的地理位置，然后实施作案。

画龙说：我也看了她们的微博，两个女孩，不厌其烦地发自己的小破事，今天吃了什么，买了什么，一会儿要去干吗，什么时候回家，鸡毛蒜皮的小事都要发布出来。在凶手眼里，这些都是提供给他们的作案信息。

几天后，第一个犯罪嫌疑人浮出水面，苏眉详细调查了两名死者的微博，有个叫作"肖无水"的人进入警方的视线，他是唯一一个同时关注两名死者的人，不仅如此，他还转发了柯柯和李亚的每一张照片，评头论足时言辞猥亵，下流不堪。

此人关注的都是同城的美女，没有关注一个男性。

在微博上，每个人都有自己的粉丝，尤其是喜欢发布自拍照片的美女，粉丝众多。

美女知道自己的粉丝中有不少色狼，但是她意识不到，也许有一个粉丝在悄悄地记录下她的所有行踪，掌握她的作息时间，了解她的生活方式，然后要实施的就是去强奸和杀害她。

入室强奸和野外强奸的共同点是：暴力和凌辱。

第四章
泥球胖子

通过电信部门的协助,犯罪嫌疑人肖无水的地理位置锁定在一家医院,这家医院也是国内顶尖的卫生科研机构,吸引了全国各地的一些怪病患者。

重案队王队长陪同苏眉一起去怪病医院做调查,画龙有点儿不放心,也一同前往。三个人在路上谈笑风生,随意闲聊。

重案队王队长:苏小姐,你是哪儿人啊?

苏眉:上海人。

重案队王队长:特案组其他几位呢?

画龙:我是河北的,小包是山东人。

重案队王队长:我是燕京土著,苏小姐,等案子结束后,我想请你帮个忙,我爸刚给我买了套房子,三环以内。我对装修一窍不通,你能不能和我一起去看看，给我出出主意什么的。你们上海人都挺有品位的，帮我看看怎么装修房子。

画龙：靠，套磁儿呢，是吧，我就知道你小子不怀好意。

重案队王队长：画龙，你不觉得你特多余吗？呵呵。

画龙：告诉你，小眉是我媳妇儿，我们都订婚了，你别打她的主意。

苏眉：呸，想得美，别听他胡说八道。

重案队王队长：哎哟喂，你还没结婚吗，画龙，一直找不着媳妇儿？

画龙：离异，老婆跟人跑了。

苏眉：我要是你老婆，我以后也跟人跑。

重案队王队长：苏小姐，你觉得我买什么车好呢？

画龙：想打架是怎么着，我揍过的警察多了去了。

苏眉：你们俩决斗吧，一起拔枪，看谁先倒下，最后站着的那位，我就嫁给他。

医院保卫科接待了画龙三人，保卫科长介绍说：这里的病人大多患有难以治愈的怪病，从全国各地来到这里求医，肖无水在重症病房，患有一种罕见的疑难杂症。

保卫科长找来一名护士，带着画龙三人前往重症病房。

护士提醒道：别刺激这个病人，他会出汗的。

苏眉说道：出汗有什么可怕的？

护士回答：你们看见就知道了。

有些怪病，科学上至今无法解释。重症区的病房就像牢房一样，每个都是封闭而独立的，走廊上有道铁门，病房窗户也安装了防护网。肖无水是个皮肤很白的中年胖子，有着油油的头发，他只穿了一条内裤，坐在一个塑料板凳上。画龙、苏眉、重案队王队长三人在会诊室对他进行了询问。

　　重案队王队长：5月1日，晚上9点，你在哪里？

　　肖无水：我一直在医院，哪儿也去不了，医生不让我出去。

　　苏眉：你是不是常常上网，有个微博？

　　肖无水：以前是的。

　　苏眉：现在呢？

　　肖无水：我的笔记本电脑前些天被人偷了，带有无线上网卡。

　　苏眉：还丢了什么？

　　肖无水：手机也没了。

　　苏眉：手机是和微博绑定的吗？

　　肖无水：我想想，是的，我怀疑是安装窗户防护网的民工偷的，可是医院不管。

　　画龙：认识这两个人吗？

　　画龙拿出柯柯和李亚的照片给肖无水看，这个胖子仔细地看了一下，随即低下了头，他认出了这两个女孩，自己以前常常在微博上骚扰她们。他又看了一眼照片，呼吸开始急促，身体颤抖起来。

　　画龙、苏眉、重案队王队长三人吓了一跳，他们看到面前的这个胖子似乎变了一个人。

　　胖子的皮肤成了灰白色，面部轮廓开始变形，鼻头上先是出现几个黑点，紧接着黑点遍布全身，就像鸡皮疙瘩一样，每个汗毛眼里竟然都露出火柴头大小的黑头。胖子面部抽搐，情不自禁地呻吟起来，不知道是痛苦还是快乐，他全身上下每一个毛孔都吐出了细长的黑色泥条，面部也密密麻麻地布满泥条，看上去恐怖骇人，像身上扎满了黑色的火柴。

胖子有点儿痒，他用右手抹了一下脸，把脸上的泥条放在左手心，然后用手抓挠着自己，身上的泥条被他抓下来，放在掌心。

他搓揉了几下，掌心里出现一枚"蛋"，圆圆的、黑色的，有鸭蛋大小。

这个黑色的"蛋"是他身上的泥垢搓成的。

胖子低下头，鼻子凑近泥球，深深地闻了一下，还有些陶醉。

站在一旁的护士大声说：不许吃！

这个胖子的脸羞涩地红了一下，没有理会护士，当着众人的面，狼吞虎咽地吃下了泥球。

画龙、苏眉、重案队王队长三人大为惊骇，胃里直犯恶心，询问完毕之后就起身告辞。

医院重症病房是封闭性质的，走廊有道铁门，窗户有防护网，两起入室奸杀案发生的时候，肖无水一直在医院里，护士的查房记录显示，案发当晚，他也没有作案时间，这个胖子的犯罪嫌疑被排除。

梁教授和分局长主持召开案情分析会议，分局长动员全体民警努力打开突破口，会议重新确定了调查方向，案发小区里安装护栏以及空调外机的民工列入重点排查范围，每个民警明确任务，加大力度，让案情向纵深发展，所有线索都要一查到底，此案告破，指日可待。

警方投入大量警力，对两名死者所在的小区周边的装修公司和空调安装公司进行调查，摸排走访千余人。根据相关规定，一定要通过小区物业的同意才能封特定的颜色和类型的阳台，警方很快锁定了小区指定的封阳台专业厂家，经过深入调查，警方认定两名凶手即是封阳台的工人，因为只有封阳台时工人才会使用"螺丝刀""大铰钳""绳索"，这些也是两起入室奸杀案的作案工具。

包斩主动请缨，要求去调查怪病患者肖无水失窃的笔记本电脑，盗窃电脑的民工很可能和此案有关。很快，包斩掌握了一条很有价值的线索，医院安装防护网的工人是劳务市场的中介介绍的。根据劳务市场的登记簿，警方锁定了两名为医院安装防护网的民工：伍小柒和阴三儿。

包斩扮成民工，在外围展开秘密侦查。

伍小柒和阴三儿是兄弟俩，一直在燕京打工，从事封阳台的工作，两人均有前科，为劳改释放人员。伍小柒平时就在劳务市场路边揽活儿，面前放着一个牌子，上面写着"封阳台干杂活儿"。兄弟俩最近都买了一辆电动车，资金来源可疑。劳务市场附近的一家金店证实，伍小柒曾经兑换过一条金手链，经过核实，这是死者柯柯的金手链。

证据确凿，封阳台民工伍小柒和阴三儿具有重大作案嫌疑！

分局出动了两个大队进行抓捕，画龙和重案队王队长各带一队全副武装的武警，考虑到嫌疑人有枪，居住在劳务市场附近的一个四合院的出租屋里，此处人员较多，地形复杂，分局制定了严密的抓捕方案，确保万无一失。

抓捕定在凌晨两点，这也是人睡得最熟的时刻。

荷枪实弹的武警封锁路口，建立起一道外围包围圈，严防一切人员出入，狙击手在制高点埋伏就位，警察将两名嫌疑人居住的四合院团团围住。

两名嫌疑人住在四合院东北角的一间小屋里，一名武警翻墙而入打开院门，画龙和重案队王队长带领武警鱼贯而入，蹑手蹑脚地悄悄逼近，一大队人马站在小屋门前，屏声静气，不敢大声呼吸。

那是一扇破旧的木门，看上去不堪一击。

如果冲进去后，不能在第一时间制伏嫌疑人，嫌疑人反抗开枪，势必造成警员伤亡。

不管多么严密的抓捕部署,总要有人第一个带头往上冲。

重案队王队长打手势示意自己先上,画龙摇摇头,在出发之前,苏眉私下叮嘱画龙小心谨慎,别逞英雄,但是画龙从来都不甘示弱,他一脚踹开木门,第一个冲了进去。

屋内黑乎乎的,光线很暗,画龙扑到床上,他以为凶犯正在沉睡,床上却没有人。

一个黑影蹲在床边的柜子上,手里拿着一把枪。

他将枪口对着近在咫尺的画龙,恶狠狠地说:你们都得死。

枪声响了……

第五章
恋臀癖者

我们常常看到这样一群人。

他们衣衫破旧，聚集在路边，有的趿拉着鞋，露出黑乎乎的脚后跟，身上散发着浓重汗味和劣质烟草的混合气味。男人的人造革包里有各种工具：斧子、锤子、凿子等，女人手里拿着一卷铁丝或者刷墙用的滚刷。他们每个人的面前都放着一个纸牌子，上面写着：瓦工、木工、油漆工、水暖工、封阳台、干零活儿、疏通马桶。

一个妈妈领着儿子路过时，她指着这群农民工对儿子说："你要是不好好儿读书，长大了就会和他们一样。"

农民工蹲在路边，每当有用工者上前攀谈时，就会一窝蜂地冲上来，商讨价钱。更多的时候，没活儿可揽，他们聚在一起闲聊或者席地打牌来消磨时光。下雨时，会像燕子一样缩在钟楼的房檐下，看着天空发呆。

他们在钟楼下避雨，钟楼是不愿意撑开的伞。

阴三儿用纸牌子挡雨，耳朵上夹着的香烟被雨淋湿了。

伍小柒靠墙坐着，从脚板上撕下一大块死皮，塞到嘴巴里咀嚼，他觉得很筋道，有嚼头。

阴三儿突然扔掉了揽活儿的纸牌子，对伍小柒说道：我的手痒痒了。

伍小柒说：我也是。

一个打伞的美女从兄弟俩面前走过，美女穿着一件淡粉色豹纹紧身套裙，翘臀巨乳，黑色丝袜包裹着修长美腿，香肩袒露着黑色的乳罩带子。多年前，街上流行一种真丝的白色上衣，就是好像在给人说自己戴了乳罩的那种；后来，开始流行透明的乳罩吊带；现在，街上的美女索性抛弃了伪装，故意把鲜艳的乳罩带裸露出来，展示给路人。

美女的高跟鞋踩在路上，溅起水花，背影性感迷人，高跟鞋嗒嗒的声响踩在兄弟俩的心上。

兄弟俩的老家在陕北，他们在很小的时候就有了性意识的觉醒。

有一次，兄弟俩在农贸市场游逛，两个小孩子去了一个批发商场的楼顶，楼顶有个小亭子，刚刷了油漆。他们看到一个男的在亭子里坐着，怀里揽着一个女人。那男人用小剪刀还是什么东西，在柱子上刻字，女的很害羞，低着头不好意思看那行字。这对谈恋爱的男女走了后，兄弟俩跑过去看柱子上刻的什么字。

那是一句话：大胆谈恋爱，为了下一代。

两个穿拖鞋的脏孩子站在楼顶，咬着手指，这句话给他们带来了强烈的震撼。

因为一句话，他们的童年毁了。

20世纪80年代，农村计划生育工作搞得如火如荼。在他们的陕北老家至今能看到这样的标语：该扎不扎，房倒屋塌；该流不流，扒房牵牛。他们的父母共生了七个子女，七个子女都是80后，老大和老二不幸夭折，所以，伍小柒一直喊阴三儿为大哥。父母为了躲避计划生育，东奔西走，他们住过水泥管子，在工地上筛过沙子，修过桥，筑过路。

他们走到哪里，哪里就是他们的家。

在一个县城，父亲贩卖水泥，母亲在手套厂打工，一家人租房住了十年。

他乡成为故乡，孩子们长大成人。

1999年，阴三儿和伍小柒因盗窃、抢劫被关进了监狱。

父母欣慰地说：吃公家饭去了。

他们犯罪绝不是因为贫穷，而是因为无法改变贫穷的生活。

监狱是一所学校。几乎每所监狱的监规中都有一条：禁止交流犯罪技巧。这说明犯人们时常交流自己的本事，正如写有"禁止大小便"的墙下肯定有人大小便。盗窃自行车的小偷丁新军在监狱里学会了盗窃汽车，毒贩唐海波在狱中拜师学会了制作毒品。

阴三儿在监狱服刑期间，一个抢劫犯对他说："别抢银行借记卡、信用卡，自动取款机有监控，银行门口和路口也有，能看到你的脸。抢了手机后，要把卡扔到水里。"

阴三儿对手机不太懂，他进监狱的时候，街上正流行BP机，使用手机的人寥寥无几。即使有，也是那种砖头似的手机，俗称大哥大。

他出狱的时候，街上的人已经使用各种各样的手机，而他兜里揣着一个BP机。

入狱前，监狱扣押了随身物品，出狱时，狱方会交还给刑满释放人员。除了BP机，阴三儿的兜里还有两块钱一盒的人参烟，这种烟现在涨到了六块钱。

阴三儿走在街上，觉得恍如隔世。

很快，伍小柒也刑满释放，两人一起去燕京打工。

兄弟俩去应聘保安，工作人员说：有过服刑史的人不能录用。

他们去搬家公司找工作，负责招聘的人说：不要你们，万一你们再偷东西抢东西呢。

刑满释放人员在就业上属于弱势群体，这一群体出狱后非常希望能够回归社会，然而在社会上备受歧视，很多招聘单位要求求职者必须有无犯罪记录证明。

报考律师，或者从事金融、司法职业，需要无犯罪记录证明。

出国办理签证手续有时也需要当地派出所开出无犯罪记录证明。

一个刑满释放人员，在接受应有的惩罚之后，是否还要背负社会的不公和一生的耻辱？

很多罪犯都是"二进宫""三进宫"，出狱以后，整个世界都与他们格格不入，他们无法融入社会。司法部门的统计数据表明，刑满释放人员的重复犯罪率在8%左右，其中特大或者重大刑事案件达到了70%。很多有犯罪前科的人员再次作案，犯罪手段往往更残忍，性质更恶劣。

兄弟俩找不到工作，便在路边揽活儿，有时，找到活儿结算了工钱之后，两人就去出租屋附近的一个大排档饭摊喝酒。

大排档饭摊老板曾经也是一个劳改犯。

兄弟俩问他在劳改队做什么。

老板没有说话，模仿了一个铲东西的动作。兄弟俩惊讶于他模仿这个动作时的惟妙惟肖：他的手中空空如也，但仿佛能看到他握着大铁锹，一下一下铲起煤，装进板车之中。

饭摊的地面污水遍布，痰迹斑斑，餐巾纸团扔得到处都是。女服务员系着油腻腻的围裙，用一块脏得看不出颜色的抹布擦桌子，她像一艘船那样缓缓地转身，将屁股对着喝酒的阴三儿，悄悄地放了个屁。阴三儿闻到一股浊臭，他看着那个刚刚放过屁的大屁股。

那一刻，阴三儿爱上了她。

那个屁，穿梭于莲藕的空洞之中，徜徉在花生米的边缘，弥漫向昏黄的灯泡和兄弟俩的鼻孔。渐渐地，就像低空的乌云散尽，这乌云就在两腿之间。风起于青蘋之末，屁也是天空的一部分。

老板抽动鼻子说：谁放屁了？

阴三儿替女服务员掩饰尴尬，他说道：我。

女服务员看了他一眼，目光中露出一丝感激。

阴三儿喜欢屁的味道。对于放屁，他甚至能够收放自如。冬天的时候，他先在被窝放个热乎乎的臭屁，被窝就暖和了，然后，他的头钻进去，再把被子蒙严，自己在里面独吞。

人有逐臭之癖，喜欢吃臭腐乳、臭干、臭咸鱼、臭鸭蛋的人不在少数。

在南方许多省份，很多人爱吃榴梿。

每个妈妈都喜欢自己家小宝宝的乳臭味。

有多少大学生脱下臭袜子,不是放进洗衣机里,而是先放在鼻子前。

很多女生喜欢咬指甲,有的男人喜欢吃自己脚掌上的死皮,还有的不讲卫生的人,常年不刷牙,喜欢用指甲刮牙齿上的黄色污垢,然后放鼻子前闻,那个味道对他来说真是好极了。

女服务员爱放屁,阴三儿暗恋上了她。

他很渴望去闻闻她臭烘烘的屁股,幻想着扒开她的屁股沟,把鼻子凑上去,使劲闻臊气味和臭味。如果她在椅子上坐一会儿,等她离开后,小饭摊里没有人,他就会趴在她大臭屁股坐过的地方使劲地闻,还要舔几下她坐过的地方。

有一次,大排档老板和女服务员开玩笑地说:我看得出,阴三儿喜欢你。

女服务员捂着嘴笑道:三儿,你喜欢我?

阴三儿打个酒嗝儿,坏笑着说:咋啦,我爱你。

伍小柒说:大哥,你跟城里人学得时髦了。

大排档老板说:不叫时髦,应该说时尚。

扫地的女服务员停下来,问道:你爱我什么啊?

阴三儿把酒杯往桌上一放,提高嗓门喊道:我爱你的腚。

女服务员有点儿生气,将扫把扔在地上,叉腰说道:阴三儿,你这劳改犯,也想找媳妇儿?

我爱你,这三个字只是冰山一角,在这海水下面,还隐藏着一些我们不愿意说出来的东西,如果要真诚地表达,将隐藏的内容赤裸裸呈现出来,那就是:我爱你的钱,我爱你家的大房子和你的车,我爱你的社会地位,我爱你的帅气和潇洒。

男人都是下半身动物，用小头代替大头思考爱情与婚姻。

对男人来说，我爱你的意思应该是：我爱你的美貌，我爱你的性感身材，我爱你的C罩杯，我爱你的回眸一笑，我爱你的小蛮腰和细长美腿。

对阴三儿来说，就是：我爱你的腚。

每次去大排档饭摊，阴三儿喝醉了之后，就耍酒疯要女服务员和他结婚。

伍小柒也喊女服务员为嫂子。

女服务员不堪其扰，收拾行李辞职回家。

阴三儿冲着女服务员的背影喊道：我给你钱，我能挣很多钱，都给你。

女服务员在路中间停了下来，她没有回头，一手叉腰，一只脚点地打着节拍，唱道：爱情不是你想买，想买就能买……

唱完，女服务员甩了一下头发，留给阴三儿一个决绝的背影。

她的大脚踩爆了昏黄路灯下的一粒葡萄。

兄弟俩开始喝闷酒，在那个肮脏的小饭摊里，吊在墙上的电视机正在播放《同一首歌》，阴三儿面对着一盘咸水花生，一盘凉拌藕片，一碟麻辣海螺，对弟弟说了句狠话：我要干一个大美女。

伍小柒说：哥，我想干一个歌星。要不，这个也行。

伍小柒指了指电视上的一个女主持人。

阴三儿说：想干歌星的多了，这个主持人长得还真不孬。

怎样才能和一个极品美女做爱？

除了强奸，再也找不到别的办法。

兄弟俩这辈子最大的梦想就是和美女做爱。

兄弟俩亲密无间，他们给一家医院安装窗户防护网的时候顺手牵羊，偷了一个住院病人的笔记本电脑和手机，在出租屋里，兄弟俩一起对着电脑打飞机，比赛看谁坚持得最久。

电脑浏览器的收藏夹里有几个美女的微博，成为他们打飞机时的目标。

柯柯经常在微博上发布自拍照片，其中一张照片是她在楼下拍摄的自家窗口，那条微博写道：看见咩，我家的窗口是黑的，别人家都亮着灯，苦啊，单身女子你伤不起啊。

这张照片暴露了她家的位置，阴三儿和伍小柒曾经在这个小区里干过活儿。

柯柯经常发布自拍照片，无意间暴露各种隐私，阴三儿和伍小柒对她的生活几乎是了如指掌，他们面对这个白领佳人，每打一次飞机，内心里蠢蠢欲动的兽性就膨胀一次，最终，这两个色胆包天的家伙决定入室强奸。

他们各自挑选了自己喜欢的美女作为目标，阴三儿挑选了柯柯，伍小柒选择了李亚。

李亚的微博也暴露了自己住处的地理位置，在她微博发布的那张快递单截图上，就连门牌号码都写得一清二楚。

两名受害人都是单身居住，都是令他们垂涎欲滴、梦寐以求的美女。

正如特案组分析的那样，他们利用微博选择同城的受害人，观察一段时间，掌握两名女孩的地理位置之后，经过准备，然后实施作案。

那天晚上，两名凶手喝完酒，买了四个鸡蛋灌饼，吃鸡蛋灌饼的时候，兄弟俩都喜欢卷上生菜叶、咸菜丝和臭豆腐乳一起吃。他们干活儿的三轮车上就放着咸菜丝和臭豆腐乳，吃完以后，还剩下一个灌饼，阴三儿就放进了帆布工具包里。他们本来是想去柯柯所在的小区踩点儿,却发现柯柯在家,窗口亮着灯。兄弟俩临时决定,立即下手。

在很多小区,通往楼顶的门都不锁,这是为了方便住户在楼顶安装太阳能热水器以及宽带或有线电视。两名凶手将三轮车停在小区外面,翻过围栏,从楼梯上到楼顶,系好绳子。柯柯家阳台防护栏有个救生窗,上面挂着的锁并没有锁上,只插着插销。阴三儿和伍小柒顺着绳子,从救生窗口先后进入阳台,打开卧室窗户闯入室内,离开的时候,他们顺手锁上了救生窗上的锁,这也起到了迷惑警方的作用。

两名歹徒突然入室,柯柯吓得尖声惊叫,伍小柒冲上去抱住她捂住嘴巴,阴三儿拿着手枪威逼柯柯不许反抗。

强奸之前,阴三儿命令柯柯换上牛仔裤。

柯柯战战兢兢地说:什么牛仔裤?

阴三儿说:你在网上发过照片,我看过,就那个紧身牛仔裤,显得你腚很大。

柯柯换上牛仔裤之后,阴三儿和伍小柒将她双手反绑,按到床上,穿着低腰紧身牛仔裤的柯柯看上去更加性感迷人,兄弟俩扑上去,轮流亲吻柯柯的屁股,吻得口水直流,闻一个紧身牛仔裤美女的屁股是他们朝思暮想的愿望。阴三儿命令柯柯坐在他脸上放屁,柯柯放不出,阴三儿就把帆布包里的灌饼拿出来,将里面的臭腐乳抹在柯柯的臀部,他舔舔舌头,再次扑了上去……

李亚因为是空姐的身份,她比柯柯承受了更多的凌辱。

也许,每个男人都有空姐情结。

李亚发布微博,透露了自己休假在家。两名凶手掌握了她的作息时间,依然是从楼顶顺着绳子下滑到李亚阳台的位置，防护栏上没有救生窗，阴三儿用大铰钳铰断防护栏，进入室内。

两名凶手用枪威逼李亚换上空姐制服，为他们表演空姐礼仪。

他们想了很多变态的方法来折磨这个性感迷人的空姐，命令她做出各种羞耻的动作，要求她说各种下流的话。阴三儿还特意要求空姐李亚，一手叉腰，一只脚点地，唱《爱情买卖》……

远处传来警笛声，两名凶手仓皇逃窜。他们离开小区时，和警车擦肩而过。

如果加上臭腐乳，他们的作案工具有：臭腐乳、绳索、大铰钳、胶带、避孕套、帆布包、三轮车、磨尖的螺丝刀、枪。

使用避孕套，不留下精液——这是监狱里的一个强奸犯教给他们的。

磨尖的螺丝刀比匕首更有效——这是一个故意伤害致死人命的凶犯教给他们的。

那把枪是买来的仿真枪，从外观、重量来看，都和真枪没什么区别。在作案时，仿真枪主要是起到威慑的作用，国外还有用香蕉或甘蔗伪装成手枪抢劫金融单位的案例。那把仿真枪虽然能够打响，但并不能发射子弹，所以画龙在抓捕时，凶犯持枪反抗，画龙毫发未伤。

那天晚上，伍小柒在出租屋里睡觉，听到院里传来一阵轻微的脚步声，他警觉地意识到东窗事发，警察来抓捕他了。伍小柒拿起仿真枪，情急之下躲藏到柜子上，天真的他想吓退警察，因为紧张，他不小心扣动了扳机。枪声在耳畔响起，画龙吓了一跳，冲进屋内的警察也愣了一下，他们以为画龙会中弹倒下，画龙却安然无恙，反应过来后，画龙伸手抓住伍小柒的小腿，将他从柜子上拽了下来。

两名武警扑上去，夺下伍小柒手中的仿真枪，迅速将其制伏。

伍小柒说了一句他在电视里学来的话：没想到你们来得这么快。

两名凶犯，一人落网，另一名侥幸逃脱。

阴三儿当天晚上拉肚子，腹痛难忍，去医院检查出了急性肠炎，输完液以后已是凌晨两点。阴三儿回家时看到了封锁路口的武警，看到了弟弟被抓捕上车。他躲在暗处，吓得屙了一裤子，随后，他顾不上擦屁股就悄悄逃走。

警方在次日发布了通缉令，向周边城市的公安机关发布协查通报，希望尽快将阴三儿抓捕归案。特案组认为，每一名凶手都有自己熟悉的作案方式，走投无路的阴三儿还会再次作案。这名凶手的目标是微博上那些喜欢泄露自己信息的美女，一起新的入室强奸杀人案随时都有可能发生。

伍小柒对犯罪事实供认不讳，但否认他们兄弟俩盗窃死者柯柯的手机以及发布尸照。

警方始终没有搞明白，那张尸体照片究竟是谁发布在微博上的。也许有个人隐藏在她房间里，也就是那个打开她家防盗门的人……

ZUI
QUAN
SHU

第二卷 一
刺猬少女

没有眼里所无法看见的花朵，更无心中所不愿思慕的明月。

——松尾芭蕉

一

两名高中生早晨去骑行冲山，冲山指的是骑行爱好者从山顶骑着山地车极速冲下去，中途很少刹车，全靠自身技术躲避树木石块，而且要从陡峭处冲下山以求刺激。

山路边长着野草，雾气弥漫，湿漉漉的草叶上滴着水。

山坡上有一片公墓，人迹罕至，崎岖的路边是守墓人的小屋，平时废弃不用，只在清明节和中元节时守墓人才会住进去，做一些修复墓地、清理垃圾、铲除杂草的工作。

途经这小屋时，一个男生的车链子掉了，下车修理，另一名男生停车等候。

雾蒙蒙中的小屋显得阴森恐怖，周围很荒凉，屋后就是坟地。

突然，小屋虚掩的木门缓缓地开了，两名男生吓得够呛，往屋里一看，汗毛就竖起来了。

小屋里有一个年轻女孩的尸体，女孩穿着校服，缩在屋角，看不到她的脸。女孩的眼中和嘴巴里都插着羊肉串铁签子，死状极惨，恐怖骇人。该死者头部顶在地上，因为眼睛和口腔中插有铁签子，所以面部并没有触及地面，在她的脖颈处露着铁签子的尖儿。女孩呈跪姿弯腰低头，身体上扎满了密密麻麻的羊肉串铁签子，就像是一只大刺猬。

第六章
巫毒娃娃

2010年9月7日,星期二,两名高中生发现山上小屋里有具尸体,他们惊慌失措地回到学校后告诉了老师。这所学校叫作育才四中,就在山脚下。因为死者女孩身穿校服,校方怀疑是本校里的学生遇害,所以赶在警方到来之前就去现场辨认。

死者女孩的每一个伤口都生了蛆,尸身已经开始腐败。

屋内有一地蛆壳,鲜血凝结干涸,呈黑色。

教务处主任说:是不是咱们学校那个失踪的双双啊?

训导主任说:双双是哪个班的?她妈妈往学校打电话找她好几天了,把她班主任找来。

女孩穿的正是育才四中的校服，经过校方核实辨认，死者是该校高三（10）班的一名女生，名叫双双。双双一个星期五的下午放学后失踪，她妈妈数次往学校打电话询问，也问遍了同学，都没有人知道双双的下落。

校方人员保护好现场，警察到来后，在小屋周围拉上黄色警戒线，不让闲杂人员靠近。小屋内有明显的搏斗痕迹，从种种迹象来看，这里就是第一凶杀现场，基本排除了抛尸的可能性。女孩临死前数次想要跑出小屋，但都被逼回，致命伤口为孔状，位于咽喉处，勘验人员分析认为，杀人者使用的是一种叉形凶器。

女孩身上扎满的羊肉串铁签子是自行车辐条磨尖制成的，警方数了一下，共有198根。

女尸身边散落着一些蛆壳，蛆尚未羽化成蝇，长3~5毫米，有前后气门，正值二龄的生长阶段。根据这一特点，再加上校方反馈的信息，警方推断双双的遇害时间为9月3日星期五傍晚，死亡时间已超过三天。

双双衣衫完整，没有遭受性侵犯的迹象。她里面只穿了内裤和胸罩，外面套着校服。校服上有碳素笔涂鸦，画着一个海绵宝宝图案。双双的脖子上有条红线，吊着个很小的巫毒娃娃。巫毒娃娃常带有神秘色彩，由手工编制而成，材料是颜色各异的细毛线，一般用作护身符或者诅咒仇人之用，很多女孩都佩戴有这种饰物，以此为时尚。

警方注意到，有一根铁签子正好穿过巫毒娃娃的手臂，刺入双双的左乳。

为了保持尸体的原状，警察将刺猬少女原封不动地搬上担架，运回市公安局做进一步尸检。当时围观的有十几名师生，他们站在小屋旁的山路边，仅仅是看着尸体上那些密密麻麻的铁签子，就惊恐万分，说不出话来。

警方随后牵着警犬，以案发现场为中心，搜山查找物证。在一处墓碑后面，警方找到了一个枣红色的双肩背包，款式新潮，经过师生辨认，这正是双双的书包。

双双的书包敞开着，拉链没有拉上，除了课本和笔袋，书包里面还有这些物品：

美瞳、假睫毛、唇膏、唇彩、小镜子、化妆品、女士香烟、香水、打火机、几本包装精美的杂志。

一名花季少女以这种奇异的方式被杀害，如何不让人震惊？尽管警方要求在场师生保密，但是消息还是迅速在育才四中传开，极度恐慌的情绪弥漫高中校园。

警方主要有两种推测，育才四中位于山脚下，正值9月开学，学业相对轻松，很多学生放学后都有爬山锻炼的习惯，双双会不会是在山上散步时被陌生人突然袭击致死？警方走访了墓地管理单位，没有发现可疑人员，守墓是一种临时性工作，只有清明节时才会临时找人。

如果凶手和死者相识，一个人际关系简单的高中女孩，能有什么深仇大恨让人痛下杀手？

双双的妈妈听闻噩耗，当场昏死过去，警方等她醒来后，在医院里进行了询问。

双双17岁，父母离异，妈妈在市电力公司二处工作，经常值夜班，平时对女儿疏于管教。尽管如此，妈妈称女儿并没有什么恶习，平时很乖很懂事，丝毫没有叛逆少女的习性。妈妈从来没有见过女儿化妆和吸烟，她认为女儿包里的香烟、打火机和化妆品等不是女儿的物品。

然而，这个说法遭到了同学们的否认。

高三（10）班的同学对双双的评价是：超级腹黑双子座不良少女！

腹黑一词来源于日本，通常是指表面善良温和，内心邪恶奸诈，很会伪装、很有心计的人。腹黑少女看上去清纯可爱、楚楚可怜，但城府很深，工于心计，擅长谋划和钩心斗角。这类女孩其实并不属于危险类，只是她们喜欢掩饰自己，有着双重性格和两面形象。

高三（10）班是分班后的产物，这个班级里的学生都是没有希望考上大学的"坏学生"，其他班级淘汰掉成绩差的学生，将他们聚集到这个班里。老师称之为后进班，同学称之为垃圾班或放牛班。校方只对升学率高的尖子班重视，对垃圾班的学生几乎不管不问，任由他们自生自灭。

双双的同桌是一名男同学，叫作高富帅，学习成绩全年级倒数第一。他向警方证实：双双在老师和家人面前装得很乖巧，但是她很坏，接电话时柔声细语，搁下电话就笑着骂对方是傻子、二到家了、二到姥姥家了。这个女孩有时爱吹牛，声称自己家里有钢琴、泳池和花园，说自己18岁生日时会得到一辆车作为成年礼。

双双煞有介事地说：送车作为成年礼，是我们家族的传统。

高富帅说：那你要什么车好呢？

双双纠结着说：也正犯愁呢，30万元左右的车吧。

高富帅说：我爸从来不会开车接送我。

双双问道：你家在开发区那块儿，挺远的，那你是怎么上学的？

高富帅说：打的。

学校是警方调查的重点，市局刑警大队在育才四中教务处成立专案组，对双双的老师和同学进行逐一排查。因为很多人对警察有仇视情绪，调查工作进行得无比艰难，尤其是垃圾班的学生。他们认为，警方怀疑凶手就是他们中的一员，所以极其不配合，最终，警察和学生之间引发了冲突。

垃圾班有个叫作李菊福的学生，他把扫帚架在窗台上，做成枪状，假装向校园里的几名警察扫射。他模仿着机枪的声音，喊着突突突突突，去死吧，条子，滚出校园，去死吧。

随后，李菊福仰头作吐血状，模仿中弹牺牲。他皱眉捂着胸口，指着窗外一字一顿地说道：来、信、砍。

这时，刑警大队的支队长突然出现在李菊福身后，该市刑警大队共有九个支队，这名队长也被称为九队长。九队长上去就揪住了李菊福的衣领，怒声问道：你，刚才说什么呢？

李菊福突然跪下了，声音颤抖，害怕地说道：叔，你别打我，我给你跪下了。

九队长路过教室，刚才已经听到李菊福出言不逊，他满面怒容，夺过李菊福手里的扫帚，用力推搡了一下。

李菊福的头撞到墙壁，眼冒金星，他担心自己挨打，索性倒地装死。

其他同学见状，以为他真死了，高喊一声：警察打死人啦。一群学生围住九队长，其他班级的学生也跑了过来，情绪激动之下，引发了肢体冲突。九队长打伤了几名学生，他自己也受了伤……事后，垃圾班的学生同仇敌忾，甚至声称要罢课，他们要求警察赔礼道歉，撤出校园！

双双被杀案的调查因为这起意外事件而中断，特案组接到市局刑警队的协助请求，首先了解了矛盾冲突的过程。梁教授要求九队长向全班学生道歉，如果矛盾继续激化，警察和学生处在对立面，刑侦工作根本无法展开。

画龙说：哈哈，真是窝囊废，一名刑警队长，竟然被学生给打了！

九队长说：那群学生追着我打啊，刚开始，我的头还被他们蒙住了。

苏眉说：你肯定有什么过激行为，激怒了他们。

九队长说：要不是领导想息事宁人，我真该把他们都抓起来。

包斩说：一个班的学生，你都抓起来？

九队长说：算了，算了，我还是顾全大局吧。

尸检报告送到了特案组四人的手中，死者双双身上有伤口几百处，其中不少是贯穿伤，一些铁签子深入肩膀、胳膊、腹腔、大腿，从后面穿出。法医鉴定认为，凶手最先刺入死者的口腔，那根铁签子穿透了脖颈，露在脖颈后的铁签子尖端较长，说明凶手这一下用的力气很大，下定决心要将这名少女杀死。

凶手的手段极其残忍，令人发指！

特案组到来之后，对死者双双脖子上的巫毒娃娃项链有了新的发现。

巫毒娃娃的头可以拔下来，起到软木塞的作用，娃娃的身体是中空的，里面装着不明液体。经过化验分析，巫毒娃娃里装的是尿，尿液中含有的人绒毛膜促性腺激素较浓，确切地说，巫毒娃娃里是孕妇的尿液！

画龙问道：双双这孩子怀孕了？

九队长说：没有，法医验尸确定她没怀孕。

包斩问道：那她装的是谁的尿呢？

苏眉说：同学的，或者是买来的。

画龙说：还有卖尿的？

苏眉说：巫毒娃娃本来就是一种迷信的东西，里面装着尿也许有什么特殊含义。

梁教授说：这就是咱们下一步调查的方向。

包斩说：在双双那个班级里，有没有女生怀孕？

九队长说：现在那些学生仇视警察，问他们什么，他们都翻着白眼一律回答不知道。我一出现，那些孩子都拿着手机对我拍照。

梁教授说：我有个办法，让小眉假扮成新来的老师，取得学生们的信任，可能会获得一些线索。

校方作出了一些让步，同意让苏眉临时客串语文老师。校长说，一切为了破案，如果需要牺牲的话，就把那些差班学生牺牲出去吧，反正他们也考不上大学。

垃圾班原先的语文老师是个秃头中年男人，五大三粗，声若洪钟，长相非常猥琐。

苏眉第一次上课，学生们情绪高涨，尤其是男生们眼前一亮，他们难以置信，这么漂亮的美女竟然是他们新来的老师。

苏眉对学生们说：大家好，初次见面，嗯，看来我们班帅哥美女很多啊，我姓苏，你们可以叫我苏老师或者苏姐，当然，如果你们直接叫我美女，我也是当之无愧的。呵呵，开玩笑，很荣幸成为大家的新老师，希望在接下来的时间里我们互相学习，共同进步。

学生们报以热烈的掌声，一名男生扯着嗓子喊道：苏姐，你有微信账号吗？

大家哄笑起来。

苏眉点名时发现，班级里有三个学生不见了。

他们是：高富帅，李菊福，还有一名外号叫作大狸子的男生。

高富帅，人如其名。他长得很帅，个子又高，家里很有钱，他爸爸开了一家酒楼，在当地富甲一方。那天下午，高富帅和两个男同学逃课去了案发现场。公墓小屋里的血腥味已经散尽,警戒线撤除,屋前的草丛里还有勘验人员扔掉的一次性胶皮手套。

高富帅手持一台DV摄像机,拍摄案发现场,虽然感到害怕,但是心中却有一丝窃喜。他想:我要把视频上传到优酷上,然后发到人人网,发到天涯社区,发到D8(百度网站下面的一个贴吧),肯定火暴网络。

大狸子拿着根树枝,在案发现场寻找着什么,他说道:双双,哥会帮你找到凶手。

李菊福看着墙壁上的血迹说:安息吧,三分黑木耳,好人一生平安。

高富帅说:她死了,她的魂可能还在这屋里。

大狸子说:别吓我。

李菊福说:别说,给跪了。

高富帅突发奇想,他把DV摄像机放在了那小屋里。他对李菊福和大狸子说,让摄像机在这里自动拍摄一整夜,说不定就能拍到双双的鬼魂。这个地方平时人迹罕至,自从发生凶案后,更是无人敢来,所以,他们也不担心有人会拿走摄像机。

第二天清晨,三名学生迫不及待地来到小屋,他们要看看摄像机有没有拍到什么东西。

摄像机平放在小屋地面上,镜头对着双双死去的屋角。摄制的画面黑乎乎的,看不出什么异常。三个男生有点儿失望,高富帅快进播放,画面中,月光从门外照进来,地面上的蛆壳星星点点,这种惨白的图像看上去非常恐怖瘆人。

高富帅突然说了一句话,这句话令两个学生毛骨悚然,汗毛直立。

他说:你们,有没有觉得画面移动了位置?

第七章
坟地怪影

凶杀现场往往令人极度不安，人们对凶手和死者有着双重恐惧！

黑龙江奸杀多名幼童的凶犯官润伯，他当年的租住地，也是他的作案现场。几年里，那个地方再也无人居住，胡同里所有的窗户都被封死，天井里已经长满了半人高的蒿草。

广西贺州发生系列奸杀女童案，一个光棍汉，在十几年里奸杀了村里的四名女童。在当地的竹林里，一个老奶奶寻尸时发生了古怪的事，竹子几次钩住老奶奶的衣服，迷信的老奶奶意识到可能是某种神秘的暗示，找来村民挖掘，在竹林里果然发现了自己孙女的尸体……

有时候，一扇紧闭的门更能让你想看门后的情景。

育才中学的三名学生将摄像机放置在双双遇害的死亡现场，一夜过去了，他们次日检查摄像机时看到了难以置信的诡异画面。拍摄到后半夜时，画面竟然在缓缓移动，似乎有一双手在移动摄像机。

如果是人的话，谁会在半夜跑到刚刚发生过凶杀案的小屋里呢？

三名高中生面面相觑，摄像机本来平放在地上，对着双双死去的屋角，现在画面竟然转向了小屋的门口。门外是坟地，视频画面上的月光时隐时现，大家看到，有什么模模糊糊的东西从门外进来了。

这时，摄像机里突然传来一声咳嗽！

大家吓了一跳，头皮发麻。咳嗽声再次响起，这次能够清楚地听到，这是一个老头的咳嗽声！

紧接着，视频里出现了恐怖离奇的画面，三个学生简直不敢相信自己的眼睛。

他们看到，一只手缓缓地从门外移动进小屋里！

三个学生大叫起来，关掉摄像机，吓得屁滚尿流，一直跑到学校。他们对同学声称拍摄到了鬼，拍到了一只鬼手，还录到了一个怪老头的咳嗽声。教室里一片喧哗，有同学去老师办公室打小报告，教务处主任带着苏眉赶到教室，苏眉当场没收了高富帅的摄像机，政务处主任严厉批评了高富帅、大狸子、李菊福三人。

特案组研究了摄像机拍到的这段古怪视频。

首先，录制到的咳嗽声难以解释。特案组用警方最先进的声纹鉴定仪器进行分析，无论是波形图，还是振幅曲线、基频曲线以及三维频谱、宽带语谱和过零率曲线，这咳嗽声都不符合人类发音的特点。

也就是说，这不是人类的咳嗽声！

通过仪器，将录制到的视频画面作清晰放大处理，可以清楚地看到那只手——其实是一只手套。在视频的后半段，画面中居然出现了很多眼睛，什么东西在小屋里鬼鬼祟祟地移动。特案组四人也都感到毛骨悚然，一起恐怖凶杀案的现场，竟然出现了这么多离奇古怪的现象。

视频播放到后面，天色渐亮，足够使人看清楚。

画面中，一些刺猬从小屋里慢慢爬了出去。

大家恍然大悟，录制到的灵异现象也都有了合理解释。

刺猬是一种很恐怖的动物，昼伏夜出，栖息在山林、草原、农田、灌丛等处，坟地中也常常能看到刺猬的身影。经验丰富的墓地管理人员会赶走刺猬，因为刺猬不仅取食各种昆虫，还习惯在地下食死人的脑子。农村里的村民常常看到刺猬在厕所里吃蛆，蛆和蛆壳也是刺猬的食物。

这种动物能模拟人声，咳嗽时和老头一样，还会打喷嚏，哭叫声就像是小孩子的哭声。

双双遇害的死亡现场，有很多蛆壳，吸引了大量刺猬在夜间去觅食。

视频画面中的那只手，其实是手套扎到了刺猬身上，那手套是现场勘验人员留下的。

虽然灵异现象得到了澄清，但是想象力丰富的人脑海中会出现这样一个恐怖画面：一个女孩死在墙角，身上密密麻麻扎满了铁签子，就像是一只大刺猬。到了夜间，很多刺猬从坟地中赶来，爬到死者女孩的身上，取食尸体伤口处的蛆虫。

特案组在育才四中召开了案情分析会议，除了校长，这次会议没有通知其他校方人员，因为此案目前还不能排除学校领导和老师的嫌疑。

九队长先汇报了一下这几天的调查情况，在案发现场和双双的包里，都没有找到双双的手机，通过电信部门调看她的通信记录，看不到什么异常，这个腹黑少女很可能有另外一个不为人所知的手机号码。双双的巫毒娃娃是从学校门口的饰品小店买到的，但是小店里出售的巫毒娃娃并没有盛装尿液，尿液来源不明。铁签子是新的，上面没有检测到烧烤羊肉的痕迹，这种铁签子，市内的五金店、土产日杂店、批发市场、车铺、超市、烧烤用具专卖店都有售。价格为10元100个，质量好点儿的是20元100个。

九队长说：如果是买来的铁签子，那么应该是200根，这种东西一般不零卖。

梁教授说：尸身上只发现了198根，少了两根，你们就是挖地三尺，也要把那两根找到。

包斩说：凶杀现场有明显的搏斗痕迹，凶手有可能受伤，双双也许用铁签子刺伤了凶犯。

校长说：双双是被强迫带到凶案现场还是自愿到凶案现场的，这点很重要。

苏眉说：据班里的同学反映，双双从来没有去爬过山，她一个人去爬山的可能性不大。

画龙说：如果很多人一起去野外聚餐，每人吃10串羊肉串的话，那么至少有20人。

九队长说：你是说，很多人合伙杀死了这名女孩？

画龙说：不排除这种可能，凶手有男有女，群体作案。

校长说：天哪，会不会是那个班里的学生！

九队长说：那帮学生连警察都敢打，不是做不出来，要知道，孩子有时比大人更残忍！

梁教授：班里的那三个同学胆子也太大了，竟然去凶杀现场录制视频。

九队长说：双双校服上的那个海绵宝宝图案会不会有什么含义？

校长说：这个啊，我来解释一下，这个很正常，很多学生都在校服上涂鸦，用笔画上各种图案，画柯南的，画蜡笔小新的，画海贼王的最多，还写上各种字，有个女生在校服后面写着"女仆求主"，还有在校服上印花的，有剪短、拉长，或者在校服上开洞的，前段时间，狗脚印很流行……

苏眉说：你们的校服是丑了点儿，这些高中生正值青春期，特别爱美。

九队长说：女孩全身插了近200根铁签子，看上去像一只大刺猬，凶手为什么这么做？

包斩说：我也觉得，除了仇恨和残忍，是不是另有深意。

梁教授说：古代迦太基人有一种刑罚，是在圆桶里布满尖刺，把犯人塞在里面，让圆桶从高处滚下，把犯人扎死。欧洲有一种死刑，做一个箱子，箱子的前门后门都有较长的刺，把人关进去，要几天才死，在心脏等主要部位没有刺，这个刑罚叫作"铁处女的拥抱"。

包斩说：双双可能有密集恐惧症，所以，凶手故意将双双扎成刺猬。

苏眉说：这个少女，会不会是一种大号的巫毒娃娃啊，凶手用来诅咒什么？

梁教授说：巫毒娃娃真人版。

画龙说：那也不用扎成刺猬吧，有些伤口是死后形成的，人死了，凶手依然在扎她。

苏眉说：这个刺猬少女，让我想起了芝麻女孩。

九队长问：什么是芝麻女孩？

苏眉说：从前有一个小女孩，全身毛孔都很粗大，妈妈到处打听秘方，听说芝麻泡澡可治疗毛孔粗大，于是在浴缸里放满芝麻让她泡，可是泡了很久都没出来，妈妈去浴室，发现女孩全身上下密密麻麻布满芝麻，芝麻镶嵌进毛孔里，她正在用牙签挑……

会议上，大家认为，能够成为破案线索的极有可能是巫毒娃娃中的尿液，但从一般的刑事案件角度来看，铁签子也是破案的关键，这些铁签子是哪里来的？是为了虐杀而专门制作的？还是从某个羊肉串摊贩处搞来的？如果是自制的，那么车辐条从哪里获得？

梁教授安排分工，九队长负责在案发现场搜寻另外两根铁签子，画龙负责在全市范围内排查购买过铁签子的可疑人员，包斩对巫毒娃娃内的尿液进行DNA提取，进一步寻找尿液来源。苏眉继续假扮老师，暗中调查双双所在的班级哪些学生和她有矛盾，谁和她关系最好，是否有校外人员往来，这些务必要搞清楚，犯罪嫌疑人很可能就在其中。

很快，苏眉在班里调查到一些线索，虽然双双只有17岁，但是她的感情经历非同寻常。

双双不是处女，初中时就谈过几次恋爱。高二时暗恋上高富帅，分班时主动要求和他坐同桌。高富帅过生日时，一帮同学还去他家参加过聚会，在那次聚会上，高富帅喜欢上了班里的一个女生，叫张岛雪。张岛雪是班花，长得很漂亮，双双在暗地里常常说她坏话，还制造过几起栽赃事件。

班里没人喜欢双双，双双唯一的好朋友叫思思，外号拉屎燕，可惜她在高二时就辍学了。

班里那两个男同学——大狸子和李菊福，他们俩都曾和双双发生过矛盾冲突。

大狸子追求过双双，但是被双双当场羞辱了一顿，她还把大狸子写的情书撕碎了扔到他的脸上。不过，同学证明，大狸子是个多情的人，在学校里追求过的女孩有几十个，双双只是其中之一。苏眉私下询问张岛雪对大狸子的看法，张岛雪的评价是：这个人脸皮不是很厚，也就一指厚，一指能指多远，他的脸就有多厚。

李菊福和双双的矛盾源于一次极为尴尬的事件,他还把事情经过发到了贴吧里。

苏眉旁敲侧击,向同学暗中调查到李菊福在贴吧的ID,然后整理查阅了他发过的帖子。

李菊福以前发布的一个旧帖子里这样写道:

今天在学校把大便拉裤子里了,感觉活不下去了。

连着憋了三天的大便偏偏今天就憋不住了,感觉肚子里硬硬的,只要稍微一用力,大便就会挤出来。上午10点半左右,体育课跑200米,我为了在女生面前争口气,起跑时用力过猛,然后就挤出个屁把一小块屎崩出来了。声音特别响,我左右两边的同学都听到了,爆出了笑声。我只好假装若无其事,假装不是我放的,口中嘟囔了一句谁放的?没人答,我感到有些尴尬,继续跑。在终点冲刺时,我明显感觉大便随着我身体的颠簸要出来了,而眼前终点站着我们班的女生,其中就有班花张岛雪。为了不丢脸,争取前10名到达终点,我用试探性的发力开始加速,还有30米时,由于岔气,我一口气没喘上来,导致力量失衡菊花失控,这一瞬间大便喷涌而出,稀里哗啦地全拉裤子里了。我当时真的不知道该怎么办了,好像僵尸一样走到了终点,此时我的校服裤子裆部已经湿黄一片,我走过的路上也三三两两滴落着我的屎尿混合物。

大家都惊呆了,虽然没有笑,但我无地自容,那一刻,我的人生毁了。

事情还没完,我们班有个女生叫双双,她爆发了我有史以来听过的最恐怖的笑声,她还拿手机拍我,说是要上传到网上。我那几天都不敢去上学了,本来以为我写黄色小说被发现是我做过最丢脸的事,被群殴后我认为是我最抬不起头的事,可我怎么也想不到,我都高中了,居然会把大便拉在裤子里。

几天后,我找双双,问她有没有把我照片发网上。这个贱人说没发,但我想她肯定发了,我就继续问,我们吵了起来。当时我也是有一种装×的成分在里面，就推了她一下。她威胁我说找社会上的混混打我。那群混混打人我见过，挺狠，砖头都敢扔，而且还用棒球棒，我现在准备了一把水果刀，避免被他们给打残了。另外，我舅是交通队的！

还有，我要是打不过那群人的话，是给他们跪下还是装死？

这个帖子是旧帖，当时，网友的回复五花八门，大多数鼓励他跪下或者装死，但是后来，群殴事件并没有发生，双双应该只是吓唬他一下而已。

苏眉查看了李菊福发布的最新帖子，竟然意外获得了一条极为重要的线索。

苏眉看到帖子时眼睛一亮，帖子标题是：班里一个女孩被杀了，我知道谁是凶手，我发誓，骗人是小狗。

第八章
屌丝之泪

苏眉迫不及待地打开帖子,内容令她目瞪口呆。她张着嘴巴愣了一会儿,随即,捧腹大笑,她弯下腰捂着肚子,笑得半天说不出话。

画龙和包斩走过来,好奇苏眉笑什么,他们看到帖子标题感到很震惊,李菊福同学竟然知道案情内幕,还在网络上发帖子。看到内容时,画龙和包斩也忍俊不禁,哈哈大笑起来。

帖子标题是:班里一个女孩被杀了,我知道谁是凶手,我发誓,骗人是小狗。

内容只有一句话:汪汪,汪汪汪,汪汪汪汪汪汪。

李菊福发的帖子,标题大多哗众取宠,动不动就说"出大事了",造谣撒谎,信誓旦旦说骗人是小狗,点开帖子后,内容无一例外,都是学狗叫。D8的其他帖子，个个猥琐变态，充满各种恶搞和自我爆料。

苏眉又看了几个帖子，说道：这个贴吧，太变态了。

画龙说：脑残儿童乐趣多。

包斩指着电脑显示器问：什么是来信砍？

有这样一群少年，共同点是：穷、丑、矮、土、挫。

他们大多是年轻人，是80后和90后，对未来感到迷茫，认为自己摆脱不了在工地上搬砖的命运。他们喜欢聚集在某个贴吧里畅所欲言。

这个贴吧制造了很多网络流行语：

来信砍——来××信不信我砍死你。例如，来东北信不信我砍死你。

爽场——删帖一时爽，全家火葬场。

语死早——语文老师死得早。多用来指那些语句不通的帖子或回复。

苏眉开玩笑对画龙和包斩说，你们俩都是屌丝，你们也该混这个贴吧。

画龙说，你是女屌丝。

苏眉说：我研究一下，什么是女屌丝。

这个世界上，有种女孩叫作女屌丝，她们的共同点是：胖矮黑丑脏。这类女孩爱看言情小说，偶尔蹦出惊人之语。她们虎背熊腰屁股大，自卑又平庸，不管在哪里，永远都成不了公主。幻想替心爱的王子挡子弹，能够死在王子怀里，就足够了。

苏眉注册账号，打开一个帖子，楼主叫"妮妮不是猪"，她发帖说自己再也不相信爱情了。

苏眉回复：亲爱的女屌丝，美来自改变，你没必要做一辈子绿叶。你可能没有一个好的过去，但是你要选择什么样的未来，什么样的人生，完全取决于现在。

苏眉找到双双的QQ号码，这个女孩已经死了，头像永远暗淡下去。

人生不就是如此吗？有一天，我们下线以后，QQ头像就不再亮起。

双双的QQ空间弄得花里胡哨，尽管父母已经离异，但她仍然在空间里描述"我把拔（网络语：爸爸）和我麻麻（网络语：妈妈）"的恩爱，由此可见，这个被扎成刺猬的女孩并没有面对现实，她的内心里也渴望一个幸福团圆的家庭。

苏眉打开双双的相册，看了几张照片，苏眉说道：双双也是女屌丝。

双双个子一米六，体型变化很大，那些自拍照片记录了她这几年的成长。她有时是胖子，有时是瘦子，体重最高时目测有70公斤，短发，像假小子。学校女生的发型大多一样，要么是齐刘海发型，要么就是鸡窝那种，抓得乱糟糟的，自以为很美。

双双不近视，但是戴眼镜，有时就戴个眼镜框。

究竟是什么能让一个虎背熊腰的女生变成小鸟依人的女孩呢？

爱情，只有爱情才是最好的减肥良药！

双双的空间里记录了自己的心情，每次恋爱，她会节食减肥，保持完美形象；每次失恋，就情绪沮丧，暴饮暴食。她的恋爱都是自己主动追求，她不漂亮，个子不高，不温柔，不聪明，她是如此平凡、如此普通。平时生活在自己的小圈子里，从来没有人多看她一眼。双双遇害之前的那些日子，记录的内容每一篇都充满阴霾，她写过这样一篇日志：

你在落寞的雨天，伫立窗前，对他朝思暮想，无比想念他能在你身边，然而你只能独自打伞走进雨中。你仰望天空，脸上流下的不知是雨是泪，你哼唱的所有歌曲都和他有关，而他正和别人在小宾馆里，做着啪啪啪之类的事……

双双日志中出现的"他"，成为警方下一步寻找的人。

特案组分析，这起凶杀案件，因感情纠葛而发生的可能性极大。

几天来，案情没有任何进展。九队长带领一队警员，使用探测仪器在案发现场附近搜索，然而要在山上找到两根铁签子，简直就是大海捞针，学校里开始流传警察在山上找地雷的说法。画龙的排查工作遇到了瓶颈，难以突破，在全市范围内寻找购买铁签子的可疑人员，希望渺茫。包斩对巫毒娃娃内的尿液进行了DNA提取。

提取了DNA之后，特案组又犯难了，因为没有犯罪嫌疑人可以对比，警方只好以体检为名，抽取了高三（10班）所有同学的血液样本，希望进一步找到尿液来源。

通过盲比，首先排除了班花张岛雪，这让特案组有些失望，他们认为张岛雪是班里最有可能怀孕的女孩。对比完班里所有的女孩，竟然没有一个相吻合，巫毒娃娃里的孕妇尿液不是来自这个班级的女孩。

九队长有些泄气，说道：接下来，咱上哪儿查去啊？

画龙说：应该把这个班级老师的DNA对比一下。

包斩说：双双日志里写到的那个男人，到底是谁呢？

苏眉说：我查过了，双双并不认识校外的混混，她只是常常向同学这样吹嘘。

梁教授：接下来，对比一下班里的男同学。

九队长说：那巫毒娃娃里发现的是孕妇的尿液，怀孕的只能是女性，对吧?

梁教授说：是啊。

九队长说：我就纳闷，为啥要和男的对比，男人又不会怀孕。

警方提取男同学的血液样本进行DNA对比，看上去可笑，但其实不然。

现在的DNA技术，可以检测到亲属关系，有血缘关系的人其DNA族谱有相同的地方，在没有基因突变的情况下，亲属间线粒体DNA序列有一致的地方。

一个凶手在杀人现场留下一口痰，多年来逍遥法外。凶手的叔叔因为一起交通肇事案意外被捕，通过DNA对比，警方从血缘关系上锁定杀人案的真凶，从而抓获凶手。

警方惊讶地发现：巫毒娃娃孕妇尿液中提取的DNA和李菊福同学的DNA测序9个位点比中，警方又进行了18个位点比对，两者的DNA测序都有一致的地方。

九队长说：难道李菊福同学是个女孩，女扮男装来上学，他还怀孕了?

梁教授笑道：可能是这个男孩的亲戚。

苏眉说道：李菊福他舅!

李菊福同学上体育课时曾经把大便拉在裤子里，双双拍照，李菊福要求删除，双方发生肢体冲突，双双威胁喊社会上的混混来教训李菊福，李菊福喊了他舅来处理，那场纠纷最终不了了之。

警方立即传唤了李菊福和他舅舅，分别进行了审讯。

画龙：李菊福同学，我们看了你发的所有帖子，你真是太猥琐了。

李菊福：啊，是D8的帖子吗？我只是发帖子啊，警察叔叔，你们这是要跨省抓我吗?

画龙:跨什么省?

李菊福:早知道,我就灭退保了。

画龙:你这屌丝,少嬉皮笑脸,态度给我放端正点儿。

包斩:说说你舅,有几个孩子,和你舅妈关系怎么样?

李菊福:我舅在交警队,和你们是同行啊。

画龙:语死早?

李菊福:好,我说,有一次,我偷过我舅妈的内裤,还有丝袜,还在她高跟鞋里……

画龙:你干过的坏事,全部交代,咱们国家的政策你不是不知道,坦白从宽,抗拒从严!

李菊福:我不止一次地幻想过和我舅妈,我还发了帖子,你们看过那帖子了吧。

画龙:你接着说,说详细点儿,争取个好的态度。

李菊福:叔叔,我是处男。今天把心里的话都说出来,好受多了,憋得人都快疯了。我为什么追不到女孩,我争取在明年情人节之前追到一个女的,就像双双和拉屎燕一样难看也没关系。张岛雪这女的特骚,还特高傲,冒充文艺女青年,签名档里写着……

包斩:写着什么?

李菊福:她依然向往着长岛的雪,依然向往着潘帕斯的风吟鸟唱。很久后我才知道,原来长岛是没有雪的。

画龙:我们会找你舅妈证实一下你说的话。

李菊福:叔,不要啊,我求你们了,我给你们跪下行不?

包斩:那你好好儿说,双双喊人要打你,你喊了你舅舅,你说说那天发生了什么?

李菊福:那天,我出了校门,我舅舅开警车来接我,门口的小混混看见警车就跑了。

包斩:你舅舅送你回家了吗?

李菊福:没有,我自己回家,我舅舅说和双双谈谈,让她不要再喊人打我。

包斩:当时还有谁,谁和双双在一起?

李菊福:拉屎燕。

那天,李菊福的舅舅在校门口找到双双,当时双双和拉屎燕在一起,李菊福舅舅希望化解矛盾,提出请两个女孩吃饭,拉屎燕是个性格内向自卑的女生,本不愿去,担心李菊福的舅舅是坏人。双双却说,他开着警车,还能把咱们卖了?

梁教授:你是警察,闲话不多说,我们不管你当时请两个女孩吃饭是什么目的,不怀好意还是别有用心,我们希望你谈一下你和双双是怎么回事?

李菊福的舅舅:我和她能有什么事,就一起吃了一顿饭。

苏眉:那么,思思呢?她也叫拉屎燕。

李菊福的舅舅低下头,想了一会儿说:我承认,我那次认识了思思,后来……发生了关系。

梁教授:你知道她怀孕了吗?

李菊福的舅舅瞠目结舌,说道:我听说她生病退学了。

苏眉:拉屎燕怀孕了,我们找不到她,她父母也不知道她现在在哪儿,她可能躲在某个地方。

李菊福的舅舅问道：这孩子为什么躲起来？

苏眉说：你有几个孩子？

李菊福的舅舅回答：就一个啊。

梁教授说：恭喜你，你可能又要当爸爸了。

第九章
妈妈的尿

李菊福的舅舅心乱如麻，他遇到了两个大麻烦。

一、他身为警察，却被当成犯罪嫌疑人接受调查。

二、他玩弄未成年少女，少女怀孕，竟然退学躲起来，想偷偷生下孩子。

李菊福的舅舅权衡利弊，当务之急还是要尽快洗清自己的杀人嫌疑，必须积极配合警方寻找拉屎燕，找到拉屎燕，此案也就接近了真相。拉屎燕失踪后，手机关机，父母也不知道她躲在哪里，警方无从寻找。李菊福的舅舅向警方提供了一个银行账号，拉屎燕曾经通过这个账号让李菊福的舅舅给她汇钱。

苏眉说：不管这个女孩藏在哪里，总要花钱，这个账号很关键。

画龙说：真是人小鬼大啊，怀孕了，不想堕胎，找个地方生孩子，她才16岁啊。

九队长说：肯定是那个双双出的主意！

梁教授说：除我之外，所有人的屁股都离开椅子，给我动起来。我要这个银行账号的所有信息，记住，是所有信息！存取款记录、开户人身份、联系地址，从这些信息上找到那个叫拉屎燕的女孩。小包哪去了，小包……

教务处临时办公室，各警员纷纷忙碌起来，但是其中却没有包斩的身影，梁教授奇怪他跑到哪里去了。通过银行部门的配合，警方很快查明，这个银行账号的开户人是拉屎燕的一个亲戚，拉屎燕向亲戚借了这张银行卡，最后一次取款记录是两个月前，卡上已经没有钱了。银行卡线索中断，这张卡是借来的，正当大家一筹莫展的时候，包斩向特案组打来电话说拉屎燕找到了。

苏眉说：好样的，小包，你盯住拉屎燕，我们这就过去。

画龙说：我们这些人，忙乎半天都白搭，你是怎么找到的？

包斩说：很简单，她总要租房子。

拉屎燕是未成年少女，还没有身份证，不能办理银行卡，也不能办理租房手续，只能通过黑中介租到房子。包斩挨个儿去找市内的房屋租赁黑中介，他拿着拉屎燕的照片，声称是这女孩的叔叔，女孩前些天和爸妈吵架离家出走，如果有人告知女孩下落，可以给付报酬。一名黑中介业务员收了包斩的钱，他提供了一条线索：几个月前，拉屎燕和双双来这里租房，因为她们都未成年，没有身份证，黑中介业务员为她们提供了虚假身份证明，帮她们签订了租房合同，所以业务员对这两名女孩印象深刻。

拉屎燕租的是平房，位于公交车的终点站附近，独门儿独院儿，院墙上插满了玻璃碴儿。

屋里一片狼藉，触目惊心，简直就是原子弹爆炸或龙卷风过后才有的景象。垃圾遍地，屋内乱七八糟堆满了杂物，一条羊肠小道通向电视机的位置，沙发上放着一碗泡面，耷拉出来的面条已经成为化石，角落存放衣物的纸箱被老鼠咬了一个洞，哥斯拉正在箱中成长，房间里弥漫着饭菜的馊臭味和衣物的发霉味。

警方找到拉屎燕的时候，这个女孩正坐在一堆垃圾中间，喝着酸奶，玩着劲舞团。她只穿着胸罩和内裤，肚子隆起，胖乎乎的手将键盘拍得啪啪响，她看到一群人闯入房间，惊声尖叫起来。

拉屎燕也曾经把大便拉在裤子里，她的外号就是由此而来，虽然是小学五年级的事，但是这种尴尬和耻辱一直伴随着她。她养成了内向自卑的性格，只有在双双面前才有说有笑，双双是她唯一的好朋友。

然而，在公安局讯问时，拉屎燕对双双的死竟然表现得一无所知。

她很害怕，号啕大哭，不明白警察为什么找上她，特案组耐心地等她情绪稳定下来。

苏眉安慰道：不哭了，乖，别动了胎气。

她哭着说：我要找我大叔救我出去，我要让大叔找律师告你们非法入室，放我走呀。

苏眉问道：你肚子都大了，看上去有四个月身孕了吧。

拉屎燕依旧哭个不停，嘴里喊着：我大叔是警察，有枪，有车，有关系。

梁教授劝道：孩子，你要好好儿配合调查，要是没你事，自然会放你走。

拉屎燕不听，闭上眼睛哭喊着：大叔，他们欺负宝宝，还扭我胳膊，好疼哦……

拉屎燕说的大叔就是李菊福的舅舅，拉屎燕被李菊福舅舅勾搭上之后，怀孕了。拉屎燕是未成年少女、高中女生，李菊福的舅舅是中年男人，有老婆有孩子。他们秘密地保持着情人关系，对拉屎燕来说，这是她的初恋，第一次恋爱，就爱上了比自己大20岁的中年男人。

  拉屎燕的妈妈很快赶到了公安局，她对女儿咬着牙铁青着脸说道：你这是作死呢！

  妈妈厉声质问女儿怀的是谁的孩子，拉屎燕吓得瑟瑟发抖，不敢回话。李菊福的舅舅主动上前承认错误，他希望能妥善处理这事，如果拉屎燕同意堕胎，他愿意拿出一笔钱作为补偿。拉屎燕的妈妈狠狠抽了他一耳光，破口大骂：你这熊货多大岁数了，还勾引我女儿？熊样儿，我饶不了你，你这熊货比我年龄都大，强奸我女儿，我今天挠死你。

  两个人在审讯室打了起来，场面一团混乱，拉屎燕躲在角落，吓得尖叫。
  九队长问道：干吗呢，怎么打起来了，你也不管？
  苏眉说：丈母娘打女婿呢，真激烈啊，我看会儿热闹不行吗？

  画龙上前喝止，将俩人拉出审讯室。等到拉屎燕的情绪稳定下来之后，讯问继续进行，她向警方讲述了自己怀孕以及双双借尿的事情。李菊福的舅舅和拉屎燕发生关系后不久，拉屎燕的月经没来，双双陪她去药店买验孕试纸，两个女孩在路上有过这样一段对话：

  拉屎燕说：我鼻子来例假啦。
  双双说：你流鼻血了，给你纸，塞上，大象。
  拉屎燕说：可是，这个月我下面没来，我好担心会中弹啊。
  双双说：哦，要是怀了小朋友，我们要庆祝一下。
  拉屎燕说：天啊，不要吓我好不好，妈妈会打死我的。
  双双说：掐你哦，你有意见吗？有意见别呼吸。

拉屎燕说：真怀孕了，怎么办啊？双双姐，你陪我去堕胎好不好？

双双说：滚，堕胎，你想杀人啊，这是一条生命啊，让我做帮凶？

拉屎燕说：双双，好不好吗？

双双说：别烦我，你太二了，二到家了，二到姥姥家了。

拉屎燕说：切，如果真怀了小朋友，就让我大叔陪我去。

双双说：你家怪叔叔好猥琐。

拉屎燕说：我家大叔好有爱啊，真的好有爱，你的大叔才是怪蜀黍（网络语：叔叔）。

双双说：我家怪蜀黍比你大叔帅，哇咔咔。

拉屎燕说：切，吹牛，我都没见过你家怪叔叔，谁知道你是不是骗人啊。

双双说：保密，我是怪蜀黍的粉红猫，喵呜，爪子敲地板，猫咪不爹毛。

拉屎燕说：验孕试纸多少钱啊，不知道钱够不够呢。

双双说：我们都是萌妹子，我们都是大叔控。

拉屎燕说：一起暴走吧。

双双陪着拉屎燕在药店买了验孕试纸，然后去旁边麦当劳的厕所里验尿测试，一会儿，拉屎燕哭丧着脸从厕所出来了，验孕试纸上面有两道红色的线，这说明她怀孕了！

拉屎燕说：讨厌死了，怎么办，怎么办啊，双双？

双双说：你要做妈妈了呢。

拉屎燕说：悲催……

双双说：你妹，你想怎么办呀，堕胎？

拉屎燕说：哦，发呆……迷茫，我也不知道。

双双说：李菊福同学应该喊你什么呢，舅妈，哈哈哈哈，笑喷了。这下真好，你给你同学生了个弟弟，不知道肚子里是男孩女孩啊。

拉屎燕说：讨厌啊，你还取笑我，我要打电话告诉大叔，问他怎么办。

双双说：屎燕妹子，别告诉任何人。

拉屎燕说：要不，我悄悄吃药流产好了，买试纸时，那药店里的人还推销堕胎药呢。

双双说：鄙视你，鄙视你，我有个好办法。

拉屎燕说：什么办法？

双双说：我好歹是一代霸气腹黑毒舌青春无敌美少女战士。

拉屎燕说：快说嘛，除了悄悄堕胎，还有什么办法？

双双说：生下来！

拉屎燕以为双双开玩笑，双双却帮她仔细分析了目前的处境，如果悄悄地药物流产，那不仅委屈了自己，还便宜了李菊福的舅舅，拉屎燕什么也不会得到。如果将怀孕之事告诉李菊福的舅舅，他肯定会想方设法要拉屎燕打掉孩子，然后再抛弃拉屎燕。

拉屎燕说：大叔不会不要我的。

双双说：等着瞧，你好天真哪，红领巾。

拉屎燕说：让大叔赔偿我青春损失费吗？

双双说：老土，你的肚子越大，他给你的钱也就越多。

拉屎燕说：这也是一条生命啊，我肚子里有小朋友了，我真不舍得打掉。

双双说：最好的办法是你把孩子生下来，这样，孩子的爸爸就会养你一辈子喽。

拉屎燕说：在哪里生啊，我妈妈发现我肚子大了，会打死我的。

双双说：租房，有个房子多好啊，咱们可以一起疯疯闹闹，一起大喊：海贼王，至上！

两个女孩，对未来感到迷茫，她们学习成绩极差，根本不可能考上大学，毕业以后也没有什么打算。在双双的教唆下，拉屎燕决定悄悄地生下孩子，以后也好有个依靠。这个女孩真的爱上了她的大叔，她觉得给心爱的男人生个孩子是一件很幸福的事。拉屎燕也曾经表现出忧虑，万一孩子的爸爸赖账，不承认这孩子怎么办。双双鼓励说可以做亲子鉴定，不怕他抵赖，先找个地方把孩子生下来。

她们在黑中介的帮助下，租了个独门儿独院儿的平房，还扯上了网线，买了台二手电脑。拉屎燕以生病为由悄悄退学，她早就厌倦了课本和作业，双双也常常逃学，去看望拉屎燕。老师对于双双这种不可救药的学生几乎不管。

两个女孩在出租屋里自由自在地玩闹，看海贼王，玩劲舞团，她们将房子弄得一团糟。

日常生活以及交房租都需要钱。李菊福的舅舅以前给拉屎燕汇的钱很快就花光了，拉屎燕本来想继续要钱，但是双双阻止了她。如果李菊福的舅舅知道拉屎燕怀孕，肯定威逼利诱哄她堕胎。双双表示自己有办法搞到钱，不过，她需要向拉屎燕借点儿东西。

在那个垃圾遍地的出租屋里，双双把脖子上的巫毒娃娃拿下来，放在床上。

双双无比怜爱地抚摸着巫毒娃娃，嘴巴里嘟囔着，哦乖乖，乖乖哦，让妈妈给你装点儿尿在你肚子里，我们就有钱了。

几天后，双双替拉屎燕交上了房租，还买了很多零食。拉屎燕也不知道双双的钱是哪儿来的，只是告诉警察，双双向她借过尿。

梁教授问：借尿？借过几次？

拉屎燕回答：三次。

苏眉说：都是装在巫毒娃娃肚子里？

拉屎燕：对啊，双双要热乎的尿，装到娃娃肚子里。

包斩说：双双提到的那个大叔是谁？

拉屎燕：我不知道，我问过几次，她都不说，可能她没有什么怪叔叔吧，双双说那些钱是巫毒娃娃变来的，她说，妈妈的尿很值钱，可以像变戏法那样变出钱来。

特案组本来以为找到拉屎燕就接近了此案的真相，但是线索再一次中断，案情走进了死胡同。拉屎燕只能告诉警方这么多，再也无法提供别的信息。警方对出租屋里的那些垃圾进行了勘验，希望从中找到蛛丝马迹，取得案情突破，然而工作量非常大，他们很难相信，两个女孩能制造出这么多垃圾。

几天后，大狸子和李菊福放学时，在学校门口被一群小混混群殴，李菊福跪地求饶，大狸子躺在地上，抱头装死，幸好画龙及时赶到，一阵拳打脚踢将小混混揍得落荒而逃。画龙将大狸子送往学校医务室，大狸子支支吾吾地说：老师，谢谢你。

画龙说：我不是老师，我是警察。

大狸子说：条子会帮忙打架？

画龙说：你记住了，除了父母，你不能向任何人下跪。你是一个男人，谁要是欺负你，你不要屈服，狠狠还击。他们打倒你一百次，你要站起来一百次，只要他们打不死你，你就站起来，瞅准机会，向他的裤裆狠狠踢一脚，记住，群殴时的必杀技是踢蛋。这就是一个真正的警察对你说的话。

大狸子说：好吧，我也帮你个忙，我知道双双和谁上过床，那人是个中年大叔。

第十章
大叔情结

很多少女都有大叔情结。

所谓的大叔情结就是喜欢大叔,喜欢年龄比较大的成熟男人。

她们或多或少都有恋父情结,比起同龄异性,她们更喜欢把事业有成、魅力无限的中年男人推倒在床上。即使毫无姿色,身材微胖,胸部略小,在大叔怀抱里也是甜心萝莉,是可爱的小宠物,是撒娇任性的小公主。她们的青春即是法宝,幼稚也是优点。更重要的是,年轻人要奋斗多年才能拥有金钱和地位,选择大叔是一步到位。

怪叔叔是小萝莉的毒药!

双双最喜欢的电影是《这个杀手不太冷》,她看了很多遍,多次流下眼泪。她喜欢电影中的里昂大叔，戴墨镜、穿风衣，沉默少语，笑容迷人，每次杀人之后都要喝牛奶，每次搬家都带着一盆绿色植物。双双想跟随这样一个又帅又酷的中年大叔浪迹天涯，杀人越货，她穿着校园风的小裙子和靴子，一直幻想会遇到自己的里昂大叔。

拉屎燕说：李菊福的舅舅是个怪叔叔，每次约会都要我穿校服。

双双说：哎哟喂呀，我的天，我的怪叔叔又在哪里呢，我等得好苦啊。

双双的怪叔叔是高富帅的爸爸。

一个中年胖子，脖子上戴着一条很粗的金链子，大腹便便，穿圆领老头衫，夏天更喜欢光着膀子。此人叫高辟夫，是个暴发户，早年买福利彩票中了巨额大奖，他应该是中国第一个戴假发和面具前去领奖的人，此后，模仿者众多，我们能在电视上看到中奖者伪装后的那副尊容。高辟夫很有创意，用奖金开了一家酒楼，每年中秋和春节都会在电视上点播节目。他用具有方言特色的普通话说道：值此新春佳节来临之际，我们海鲜酒楼为答谢广大顾客……

双双喊他高叔叔，他们的相识纯属偶然。

那天，高富帅过生日，很多同学都在他家聚会。大狸子、李菊福、双双、拉屎燕、张岛雪，还有班里的其他同学，都在高富帅家里给他开生日派对。高富帅的爸妈不在家，这些孩子玩得特别开心，他们打蛋糕仗，喝了很多啤酒、香槟、橙汁和酸奶，一直闹到半夜。大家都晕乎乎的，横七竖八睡在客厅里，高富帅将张岛雪拉到自己房间，用高富帅的话来说：我把她给办了，我把她给啪啪啪了。

那天夜里，高富帅的爸爸也把双双给办了。

客厅沙发上睡满了人，双双打了个哈欠，用手拍拍嘴巴，径直上楼打开一扇门，她扑到大床上就睡了——这是高富帅爸妈的卧室。

半夜里，高富帅的爸爸回来了，他也喝得醉醺醺的，嘴里嘟囔着醉话：倒车请注意，倒车请注意。他进入卧室后，看到床上睡着一个穿校服的少女，他打了个饱嗝儿，就上去抱住了她。双双欲拒还迎，半推半就，一边喊着"高叔叔，不要啊"，一边揽住了高叔叔的脖子。

那时，双双体重80公斤，但是在高叔叔怀里却显得小鸟依人。校服脱下了，啪啪啪的声音过后，他们完成了交换体液的过程。

双双说：高叔叔，你欺负我。

高叔叔说：我喝醉了，你是我儿子的同学吧，你多大？

双双说：我叫双双，人家只有17岁，好疼呀。

高叔叔说：你是处女？

双双不是处女，但是她郑重地点了点头。她装得很像，噘着嘴，一脸无辜，眼眶里蓄满了泪水，就像是动漫里的美少女。高叔叔用卫生纸给双双擦了一下，双双扭扭捏捏，高叔叔将纸团弹到垃圾篓里，问道：你没出血啊？

女孩冒充处女，找的借口不外乎以下几种：

自行车硌的、玩跷跷板颠的、跳跳绳摔的、卫生棉戳的等等。

大多数女孩都赖自行车，自行车躺着也中枪；有的狡猾女孩会说自己有过自慰行为；还有更狡猾的女孩，会故意选择在月经前后那两天做爱，这样更容易伪装处女。

双双鬼点子很多，她那乌溜溜的眼珠子一转，一副可怜样子。她掉了几滴眼泪，哽咽着说：其实，我初中时练过舞蹈，有一次劈叉就……处女膜破裂，流血了。

高叔叔说：乖，不哭了，叔叔抱抱你。今天的事，你不要告诉别人。

双双说：高叔叔，我不会说出去的，这是我们的小秘密，我会不会怀孕呀？

高叔叔说：怎么可能这么巧，别胡思乱想。这100块钱，你明天上学吃早饭。

双双有点儿生气，瞪大眼睛说：高叔叔，你把我当什么人啦？

双双哭着离开房间，恰好被大狸子看到。高叔叔追上去，开车送双双回家。

他42岁，她17岁。

少女有大叔情结，怪叔叔也有处女情结。

双双不要高叔叔的钱，过了几天，双双跑到高富帅爸爸的酒楼，她说自己手机丢了，想找高叔叔借钱买个新手机。高叔叔给了她一个双卡双待的旧手机，他要双双以后不要到酒楼来找他，手机里有个卡，需要联系时就打电话。

此后的一个月，他们多次约会，似乎真的相爱了。

他们一起去宾馆开房，高叔叔有钱，但是很抠门儿，每次都选择很便宜的小旅馆。双双在床上开心地跳来跳去，觉得床垫不是很软和，高叔叔就让双双趴到他肚子上，他称呼她为心肝儿宝贝蛋儿。校服虽丑，可是，怪叔叔喜欢。他有时会逼她写作业，然后抱到床上一番云雨。啪啪啪的声音中，还伴随着怪叔叔的吼叫，他不停地说，双双，喊爸爸，喊爸爸。怪叔叔有时也想穿上校服，帮双双写作业，他内心里或许有一种找回初恋的感觉。

他们一起去别的城市自驾游，双双有着未成年少女特有的调皮和可爱，在景区排队买票时，小女孩绕着她的大叔走来走去，嘴里还念念有词：大叔，我要对你下蛊、下蛊，我要你永远爱我。游玩累了，双双撒娇，甩着手要高叔叔背她。大叔笑呵呵地背起小女孩一起看斑马和棕熊，别人以为他们是父女，小女孩却对一个卖冰糖葫芦的小贩说：他，是我的男朋友。

中年大叔和小女孩坐在花坛上休息，他抽烟，吐烟圈，她吹泡泡糖。

高叔叔说：泡泡糖分我吃。

双双看了他一眼,把泡泡糖吐到手心里,用手一拉分成两截儿,手指捏起小的那截儿。

高叔叔郁闷地和她对视了足足十秒钟。

双双噘嘴说道:干吗用分这个字。

高叔叔笑了,想要接过那截儿口香糖,双双却一下塞到嘴巴里,说道:来抢。

高叔叔有些犹豫,看了一下,周围游人如织,不知道这里会不会遇到熟人。

双双闭上眼睛,扬起脸说:怕什么,又没有人认识我们。

一个中年大叔吻住了一个未成年少女,花坛里的美人蕉开得正艳。那一刻,他们忘记了自己,世界美得失去了声音,失去了颜色。

最心动的相遇之后就是最悲伤的离别!

这个中年胖子是过敏性皮肤,他的下巴上长了很多疱疹,那种黄色的小水泡,边缘还有白色的死皮。老婆纳闷地问他:你都四十多了,还长青春痘?他不回话,却做了个调皮的动作——吐出舌头。他的舌头上也长满了疱疹,密密麻麻,黄色而透明。他觉得奇痒难耐,用手指狠狠地抓挠了几下舌头,几个疱疹被抓破了,嘴角流下黄色脓水。等到老婆离开,房间里只有他一个人的时候,他吐了口唾沫,说道:靠,脚气也传染!

双双有脚气,这个女孩平时不怎么注意卫生,一双脚丫奇臭无比。

有一次,醉醺醺的高叔叔舔了她的脚丫子,下巴和舌头上就长出了疱疹。

他开始感到厌恶,不再和她联系。男人都喜新厌旧,高叔叔很快就和酒楼里穿旗袍的女服务员勾搭成奸。双双失恋了,那段时间,她开始自暴自弃,暴饮暴食,体重增加了不少,脾气也变得很狂躁,常常无缘无故和同学在班里吵架。

李菊福说：咱们给班里的木耳们打分吧，不内涵。
大狸子说：女神张岛雪，七分黑木耳。双双，三分黑木耳。拉屎燕，三分粉木耳。
高富帅说：你们两个屌丝，谁帮我练练魔兽的号？
李菊福不屑地说：窝狗（网络语，指玩《魔兽》游戏的人），滚出。
高富帅说：僵尸也敢骂窝窝（wower，意思同上）？
双双说：喂，你们刚才搞什么鬼，给谁打分呢？
拉屎燕说：拜托，不要在背后提到我的名字。
双双说：你去吃便便啊。
李菊福说：她让你去吃一碗热翔。
张岛雪说：吵什么呢，你们，马上上课了。
双双说：张岛雪，刚才他们说你坏话呢。
张岛雪说：高富帅不说我坏话就行了呗。
高富帅说：雪儿，别理他们。
双双说：哎哟，嘚瑟，我明儿个就去找你爹地。
高富帅：双双你找抽呢？
双双说：你敢动我一下试试，没种，没风度！

李菊福用手指做成枪状，对着众人，他皱紧眉头放了一个大响屁，众人捏着鼻子散开。

此后不久，双双给高叔叔发了个短信：我怀孕了，大叔，我觉得这事可闹腾了。

双双怂恿拉屎燕租房生孩子，目的就是想借用她的尿，以此来勒索高叔叔。这个腹黑少女很聪明，知道高叔叔肯定会验证真假，她就把尿装到巫毒娃娃里，随身携带。高叔叔把双双约到一个小旅馆，让她用验孕试纸进行检测。

双双说：你看着，我尿不出来。

高叔叔说：那你去卫生间里。

双双在卫生间偷偷地把拉屎燕的尿液装到纸杯里，然后端出来，当着高叔叔的面把验孕试纸插入尿液，一会儿，上面显示出已怀孕的结果。

双双趴在床上，捧着脸蛋儿，跷着脚丫说：天啊，没想到，我要做妈妈喽，大叔，你喜欢男孩还是女孩？

高叔叔抱着她，趴在她身边，无限温柔地说：你啊，还是个孩子呢。

高叔叔费尽口舌，想哄双双堕胎，双双鼓起腮帮，一个劲儿地摇头。高叔叔告诉双双：自己不可能离婚，孩子一生下来就没有父亲，也上不了户口，以后还会有无数麻烦。如果不能给孩子幸福，为什么要让他来到这个世界呢？

高叔叔试探性地问道：你有没有和别人上过床？

双双跳起来，叉着腰，气呼呼地说：那就生下来，做亲子鉴定，你就知道是不是你的种。

高叔叔开始百般讨好双双，对她说药物流产是最简单最方便的，也不耽误上学，吃三天药，肚子疼一会儿，所有烦恼就没了。如果过了49天期限，就只能选择人流，躺在冷冰冰的手术台上，张开双腿，人流会特别疼。

他对双双说：你知道什么是刮宫吗，就是先给胎儿打毒针，然后把手伸进去，用小勺子一下一下把死孩子挖出来⋯⋯还是选择药物流产吧。

双双被吓住了，表情僵硬，过了许久，她说道：好吧，我去买药。

高叔叔从钱包里拿出200元，他说：药物流产，花不了多少钱。

双双皱着眉，无比厌恶地说：我不要你的钱，我找我妈妈要钱，明天就去买药。

双双心里想：妈的，200元就想打发我，等着吧，这次你是栽我手里了！

双双回去后，高叔叔不断地发短信询问，双双一连几天都不搭理他。高叔叔只好到学校门口找双双，双双说妈妈不给钱，她也不知道该如何对妈妈说。高叔叔把她拉进车里，拿出买好的堕胎药。双双伸手打掉，哭着说：大叔，我要生下来，我是真的很喜欢小孩子，这是我们爱情的结晶呀。

高叔叔百般无奈，只好利诱，他一共给过她两次钱，第一次5000元，第二次30000元。

第一次，双双承诺堕胎，但是反悔了，这个任性的小女孩说了很多道貌岸然的话。

第二次，高叔叔给了她30000元，她答应和他去医院做人流。挂号的时候，双双跑掉了，高叔叔在医院焦急地寻找她，一会儿，他收到了一条令他哭笑不得的短信。双双说：希望这一别不是永别，我依然爱着你，大叔，我有点儿难过对你这么坏，我怕我无法自拔对你的着迷，再见，大叔，我会把孩子生下来，一个人养大，我爱你，我爱我的宝宝。

高叔叔终于撕破了脸，回短信声称：即使孩子生下来，他也绝对不会承认。

那段时间，学生们放了暑假，高叔叔也不可能去双双家找她。两个人的关系处于冷战状态，高叔叔在短信中留下了各种污言秽语，问候了她的父母以及祖宗十八代，还威胁找黑社会杀她全家，双双一律不回。开学没几天，双双知道高叔叔不会善罢甘休，就主动出击，她想方设法找到了高叔叔老婆的电话，然后把短信记录和验孕试纸的照片转发给了他老婆。

每个怪叔叔背后都有一个怪婶婶。

双双低估了女人的醋意和恨意,这些足够杀死一个人。

高叔叔的老婆是个胖女人,一脸横肉,做事心狠手辣,曾把店里那个与老公有染的女服务员打个半死。

第二天,高叔叔给双双发短信说,老婆勃然大怒,掀翻了酒楼的好几张饭桌,闹了一夜,两个人肯定会离婚。高叔叔故意缓和关系,态度变得温柔体贴,他鼓励双双把孩子生下来,承诺自己离婚后就和双双结婚。

双双回短信说:大叔,你终于想通啦。

几天后,高叔叔说正在办理离婚手续,他约双双去山上野炊,顺便再给双双一些钱买营养品,双双考虑了一下,欣然同往。

酒楼的洗碗工向警方证实,那天下午,老板夫妇开车去野外烧烤,他帮忙把烤架搬上车,车的后备厢里还放着烤叉、羊肉串铁签子以及各种烧烤食材。

高叔叔把双双骗到山上,他那胖老婆提前躲在守墓人小屋,墓地平时荒无人迹,非常适合杀人。双双怀孕一事无人知晓,高叔叔的老婆动了杀机,经过密谋之后,他们打算杀死双双,以除后患。在那间小屋里,高叔叔用烤肉叉插住了双双的脖子,双双吓尿了,高叔叔的老婆铁青着脸,拿着铁签子往双双肚子上插,一边插一边骂。

双双拼命挣扎,拔出肚子上的两根铁签子,使劲扎向高叔叔老婆的胳膊。她哭号着跑出小屋,又被拽住头发拖回来,最终被夫妇两人残忍杀害。双双死后,高叔叔的胖老婆依旧没有停手,她将剩余的铁签子都扎在了双双身上,以此发泄恨意。双双扎在她胳膊上的那两根铁签子她带回了家,这也是警方没有在现场找到的原因。

高叔叔把送给双双的手机拿走了,然后把包扔进墓地。

事后,警方在他家中找到了这两样重要的物证。

根据大狸子提供的线索，案件很快告破，真相水落石出。特案组也不明白，现在的孩子们究竟怎么了，每天都在想什么。也许，他们长期生活在压抑的环境中，内心一片迷茫，对未来始终找不到自己的答案。正如他们所自嘲的那样，考不上大学，男生要去工地上搬砖，女生去工地上做钢筋工。

特案组离开的那天，大清早升国旗的时候，两个学生背起行囊，永远地离开了学校。

老师在校门口拦住了李菊福和大狸子。

老师问：你们俩去哪儿？

李菊福说：到处走走呗。

老师威胁说：回去，正升旗呢，否则开除你们。

李菊福耸肩说道：随你便。

老师说：你们疯了？

李菊福说：反正毕业后就要去搬砖，我不上这狗屁学了。

老师说：你们可别后悔。

大狸子说：告诉你，我们要离开这该死的学校，还有去他的课本和作业，我们要去西藏、去丽江、去神农架，我们要徒步旅行全国……

第三卷 （一）
楼道血案

> 我给你，早在你出生前多年的一个傍晚看到的一朵黄玫瑰的记忆。
>
> ——博尔赫斯

一

　　楼道里发生过很多令人难以置信的变态凶杀案。

　　蓝京浦口某居民楼发生过一起胶带缠头凶杀案，凌晨3点40分左右，一名深夜回家的女子在三楼楼道里被抢劫后，又被凶手以胶带缠头窒息死亡。多名住在案发楼层的居民，在当时都听到了异常的响动，二楼的一户人家在凌晨3点多听到了撕胶带的声音。

　　东城一名初中女生放学时，在楼道里看见了惊悚的一幕。当时天色阴沉，楼道里光线很暗，拐角处有一个黑影，走近了，女孩看到一个人靠着墙呆立不动。那人站在黑暗的楼道里，手中提着一颗血淋淋的人头。一名个体户剪下收租者的头颅，喝下农药后提头自首。女孩偶然遇到的这令人魂飞魄散的场景，即是凶手提头自首之前，在楼道里喝下农药时的一幕。

　　雨门市发生了一起骇人听闻的惨案。一个打工妹凌晨在楼道里惨遭变态恶魔的毒手，她准备去外面解手的时候，在楼道里被人冷不防用什么东西勒住了脖子。打工妹赶紧求饶说：叔叔，我是人，不是鬼。但是罪犯并没有停手，而是对她实施了惨绝人寰的犯罪行为。几分钟后，一个妇女跑出来看到了倒在地上的打工妹，并且摸到了地上滑腻的肠子，她急忙报警并拨打急救电话。打工妹被诊断为腹部被锐器割伤，肠断裂。

　　楼道凶杀案的恐怖之处在于——死者在距离自己家很近的地方被杀害！

第十一章
空城旧楼

白景玉：你们这次去，全部都配备武器，回来后递交一份枪支管理报告。

苏眉：老大，我从来没开过枪，弄丢了怎么办？让画龙这野蛮人带枪就行了。

画龙：千万别让小眉带枪，这玩意儿不是闹着玩儿的，她会伤着自个儿，说不定还会误伤我。

梁教授：好久没开过枪了，我以前可是在狙击比赛中获得过名次的。

包斩：我们要去的那地方很危险吗？

白景玉：当地警力严重不足，很难想象，一个县级市竟然只有六名警察。

画龙说：咱能不去吗？

白景玉说：这也是我派出特案组的原因，他们需要帮助。

凶案发生在一栋老楼，老楼位于城市的中心，然而周围已是一片废墟。

有这么一个城市，乌鸦在红绿灯上筑巢，工厂的齿轮间布满蛛网，教室的课桌上生出木耳，水龙头长出毒菇。你穿过商业街的荒草，拨开电线上垂下来的拉拉秧儿，走进废弃的邮局，会是什么感觉？一座空城能容纳多少往事和叹息！许许多多条街道，无人知晓的黄昏，这里有十几万人最初和最后的回忆。

这个城市叫雨门，是地处祁连山脉的一个偏僻的县级市，因石油应运而生，鼎盛时期，城市人口达到13万。半个多世纪过去了，石油资源枯竭，市政府和油田基地相继搬离，居民弃城外迁，城中废楼遍地、设施老化，几成空城。

特案组先搭乘飞机到省城，然后坐大巴到邻市，邻市警方抽调出一辆越野车，派出一名司机护送。司机是个五大三粗的汉子，谈起雨门，禁不住热泪盈眶。

他说自己是雨门人，从小在这个城市长大，后来外迁。

如今，他那生活了十几年的家，地上的灰尘可以深陷脚印，公园里长满了杂草，废弃的汽车站老鼠成群，每个雨门人最难忘的是公园前那个大钟，时间永远地停留在了3点25分。司机说自己每次回家，心中都很酸楚，大年三十回去扫墓，街上竟然只看到了两个人。

司机说：你们想象不到，这是什么滋味。

梁教授说：我们把荒漠变成了自己的城市，我们又把自己的城市变成了荒漠。

司机说了一句伤感的话：旧的拆了，新的又在哪里呢？

山路沿坡而下，车起伏颠簸，车上的人沉默不语。

路边的白杨长得又高又细，似乎一阵大风就可以将它折断，树干上刷着白灰，缠着的草绳湿漉漉的，也许每一棵树都有一个离别的人抱着哭过。

越野车开进雨门老城，解放路上唯一的红绿灯岗亭，由于人流量锐减，也已经停用许久。

一个城市，竟然只有一个红绿灯。

雨门市公安局的六名警察列队欢迎特案组的到来，他们一齐向特案组敬礼。特案组四人下车后注意到公安局大楼破旧不堪，还是那种20世纪的旧楼，电线纵横交错，公安局大院墙脚处荒草丛生，竟然有几只黄羊在低头啃草。

苏眉说：哇，公安局也让放羊？

雨门公安局的一名指导员说：这不是外人放的羊，副业，养羊是我们的副业，晚上杀一只，请你们吃锅盔和手抓羊肉。

指导员简单介绍了一下案情和当地的情况。

目前，雨门市是一座空城，大部分单位都人去楼空，公安机关只留守了六名民警。一部分居民聚居在北坪和三台这两个安置区的廉租房里，大多是无力外迁的老人、残疾人、低保户和下岗工人，他们每月领取几十元至上百元的低保费。另有一部分居民住在老城区，也属于生活特困人群，对邻市的房价望而却步，不知何去何从。这座城市只剩下两万多人，并且每天都在减少。用不了多久，雨门市就会成为一座无人的死城，从地球上消失。

受害人名叫陈落沫，19岁，在雨门老城区打工，父母远在外地，她跟着外公外婆住。案发地点是一栋老楼，楼里居民大都搬迁走了，只剩下两户。陈落沫和外公外婆住在五楼，四楼还有户开餐馆的人家，除此之外，整栋楼空空荡荡。因为公共厕所在楼下，陈落沫半夜起来去解手，在四楼和五楼之间的楼道平台处遇到了袭击。

陈落沫当时以为别人误将她当成鬼,所以说了一句"叔叔,我是人,不是鬼"。

这个恶魔将陈落沫勒昏迷,其作案手段令人发指。

当时,住在四楼的餐馆老板娘听到动静,出门查看,凶犯逃走。老板娘以为地上的是绳子,就用手摸了一下,感觉滑腻腻的,她丈夫拿着手电筒出来后,她才惊恐地发现是一截肠子!

楼道里没有灯,黑暗之中,陈落沫无法看清凶犯的脸,加上惊吓过度、伤情严重,警方在作询问笔录时,她连凶犯的体貌特征也说不出,只恍惚记得凶犯是一个中年男人。

当地的医院大门被砖封死,已经没有医生了。陈落沫被老板夫妇送往卫生所急诊室抢救,于次日被送往医疗条件更好的油田医院。

案件发生后,一家报纸对陈落沫的不幸遭遇进行了及时报道,引起了社会的关注,许多热心人捐款捐物。省城医院的几名专家教授进行了会诊,对陈落沫已经断裂的10厘米小肠实施的连接手术非常成功。目前,这个女孩已没有生命危险,但仍需要进一步观察治疗。

梁教授问道:你们的案情报告也没写,凶犯是如何作案的?

指导员说:那女孩病情不稳,刚做完手术,先缓一缓吧。

包斩问:住在四楼的餐馆老板夫妇呢?

指导员说:他们出来的时候凶犯已经跑了,他们没有看到,也提供不了多少线索。

梁教授说:必须派人去油田医院,先做好受害人的心理辅导,再作一遍详细的笔录。

指导员说:问题是她现在不愿意再回忆这事,根据伤口来看,有锐器刺入的痕迹。

指导员陪同特案组重返罪案现场,案发地区平时发案并不多,治安良好。案发后,六名警察重点搜寻曾在夜间袭击妇女或抢劫的人员,对周围群众排查了近500人,目前还没确定嫌犯。犯罪动机不明,受害人陈落沫没有遭受强奸和抢劫。在走访过程中,有人反映,案发当晚曾经看见一个穿绿色劳保服装的人走进这栋楼。

包斩问道:什么时间?

指导员说:傍晚。

画龙说:案发时间是午夜,难道那人会一直待在楼道里等着?

案发地点是一栋老旧的五层居民楼,楼道里堆放着杂物,阴暗潮湿,窗户向北,从来不会有阳光照进来。晚上没有灯,只能摸索着上下楼,如果和一个陌生人擦肩而过,绝对会惊慌失措。走在阴森森的楼道里,如果后面尾随着一个人,心里会有种莫名的恐惧。

陈落沫遭受袭击的地方还有一摊血迹,可以想象当时的恐怖情景。

从黄昏到深夜,一个人站在楼道里,一直站着。墙根处的鸡冠花开得鲜艳,楼道里空空的咸菜坛子似乎有着古老的比喻。他对自己的心事守口如瓶,不想抢劫不想强奸,手中只拿着一杆秤,秤钩子低垂,窗外挂着一轮圆月。他一动不动地站在楼道里。

特案组再次询问了四楼的住户,餐馆老板夫妇的说法没有什么变化,他们没看到凶犯长什么样,只是隐约听到了凶犯下楼的脚步声。

梁教授问：那脚步声走得很急吗？

餐馆老板：当时真没注意，救人要紧啊。

老板娘：我想起来了，脚步声很平常，那人走得不紧不慢的。

苏眉说：这人的心理素质够强的。

老板：你们要问什么赶紧问，这里真住不下去了，我们明天就搬家了。

陈落沫和外公外婆住在五楼，家境贫寒，桌椅陈旧，墙皮剥落的地方贴了一些旧报纸和挂历，镜框里的老照片已经泛黄。陈落沫的外公是一名退休石油工人，名叫张红旗。外婆有些耳聋，警察问什么她都摆手，然后指指耳朵，意思是自己听不见。张红旗老人对此案感到难以置信，特案组询问他的时候，他坚持认为这是只有在资本主义国家才会发生的案件，中国不可能会有这种事情。

外公和外婆对陈落沫的遇害表现得漠不关心，就像谈论外人，张红旗老人絮絮叨叨地数落自己外孙女的不是：我不让她来打工，她偏来，这下出事了吧。真是作孽啊，真是活该。她嫌脏，不屑到屋里，半夜出去……

特案组四人面面相觑，指导员随口安慰了几句，大家起身告辞。

下楼时，画龙背着梁教授，包斩走在最前面，其他人在后面，下到四楼的时候，包斩突然停住了。

苏眉说：小包，你怎么了？

包斩说：等会儿，我觉得这楼梯不对劲儿。

包斩转身上楼，他放慢脚步，一步一步拾级而上，表情有些怪异，一边走一边用手指着楼梯，他折返了两次，回来后对大家说道：没错，我数了一下楼梯，案发的位置，也就是四楼，四楼到五楼少了一阶楼梯。

第十二章
流血楼梯

很多人都有数楼梯的习惯，如果楼梯间没有灯，黑暗之中往下走的时候，担心自己会一脚踩空，就在心里默默数着台阶，如果发现少了一阶楼梯，可能会觉得自己数错了。

特案组调查到，当年盖楼的施工方偷工减料，案发的那栋老楼少了一阶楼梯。

公安局六名民警对包斩的细心表示钦佩，在那栋楼里住了一辈子的人都不知道楼梯少了一阶，四楼和五楼的人只是觉得自己住的房子矮了一些。

张红旗老人背着手在街上散步，身上穿着20世纪六七十年代那种旧中山装，他和别的老年人谈论的话题都年代久远。

整栋楼空空荡荡，四楼的餐馆夫妇已经搬走，只剩下张红旗老人一户人家。

老人散步回来，看着旧楼上一个向北的窗户发呆，那窗台上放着一盆吊兰。

旧的消失不见了，新的又在哪里呢？

这座空城没有酒店和宾馆，当年灯红酒绿的地方，如今遍地瓦砾。指导员将特案组安排在公安局家属院，指导员说：这里的房子大多空出来了，随便住，咱们做邻居。特案组找了一个栽着石榴树的小院落，简单收拾下房间，六名民警搬进来一些旧家具，这些都是别人搬家时留下不要的，其中还有个贴着"喜"字的梳妆台。

指导员说：姑娘，条件简陋，都是些破烂儿，您可千万别嫌弃，咱们只能这么凑合了。

苏眉说：这不算艰苦，我们还在野外宿营过呢，画龙帮个忙，把梳妆台放我房间里，我住这间。

梁教授坐在客厅的破沙发上喝茶，包斩正在调试一台旧电视机，当地的有线电视撤了，很多人家就用自制的户外天线收看节目。窗外，一棵杨树上绑着一个电视天线，天线上还挂着几个易拉罐。包斩调试了一下天线的角度，他拍了拍电视机，画面由雪花转为新闻联播。

画龙抬完梳妆台，躺在床上，他看着天花板说道：小眉，你有没有一种家的感觉？

苏眉擦拭着镜子，回头笑呵呵地问：这是在向我表白吗？

画龙说：我对家的感觉，就是一家人在一起吃饭，电视里播放着新闻联播。

苏眉环视房间，笑着说：那咱们家也太破了。

包斩走进来,把一盆花放在苏眉的梳妆台上,用来给她装饰房间。

画龙说:小包,你从哪偷来的?

包斩说:不是啊,这是别人不要的东西,快要死了,小眉姐别忘了给花浇水。

这盆花在家属院墙脚处快要枯死了。有些人走了,有些东西还原封不动地保存在昨天的位置。花盆里土壤干裂,叶片几乎落尽,枝头还有一朵残存的花儿,那么小,那么惨兮兮地开在枝头。花盆里插着一个卡片,卡片上写着:生日快乐!

所有人都忘记了苏眉的生日,大家都在为案子忙碌,苏眉自然也没心思提起,只有细心的包斩还记得,他可能跑遍了整个城市都没找到一家蛋糕店,也没买到像样的生日礼物。

晚上,指导员杀羊煮酒,设宴款待特案组。

当地有一种美食叫"清泉羊肉",宰杀羊后,把羊肉用香料和清泉水浸泡一整夜,然后将整只羊放进锅里炖,配以30多种调料、10多种药材,肉香浓郁,不膻不腻。

夜幕降临,星光璀璨,公安局家属院的白杨树下架着一口铁锅,锅里炖着一只全羊,肉汤翻滚,下面柴火烧得正旺。锅的旁边摆放着一个长条木桌,一名警嫂割下四条羊腿,盛放到木盆里,端到桌上,每人分一把小刀,用来切割羊肉,然后蘸着椒盐和辣酱吃。

当地民警招呼特案组坐下,指导员热情好客,又抱来一坛好酒,这坛酒在土里窖藏多年。

警嫂端来红枣、煮好的玉米和毛豆,大家喝酒,吃手抓羊肉,一边吃喝一边谈论案情。

画龙和指导员碰杯，笑着说：要是每次案情分析会议都这么开，就好了。

梁教授对手抓羊肉赞不绝口：这是我吃过的最好的羊肉。

指导员说：我们这里有个羊肉馆，就是个路边摊儿，一个木头棚子。很多人慕名前来，还有老外，就为了吃羊肉。那口大锅，有十年没熄火了，一直炖着羊肉，锅里的老汤喷香，夜里能把老鼠招来，木头掉锅里，嚼着都是香的。可惜……搬走了。

指导员又说：我们派人去了一趟油田医院，重新作了一遍笔录，受害人陈落沫回忆起凶犯当时使用了某种工具，至于是不是秤钩子，她不太确定。当时她被凶犯用绳子勒晕了，被人救起的时候她奄奄一息。

一名民警说：虽然案发已经过去几天了，但是受害人情绪依然不稳，脸部肿胀，两只惊恐的眼睛里充满了黑红的血丝，脖子上的勒痕依然清晰可见，想起这事，她就全身抽搐颤抖。

梁教授说：这起案件没有劫财和强奸迹象，凶犯的目的就是制造一起恐怖骇人的案件。

包斩说：这究竟是一起随机偶发的案件，还是凶犯事先预谋策划的呢？

指导员说：我看像一起偶发性案件，我们调查过，那打工妹和人无冤无仇，谁会这么害她？只是我们警力有限，排查嫌疑人需要时间。

梁教授说：不管是偶发还是预谋，凶犯已经丧心病狂，临近崩溃。我认为，肯定还有下一起，在我们逮住这个该死的家伙之前，他是不会停手的。

梁教授建议当地民警发动群众，弥补警力不足的问题，尽快组建联防队，招募义务巡逻人员，提高警惕，增强安全意识，防患于未然。大家酒足饭饱，准备离席而去。

苏眉说：今天吃得好饱，小包，你陪我月下散步去。

梁教授说：你们俩别走远了，注意安全。

画龙低头喝闷酒，指导员陪着他，两个人喝了很多酒，说了很多话。

一会儿，苏眉竟然一个人慌里慌张跑回来了，她和包斩散步到张红旗老人住的那栋旧楼时，漆黑一片、静寂无声的楼道里竟然流出鲜血，包斩守在现场，苏眉回来叫人。所有民警紧急集合，张红旗老人住的那栋楼距离公安局家属院并不太远，大家跑步前去，心里担心张红旗老两口会不会遇害了。

楼道里有一个盛放过血液的脸盆，已经打翻了，血液顺着楼梯缝隙流到一楼。

包斩敲开门，张红旗老两口对于楼道里的血液居然一无所知。

张红旗老人说，好像听到门外传来一声响，他以为是野猫弄出的声音，也没去看。

经过现场勘察，有人故意将一盆鲜血放在张红旗老人家的门框上方，门框里插着一片木板，木板很薄，承受不住压力断裂了，木板上放置的这盆鲜血掉落了下来。有的地方，血液已经凝固成血块，用肉眼就可以判断出这是羊血——很多人都吃过羊血豆腐。

这盆羊血会不会是凶犯放上去的呢？

在这个楼道里，一个女孩惨遭毒手，女孩的外公外婆现在似乎也面临了某种危险。

梁教授说：这不是恶作剧，而是一种威胁。

包斩说：不管是谁放的，目的就是——只要一开门，这盆血就会淋到头上。

苏眉说：没错，这盆血提前掉了下来，那人的诡计没有得逞。

指导员说：调查一下，最近谁家杀过羊，差不多就能找到这个人，这个脸盆……

指导员觉得脸盆有点儿眼熟，他用手电筒照着仔细端详，认出这个脸盆竟然是自己家的！

公安局招待特案组，杀了一只羊，他们刚吃过羊肉。指导员说，羊是当地一个胖厨子帮忙宰杀的，杀完后，就把羊的内脏和羊血送给了他作为酬谢。众人立即找到胖厨子，胖厨子已经睡觉了，他睡眼惺忪地说，他把羊血放在门前的水泥台子上，打算等血腥味散尽，凝结成羊血豆腐时再搬回屋里，结果却不见了。

有个人偷走了一盆羊血，然后放置在张红旗老人家的门框上方。

特案组和当地民警都隐隐觉得，此人胆大妄为，很可能就是凶犯。

民警嘱咐张红旗老人提高警惕，夜间不要出去，也不要给陌生人开门。

张红旗老人愤怒地说：谁要敢来，我磨好刀，等着。

第二天，特案组详细调查了羊血被盗一事，胖厨子所言属实。胖厨子姓孙，此人原是油田后勤食堂的厨师，为人厚道，家庭关系简单。父亲在油田养老院，患病多年，子女和老婆都在邻市。他一个人住在雨门市，一年之中大部分时间都跟着钻井队在野外生活，给工人做饭。

第二天晚上，张红旗老两口吃饭时因琐事闹家庭矛盾，张红旗老人打翻了锅，老伴去副食品店买挂面，却久久没有回来。

晚上11点左右，敲门声响起，张红旗老人打开内门，看到老伴站在铁栅防盗门外面。

楼道里漆黑一片，室内的光线透过铁栅防盗门的纱窗照在这个老太婆的脸上，她竟然睁着一只眼，闭着一只眼，睁着的那只眼睛没有光彩，眼神极其怪异，看上去恐怖骇人！

第十三章
僵尸爹毛

张红旗老人正想打开铁栅防盗门,突然看到老伴的头发竖立了起来。

老伴变得陌生,几乎认不出来了。站在门外的这个老太婆不仅睁着一只眼闭着一只眼,头上的银白短发竟然根根竖起,紧接着,老太婆的头缓缓地歪向右边,脖子里筋脉暴起,睁着的那只眼睛也闭上了,同时,另一只眼睛慢慢地流出血液。

张红旗老人吓了一跳,大喊起来,他觉得老伴像是死人,可是死人怎么可能会敲门呢?

他感到蹊跷和恐惧,想起民警的告诫,没有立即开门,而是转身去厨房拿菜刀,又打开厨房窗子向楼下的副食品店喊了几嗓子:来人哪,快来人哪。副食品店门前有几个街坊在打牌,听到喊声,纷纷抬头往楼上看。

老人举着菜刀,杀气腾腾地打开门,眼前的一幕让他惊呆了。

老太婆身体僵硬，姿势倾斜，直挺挺地向右歪着，头部靠着墙，一只脚居然能够悬空，就像一个塑料人体模特倾斜着靠在墙边。她闭着双眼，其中一只眼睛流出血液，顺着脸颊慢慢滑落。

又一起令人震惊的案件发生了！

特案组赶到的时候，楼下已经聚集了一些街坊邻居，张红旗老人正抱着老伴的尸体在门口失声痛哭，指导员安慰了一下，将他劝回屋里作笔录。张红旗老人悲痛不已，拍着桌子说：你们快叫救护车，送医院啊，赶紧抢救。

指导员说：人已经死了……

梁教授和指导员对张红旗老人进行了询问，民警向楼下群众简单了解了一下情况。这个倔强老人一个劲儿地要叫救护车，他还没有从老伴遇害的噩耗中清醒过来，无法接受这一事实。

包斩、画龙、苏眉三人勘查现场，公安局没有法医，临时找了一个痔漏科女医生对尸体进行初步检验。女医生匆匆而来，走到四楼的时候，画龙喊道：别上来，别破坏了现场。

苏眉说：大姐，你踩到了死者的肠子。

女医生吓得后退两步，又踩到了一截儿硬邦邦的东西，她退到楼道墙角，站在那里不敢再动。

当地民警借来了钻井队的照明设备，案发楼道里灯火通明，如同白昼。

女医生看清楚了，她刚才踩到的硬邦邦的东西竟然是一截肠子。尽管有点儿对死者不敬，女医生还是忍不住说：哎呀，真恶心啊。

医生一般都有较强的心理素质，然而这名女医生却惊恐地叫起来，她指着自己脚边说道：这里，看这里。

女医生的脚边有一颗圆滚滚的眼球，差点儿被她踩到。

楼道里惨不忍睹，弥漫着令人作呕的粪便味和血腥味，四楼和五楼之间的平台被确认为张红旗老伴遇害的现场，这里也是陈落沫被袭击的地点，她和她的外婆在楼道的同一位置惨遭袭击。

女医生看了一下尸体，老太婆直肠破裂，腹部有伤口，正如当地民警分析的那样，可能是秤钩子所致。

肠子在楼道里有拖行痕迹，很显然，凶手行凶后并未停手，而拖着死者向楼下走了几步，死者当时挣扎着爬向楼上，因流血过多和呼吸衰竭痛苦地死去了。

四楼、三楼、二楼的楼梯扶手上，都发现了几个清晰的血手印，应该是凶手留下的。

苏眉拍照，包斩对血手印进行了采集，这个物证至关重要，画龙和另一名民警找来锯子，锯断了一截儿带有血手印的楼梯扶手，打算带回去进一步勘验分析。

凶杀现场的物证是指明侦查方向的重要途径。

楼道里有多种不同类型的血迹分布：溅出型、弹跳型、转移型等等。

血迹喷溅形态是现场重建的重要部分。当血液撞击物体表面，因物表结构和吸附性的不同而会产生不同的形态。包斩将一些血迹标明顺序，从血迹喷溅形态上推测犯案经过，结合女医生的尸检分析，很快有了一个初步的结论，这个结论令所有人大吃一惊！

老太婆的死亡时间是晚上7点左右，11点时才敲响了家门。

尸体不可能敲门。

包斩立即向梁教授报告，梁教授却摆了摆手说：不用讲了，我已经猜到了。

包斩说：案情其实就是一道关于尸体敲门的推理题。

推理题：一对老年夫妇住在五楼，老太婆出门买挂面，过了几个小时才回家。她敲响门，老头开门时，透过铁栅防盗门看到老太婆站在门外的楼道里，她睁着一只眼闭着一只眼，银白短发竖起。老头觉得怪异，起了警惕心，去厨房拿起菜刀并向窗外呼救，打开门后发现老太婆已经死了，死亡时间在四个小时前。

梁教授说：凶手扶着尸体，让其站立不倒，躲藏在尸体背后，敲响门。
包斩说：这是我见过的最恐怖的骗人开门的方式。
梁教授说：凶手的目标可能是张红旗老人。
包斩说：如果是这样，凶手也太残忍了，滥杀无辜。

陈落沫侥幸未死，还在医院抢救，外婆又在楼道里惨遭杀害，凶手不仅割了她的肠子，还挖掉了她的一个眼珠。死者眼眶和眼皮上都没有利器伤痕，初步判断为凶手硬生生地将老太婆的眼球抠了出来。

国内发生过不少挖眼珠的凶杀案例，有一种迷信的说法，人遇害死亡时瞳孔会记录下凶手的模样，所以凶手会将死者的眼珠挖出来。

老太婆死不瞑目，不知何故，凶手只挖出了她一个眼珠。

这也是她睁一只眼闭一只眼的原因，当时，张红旗老人并不知道自己看到的是一具尸体，这具尸体站在门外，张红旗老人打开门，尸体睁着的那只眼睛也慢慢地闭上了。

这是为了看最后一眼吗？

一个已经死了的人，只有看到朝夕相处的老伴才会真的瞑目长辞吗？

死者的头发立起来有几种可能，一种情况是接触到了静电，科学馆里有种静电球，接触到就会头发飘起。有时在野外，一个人的头发也会无缘无故地竖立起来，遇到这种现象应该尽快离开，这是空中云层的静电和地面产生感应造成的，站立的那个位置很可能会遭受雷击。

另一种头发竖起来的情况就是人已经死了。

不要以为一个人死了，尸体就不会动了。男性死亡八小时后，生殖器还会做人生最后一次勃起。死人也会长指甲和头发，人死后，部分组织细胞并没有全部死亡，依旧执行正常的生理功能，头发和指甲就会生长。尸僵现象，每个人都会出现，死后一到四个小时，肌肉开始僵硬，并使尸体的头发竖立起来。

看到一具尸体吐出舌头不要以为是诈尸，夏天，人死亡一周左右，腹内腐败气体会将舌头挤压出来。

看到一具尸体的头发突然竖立起来，不要感到怪异，这是尸体在僵硬时的现象。正如一个人冷的时候，皮肤收缩，汗毛也会竖立。所谓的奓毛就是指毛发直竖，不仅僵尸会奓毛，鸟类受到惊吓时也会奓毛，养猫的人有时会看到猫咪全身的毛竖起，这是预感到某种危险，有种迷信的说法是猫咪看到了什么灵异现象。

晚上7点左右，凶手在楼道里将老太婆杀害，11点的时候，凶手又出现在了凶杀现场。

特案组分析，凶手要么是重返凶杀现场，要么就是一直站在楼道里和尸体待在一起。凶手挖掉了老太婆的一只眼睛，拖起尸体，肠子从四楼延伸到五楼，凶手扶着尸体，让其站立在自家门前，然后敲响门，躲在尸体背后，还帮忙提着死者的裤子。死者发生尸僵现象，身体僵硬，所以很容易站立，然而头发却竖立了起来，引起了张红旗老人的警觉。他没有立即开门，而是去厨房拿了把菜刀，并且向楼下呼救。他开门的时候，凶手已经逃走，老太婆的尸体僵硬地斜靠在墙上，裤子褪下半截儿。

凶手的目的是什么呢？进入张红旗老人的家中，然后杀死张红旗老人，或者是抢夺什么值钱的东西？

特案组想不明白，一个老人没有什么财物，和别人又能有什么深仇大恨？更何况，经前期调查了解到，这个老人虽然脾气倔强，但是为人友善，在街坊邻居中口碑不错。

民警对现场周围群众进行了详细的询问，当时，楼下的副食品店有几个街坊在打牌，他们听到张红旗老人的呼救，又听到哭喊声，随即报警。因为那栋楼里发生过凶案，还被人泼了羊血，几名街坊都没敢上楼查看。其实，他们更担心的是会遇到凶手，哭喊声足够使人想到楼道里又发生了一起惨案。

警笛声吸引了附近的一些邻居前来看热闹。画龙注意到其中有帮指导员杀羊的胖厨子，胖厨子问指导员发生了什么事，指导员不答，画龙反问胖厨子晚上7点到11点在什么地方。

胖厨子说：我在家啊。

画龙说：谁能证明？

胖厨子说：我一个人在家，老婆孩子都不在这儿，你问这干啥，到底发生什么事了？

胖厨子转头问旁边的人，周围群众议论纷纷。

从案发到报警，时间很短暂，凶手可能隐藏在围观的人群里，苏眉悄悄拍下了围观者的照片。包斩对当时在楼下副食品店打牌的几个邻居进行了单独询问，重点调查谁具有作案时间。询问结果显示，打牌的人中有两个人曾独自离开，时间上有可疑之处。一个是副食品店的老板，11点钟时收摊，他将门前的杂货装到三轮车上，一个人搬回储藏室；另一人是个小工，当晚拉肚子，打牌时去了好几次厕所。

副食品店在案发旧楼的南面，楼道出口向北，凶手是在很短的时间里离开的。

梁教授问：你有没有听到下楼的脚步声？要是听到了，你觉得那人穿的什么鞋？

张红旗老人摇了摇头说：我没听到有人下楼。

这简直令人感到匪夷所思，楼道里黑暗一片，没有灯，凶手怎么可能悄无声息地下楼？

时间已经临近深夜，围观群众陆续散去，一个母亲牵着小孩子的手，低声威胁小孩子不要乱说话。这对母子住在后面的一栋楼里，苏眉无意中听到那小孩子抬起脸对母亲小声说：为什么我姐姐半夜会看到有人从那个楼梯走下来？

第十四章
空中肠胃

这对母子住在后面的一栋楼里,从他们家的窗口可以看到案发的那栋旧楼,小孩的姐姐半夜上厕所的时候,总是习惯性地往窗外看,有几次就看到一个人走在楼道里,因为距离较远,天色黑暗,看不清那人的长相,只模模糊糊看到一个人影。

特案组询问了小孩的姐姐,小孩的姐姐说一共看到过三次,每次都觉得毛骨悚然,其中一次,那个人似乎没有穿鞋,走进黑魆魆的楼道里。

包斩留下了一个电话号码,告诉小孩的姐姐,如果再看到那楼道里有什么异常情况,就立即拨打电话。

小孩的姐姐说:我有个望远镜,警察叔叔,我替你们放哨。

小孩跳起来抢望远镜,兴奋地说:姐姐,我也要看。

杀人恶魔其实都是普通人，他们与我们擦肩而过，他们与我们同桌吃饭。

凶手就隐藏在这个空城里，他住的地方距离案发老楼很近。因为警力有限，不可能大范围搜寻凶手。特案组和当地民警以案发地点为中心，重点排查周围住户，尤其是案发时在楼下打牌的那几个街坊邻居，全部采集了指纹和掌纹，逐一与案发楼道的血手印进行对比。

特案组分析认为，这两起变态案件的犯罪动机可以定性为报复杀人，最终目标是杀死张红旗老人。一个人的仇恨往往殃及无辜，所以陈落沫和她外婆接连遇害。

张红旗老人没有听到凶手下楼的声音，这是因为那人光着脚，没有穿鞋。

凶手的犯罪手法正在一步步升级，他走进楼道，光着脚站在楼道里，手里还拿着一杆秤，他能够安静地等待几个小时，先是在楼道里伏击了打工妹陈落沫，又杀死了她外婆。

凶手极其残忍，丧心病狂。

第二起案件尤为恐怖，凶手蹲在老太婆身后，扶着她的尸体，敲响房门。如果张红旗老人贸然打开门，很可能已经遇害身亡。

张红旗的老伴遇害，噩耗传开，一些直系亲属前来吊唁，个个悲痛不已。出于安全考虑，一个亲戚想要把张红旗老人接到新城去住，老人拒绝搬家，他说在这里住习惯了，不喜欢寄人篱下。他固执地说：不管他是谁，他想害我，我等着他。

老人磨光了菜刀，还准备了一根螺纹钢棍放在床头。

特案组决定在张红旗老人的亲戚身上打开突破口，详细询问张红旗老人与谁产生过矛盾，有没有仇家目前还生活在雨门市，张红旗老人的一个叔伯兄弟提供了一条线索：张红旗老人年轻时当过红卫兵，他所在的红卫兵战斗队有个诗意的名字，叫作"丛中笑"。

当年的红卫兵现在已经是中老年人了，可是，这个庞大的群体就好像消失了一样，没有一个人提起当年的事情。他们选择了遗忘。

可是，历史是无法被遗忘的。

张红旗老人选择了沉默，对当年的事情避而不谈，特案组几次找他询问，希望他提供线索，张红旗老人竟然撒谎，百般抵赖，他否认自己曾经是红卫兵。

有时，我们无法叫醒一个装睡的人。

包斩说：如果是当年的受害者，现在又来复仇，那么凶手差不多也是一个老人了。

苏眉说：一个老头，怎么可能杀死一人重伤一人，更何况，受害女孩陈落沫反映凶手是个中年男人。

画龙说：当时那女孩受到惊吓，再加上楼道里光线黑暗，可能误判了凶手的年龄。

梁教授说：不要小看我们老年人，我要是能站起来，小包你不一定是我的对手。

包斩说：梁叔，我哪敢和您动手啊。

画龙说：我认识一个老头，每天晚上义务巡逻，20年来风雨无阻，他一个人逮住的偷自行车的小偷就有几十个，公安局领导逢年过节都去看望他。

苏眉说：还有可能是受害人的后代寻仇。

人的仇恨能够延续很多年。小到犯罪，大到战争。

杀人犯孙伟幼时偷瓜被抓，长大后，杀死数名当年殴打过他的人；大学生邹某因打架被校方开除，十年后，报复行凶，持水果刀捅死校方领导；一对婚外恋人分手多年后，女方始终耿耿于怀，不惜买凶杀人。

特案组决定从外围展开调查。

雨门市百货大楼已经停止营业，门前的空地上每天都聚集着一些老年人，他们坐在马扎儿上晒太阳，其中一个老年人拿着本《三国演义》，抑扬顿挫地念着书里的一段话："庙堂之上，朽木为官，殿陛之间，禽兽食禄；狼心狗行之辈，滚滚当道，奴颜婢膝之徒，纷纷秉政……"

苏眉走过去说：我们是公安局的，想打听下，你们听说过"丛中笑"战斗队吗？

一个老人憨厚的脸上露出笑容，反问道：黑社会？

苏眉说：这个不是黑社会组织。

包斩说：是红卫兵。

画龙说：你们，谁当过红卫兵？

苏眉说：我们只是想了解下情况，大家不要误会。

老人们都笑起来，没人承认，他们对这个话题不太感兴趣，一个个搬起马扎儿陆续离开，最后只剩下那个念书的老人。梁教授摇着轮椅过去攀谈，先是闲聊了几句三国，然后鼓励他谈谈十年浩劫时期的事。

梁教授说：那时，我在国外，你和我们说说你的经历吧，也让年轻人了解一下。

念书的老人回忆起往事，唏嘘感慨，他说：1957年，我被打成右派，下放到农场劳动。我用泥砌墙，从1957年到1978年，我垒了21年墙。我垒的墙在哪里呢，垒起来推倒，垒起来推倒，周而复始，循环无尽，他们就是让我不停地干活儿，想累死我。

苏眉问道：这么变态啊？

念书的老人说：你们年轻人想象不到那时有多么变态。只因为你踩了一张报纸，就会被批斗毒打；只因为你念诗时放了个屁，就犯下了滔天大罪；只因为将一幅画挂在卧室，就是反革命，你爸和你妈要互相打耳光；你屁股大，就被污蔑为地主出身挨批斗。

苏眉说：这些都是真的吗？

念书的老人说：很多人都知道这些事，他们就是不想说。雨门市礼堂院里有间小黑屋，放演出道具，那里是红卫兵当年批斗打人的地方，墙上凝固的鲜血，夏天都长毛了。你们警察，见过长毛的血吗？

雨门市的建筑大多保持着20世纪六七十年代的风貌，非常陈旧，几十年前的平房旧屋仍然大量存在，特案组找到了念书老人说的这个礼堂。

当年的礼堂已经成为一个废弃的锯木厂，那间老屋空荡荡的，似乎一直在等待着有人到来。地面散落着一些潮湿的锯末，墙上旧标语的痕迹模糊难辨，长毛的鲜血早已消失不见。

特案组和当地警方扩大排查范围，重点调查该城的老龄人口，凶手很可能是一个老年人，在"文革"时期受到张红旗老人的迫害，历史遗留下来的仇恨如同深埋的炸弹，虽然时隔几十年，依然能够爆发。掌纹对比工作同时展开，然而结果令人失望，经过比对，警方采集到的掌纹和楼道里发现的血手印无一吻合。

案情陷入僵局，看不到一丝曙光，警方所能做的只有等待。

几天后的深夜,一个男孩半夜上厕所,他揉揉眼睛,看到对面楼上有户人家的窗帘在动。小孩叫醒姐姐,姐姐也感到奇怪。半夜时分,谁会触动窗帘呢?本以为是风吹所致,但是那户人家窗户关着,玻璃完好,只能是有人在里面碰到了窗帘,就像是有人用手拍了一下窗帘,隔一会儿,又拍一下,如此重复着这个动作。

那个窗口就是张红旗老人的卧室。

姐姐立即用电话报告了这一异常情况,特案组和当地六名民警迅速赶来,他们上楼后,看到了极其血腥变态的一幕。

门开着,卧室里的吊扇转着,一个裸体老人倒在血泊之中,血滴洒满整个房间,墙壁上、地上、木质连帮椅上遍布血迹,星星点点。

苏眉感到恶心,忍不住想吐。

张红旗老人遇害了。

现场惨不忍睹,包斩注意到,铁栅防盗门的纱窗被点燃了,还塞了一些泡沫塑料,这应该是凶手所为,故意放火,浓烟进入室内,张红旗老人开门查看,将火扑灭,凶手也伺机进入室内,将其杀害。

凶杀现场有明显的搏斗迹象,凶器遗落在现场,那是一个挂猪肉的铁钩子,在乡村集市的猪肉摊儿上可以看到。

张红旗老人自卫用的螺纹钢棍掉落在地上,菜刀上有血迹,这说明凶手在搏斗中受伤。

梁教授捡起菜刀看了一下,说道:大家立刻去追,凶手受伤了,肯定跑不远!

梁教授和指导员留在现场,其余人打着手电筒迅速展开搜捕,画龙在楼道里发现了一些血迹,看来凶手伤势不轻,包斩在楼下墙根处也找到几滴血液,几名民警认为前方就是凶手的逃跑路线，打着手电筒跑步追去。

包斩用手指蘸起血迹，闻了一下，他抬头看了看，大声喊道：回来，别往那边追了。

几名民警急忙跑回来，不解其故，包斩小声说：这不是血迹，是水。

在黑夜里，血迹和水确实有些难辨，一名民警嘀咕道：奇怪，这几天没下雨，哪来的水？

包斩示意大家别出声，他指了指上方，四楼的窗台上有一个花盆。张红旗老人平时散步回来的时候，都会看一眼楼上的一个窗户，那窗台上放着一盆吊兰。很显然，楼下墙根处的这些水是从花盆里滴落下来的。

除了张红旗老人，这栋旧楼里的住户都搬走了。住户搬家时交出了钥匙，由居委会统一保管。案发后，当地民警曾经搜查过这栋楼里的每一个房间，没有发现可疑之处。然而现在，本该空无一人的房间里，却有人给花浇水，这是很奇怪的事情。只有一种可能，案发后，凶犯又住了进去，潜伏在四楼搬走的那户人家里。

凶犯就躲藏在这栋楼里！

所有民警立即冲上四楼，画龙、包斩、苏眉都掏出了枪，大家站在门前，准备冲进去。

门没有关，一阵风吹过，门竟然缓缓地开了。

第十五章
尘封之门

门的后面是空荡荡的客厅,没有一个人。

特案组的精神高度集中,他们知道凶手就躲藏在里面。包斩指了指那个放有花盆的房间,画龙点点头,抢先冲了上去,其他人随后叫喊起来跟着往里冲,场面非常混乱,手电筒晃动着。画龙一脚踹开门,大家冲进那个放有花盆的房间。

屋里铺着块塑料布,角落里,一个旧茶缸子上放着半个吃剩的锅贴儿,墙面的钉子上挂着个破帆布包,里面露着一卷绳子,这里是一个简陋的临时住所。

"别过来。"一个颤抖的声音说道。

画龙伸出手臂拦住众人,手电筒照过去,大家看到一个老头坐在窗台上,背对着身后的人,他的身体前倾,随时都可能跳下去。

大家喊话劝告，试图让老头冷静下来，谁知道他将花盆挪向一边，纵身一跃，从四楼窗口跳了下去……

警方事后查明，跳楼自杀者名叫孙胜利，他是胖厨子的父亲。这个老头患病多年，在养老院苟延残喘。他悄悄返回雨门市，没有告诉任何人，以惊人的决心和犯罪技巧完成了最后的心愿：复仇和杀人。

这个临死前连一盆花都不忍摔碎的老头，竟然制造了三起令人震惊的血案！

给花浇水的手也是杀人的手。

每个人都是如此，左手属于恶魔，右手属于天使。

老人从四楼跳了下去，在空中的短暂时间里，一些旧事沿着枯井壁爬上来，他仿佛又回到了自己长大的那条偏僻小巷。偏僻之巷里，墙脚的扁豆开了花，榆树上长着黑色的树瘤，在回忆的迷雾中，少年时的好友与他擦肩而过，他们都还没有长大，他看到了自己。

1967年，孙胜利上高中，他没有打过一次架，没有骂过一句脏话，他犯下的罪仅仅是因为他穿了一件西装，更不可饶恕的是——他喜欢读普希金的诗！

在那个变态的年代，一个人穿西装和读普希金的诗等于大罪。

罪名有："走资派""苏修特嫌""敌特""黑帮分子""右派"！

学校革命委员会对孙胜利进行了审讯，其中一个叫张红旗的同学负责主审。

张红旗：西装哪里来的？

孙胜利：这个不是西装，是中山装，衣服放在煤炉边，烧掉了一块，就改成了这样。

张红旗：还敢狡辩，凡是反动的东西，你不打，他就不倒，给我狠狠打。

很快，孙胜利的脸肿了起来，嘴角流出血来。

张红旗：家里有中山装，不是富农才怪呢，你是什么成分？

孙胜利：我交代，我是"黑五类"子女。

"黑五类"即地主、富农、反革命分子、坏分子、右派分子。

张红旗：交出敌特名单。

孙胜利：我不是特务。

张红旗：不是特务还穿西装，还读普希金的诗？

孙胜利：诗集是我爸爸的，衣服也是我爸爸的。

张红旗：一家都是反革命，把他关起来，我们去抄他家，找找有没有发报机。

孙胜利家被抄，所有东西都被砸烂，父亲遭到毒打后，跳井自尽。父亲受不了这种屈辱，邻居家的男孩昨天还乖巧地喊他叔叔，今天却恶狠狠地向他挥舞皮带。母亲被剃了个阴阳头，母亲的麻花辫本来有两个，只剩下左边的一个，脑袋的右半边光秃秃的，没有头发。

那时候，孙胜利家的院里有一口井，父亲死了，他和母亲也不敢把遗体掩埋，只好任由父亲的尸体在井里浸泡着。从此以后，他们喝的每一碗水里都有父亲腐烂的味道。

那时候，冬天总是很冷，院里的腌菜、豆腐和半个老南瓜都结了冰碴儿。孙胜利哈着气去打水，他拎着水桶，站在井边发呆，每次打水的时候，他都不敢往井里看。这一次，他看到了父亲，井里的水已经结冰，父亲的脸被冰封在水面。

一个人在冬天的井里，在冰冻之中，他仰着脸，只有鼻尖露在冰面之上。

这个画面，他至死难忘，他永远都记得父亲的那张脸。

雨门市的学生分成了两派。

张红旗所在的战斗队叫作"丛中笑",他是其中的一个小头目,孙胜利加入了对立的另一方红卫兵组织"鬼见愁"。

孙胜利的目的很简单,想要为父亲报仇雪恨。

孙胜利是"黑五类",家庭出身不好,为了取得"鬼见愁"战斗队的信任,孙胜利从井里打捞起父亲的尸体,拖到街头,他当着所有人的面,浇上煤油,声称自己和父亲划清了界限,随后焚烧了父亲的尸体。

雨门市红卫兵之间的群殴升级为武斗,双方的战斗人数达到千人,"鬼见愁"和"丛中笑"势不两立,双方你来我往发生过数次拉锯战,甚至动用了武器。

最终,经过一场大战,孙胜利所在的"鬼见愁"战斗队被打垮,死伤惨重,"丛中笑"大获全胜,占领了对方的总部——雨门市礼堂,还俘虏了一批"鬼见愁"战斗队的红卫兵成员。

红卫兵俘虏了红卫兵,张红旗俘虏了孙胜利。

礼堂院里有一棵老榆树,张红旗先把孙胜利五花大绑,又将一杆大秤吊在树下,用秤钩子钩进孙胜利的后庭,秤砣系在睾丸上,只让他脚尖着地。正午时分,张红旗悠然地坐在树荫里,要求孙胜利双眼圆睁,看着天空中火球般的太阳,不许眨眼,否则就是一阵拳打脚踢。从中午到傍晚,孙胜利就一直保持着这个姿势,其间挨打无数,每一次挨打都会加深痛苦,秤钩子已经深深地陷入肉里,后庭流出的血在脚下形成了水洼。直到夜里,有人出来上厕所,还看到树下有一个人影,孙胜利还笔直地站在那里……

昨天的乌云也是今天的乌云。

黑暗的历史也在黑暗中结束。

人对痛苦和折磨有着极强的忍耐力。孙胜利竟然活了下来，也许，支撑他活下去的强大信念就是复仇。"文革"结束时，孙胜利已经娶了老婆生了孩子。几十年来，他都目露凶光一脸阴沉，每一年，冰霜都在他体内积累；每一年，风雪都在他心中郁积。

几十年过去了，孙胜利已经成为一个老人，孤苦伶仃地坐在养老院的长椅上。

对于那场浩劫，很多人选择了遗忘，然而孙胜利却忘不了。

也许，他觉得临死前有什么心愿未了，也许，他用了一辈子来策划并实施这次报仇计划。

警方没有查明孙胜利时隔多年后是如何找到张红旗的住址的，我们也无法得知两个老人在最终的搏斗厮杀时说过什么话。

孙胜利站在黑暗的楼道里，手里拿着一把铁钩子，他在黑暗中等待几个小时，袭击了张红旗的外孙女。陈落沫侥幸未死，孙胜利心中的恶无法消除，犯罪手法也进一步升级。

最初几天，没有人知道孙胜利住在哪里，这座空城里到处都是无人居住的房子。这个老人想过回儿子家，可能为了避免给儿子带来麻烦，他临时改变了主意，没有走进儿子家门，而是偷走了放在门前的一盆羊血，他又将这盆羊血放在了张红旗家的铁栅防盗门上面。

孙胜利这么做的目的是要告诉张红旗：血债血偿！

警方在楼道里忙忙碌碌的时候，孙胜利就躲在四楼的一个空房间里。他刚刚杀死了张红旗的老伴，还扶着这个老太婆的尸体站在背后，试图敲开房门将张红旗老人杀死。当地民警曾经搜查过这栋楼里的每一个房间，未发现可疑之处，所以没有搜查第二次。

孙胜利把四楼的空房间作为临时住所，这里非常接近案发现场，由此可见，他杀人的欲望是多么强烈。他躺在塑料布上一动不动，侧耳倾听楼道里的脚步声，他吃锅贴儿，用茶缸子给窗台上的花浇水，张红旗老人的亲戚传来的哭声，在孙胜利耳中是美妙的音乐。

这个杀人者大多数时间在发呆，看着窗台上的那盆花。

楼道里传来张红旗老人两个亲戚的对话，一个说张红旗老人太固执拒绝搬走，另一个说公安局应该派人提供保护。两个亲戚的声音越来越远，下楼的脚步声消失不见。

等到午夜时分，孙胜利站了起来，拿起了铁钩子……

一个人做过的恶就像蒲公英的种子，尽管远离了视线，但迟早有一天会在别处生根发芽。

张红旗老人罪有应得吗？

究竟谁才是真正的罪魁祸首？

孙胜利以一种极其残忍的方式杀死了张红旗，自己也身负重伤，他选择了跳楼自杀。

在空中的时候，这个老人闭上眼睛，张开了双臂，感觉自己就像在飞，丝毫没有濒临死亡时的恐惧，心中反而有了解脱之感。

他的脸上有泪。

一个人悲伤的时候，也许不会立即流泪，往往是后来才哭。

隔了几十年的泪水终于夺眶而出，风在耳畔呼啸。

他觉得自己飞过了这片老旧的居民区，飞过了空地上的白杨树，飞过了这座渐渐无人的空城，飞过了那段黑暗的历史……

繁花落尽，只剩下一座空城。

指导员让胖厨子去认领尸体，胖厨子感到难以置信，他说：我爹以前连鸡都不敢杀。

街头的男女老少也在议论此案，一个少年说：真吓人，真变态，真恐怖。

在百货大楼前念书的老人也站在人群里，他说：孩子，你觉得这个杀人案很变态很恐怖？

少年回答：是啊，一个老头杀死了另一个老头。

念书老人说：真正的恐怖其实是这两个老人心里的那些东西，以前的，现在的……

少年若有所思，随即又放弃了思考，他招呼同伴说：该上学去啦，和咱有什么关系。

第四卷 (一)
恐怖村庄

我们的内心都是美丽的金色向日葵,我们获得自己种子的祝福。

——艾伦·金斯堡

一

　　太行山之东，有一个小村庄，这里是中国最恐怖的地方。乡村教师高某带学生们去野外秋游，突然下起大雨，一名小学生失踪，老师和村民近百人冒雨寻找，他们在荒野中呼喊掉队学生的名字，最终在一个土洞里找到了昏迷不醒的孩子。

　　孩子是吓晕的！

　　土洞位于河堤外坡处，洞前长着芦苇，这个土洞自然形成，是雨水冲刷和泥土塌陷的结果。河堤连接水库，另一端连接引水渠，平时无水，只有春夏灌溉农田时才会启用。

　　人们在土洞里发现了一具怪尸。

　　尸体上身赤裸，下身穿黑色长裤，拉链未拉上，两裤腿上缩至小腿上段，脚穿胶底鞋，呈坐姿倚靠在土洞内，尸身和衣物上都有湿润泥浆状物质。尸体腐败，部分皮肤干瘪，右脸已白骨化，右侧躯体露着白森森的肋骨。死者颅骨上有个窟窿，脑浆腐败液化呈暗红色，一根芦苇插进脑浆中，尸体两只手之间结了蛛网。

　　那名孩子进洞避雨，被这具脑袋上插着芦苇的腐尸吓得晕了过去。

第十六章
土洞怪尸

那一夜，大泽乡下起了暴雨……

当地警方接到群众报案，连夜进行了现场勘验，次日上报公安部。

白景玉将照片发放给特案组，他说：你们只看现场照片，推理一下这个案子。

苏眉仔细端详照片上的尸体，说道：死者是个年轻人，看衣服，他生活水平不高。

画龙说：他杀，有人用什么东西在死者脑袋上砸了个洞，还插了根草进去，奇怪。死者裤子拉链没拉上，鞋带紧系，可能是上厕所时被人杀害，或者强奸时被杀。死者颅骨损伤严重，凶器具有易挥动、较重，有突出前端的金属特征。

包斩看着照片上的尸体说：尸体腐败自溶，衣物表面沾有泥浆，这具尸体是从土里挖出来的，裤腿上缩，这说明有人在野外拖行过尸体。

梁教授说：凶手杀人埋尸之后，又将尸体从地下挖出来，转移到这个土洞里。

白景玉说：不错，埋尸现场就在附近，土洞不远处有个洼地，洼地里又发掘出七具尸体……

当地警方勘验现场时发现，土洞附近一处洼地的泥土联苯胺呈强阳性反应，这说明土壤中含有血液，他们本来以为此处就是杀人现场，结果从洼地里一连挖掘出七具尸体，尸体都有明显的被害特征，皆是头部遭受重创击打死亡。案情震惊了当地警方，他们立即汇报给最高公安部门，特案组紧急奔赴大泽乡，协助当地警方侦破这起非同寻常的特大凶杀案！

八人被杀，埋尸荒野，这是特案组接手的死亡人数最多的案子。

省公安厅和当地警方联合成立专案指挥部，由特案组梁教授统一调动，因为担心涉及政治因素，有关部门也主动介入了此案。

勘验负责人先讲了一下案发现场的情况，此案有三个现场：杀人现场、埋尸现场、移尸现场。杀人现场未知，移尸现场遭到群众破坏。土洞前较为开阔，西北侧有高低不等的杂草，河堤外坡长满芦苇，土洞位置很隐蔽，距离土洞百米处有一洼地，即埋尸现场。因雨水冲刷，泥浆横流，洼地里积了水，办案人员没有在第一时间发现埋尸处。勘验后，从洼地里挖掘出七具尸体，加上土洞内的那具，共有八具尸体埋在此处。八具尸体都为男性，下面四具尸体和上面四具尸体都呈"井"字码放，码放整齐，头足交错，码放方式有点儿像农村码柴火垛一样。

法医分析报告结果显示，八名死者被害时间不等，有的是半年前死亡，有的是三个月前遇害，死因皆是头部遭受重击，创口也不同，看来凶手使用了不同的凶器。埋尸时间至少三个月，尸体皆有不同程度的腐败。土洞内的怪尸为一年轻男性，长裤内穿着手工编织的线裤，洼地里发掘出的另一具尸体也穿着同样的编织线裤，初步认为，俩人为父子，需要通过DNA检测才能下结论。土洞怪尸两手间结了蛛网，颅骨内插的芦苇尚未干枯，结合尸体风化特征分析，移尸时间在三天左右。尸骸肋骨断裂，裂口崭新，是死后形成，这说明凶手移尸时曾殴打尸体。

大家纷纷讨论，此案疑点颇多。

画龙说：凶手掩埋尸体是为了掩盖犯罪事实，为什么又挖出一具尸体转移到土洞里？这不符合常理，凶手有可能不止一人。

苏眉说：插入尸体颅骨内的那根芦苇是随意所为，还是象征着什么？

包斩说：埋尸人是否就是移尸人，那人为何殴打尸体，又将其拖行至土洞之内？

大家脑海里产生这样一个令人惊悚的画面：

夜色中，一个人挖掘出一具腐尸，拽着腐尸的脚腕在野外拖行，那人对着尸体拳打脚踢，用石块或者棍棒狠狠地殴打尸体，最终将尸体抛弃在河堤上的一个土洞里。

梁教授说：埋尸之处地域偏僻，平时人迹罕至，而且交通不便，基本上可以排除外地人流窜埋尸的可能。埋尸人熟悉此处的地理情况，埋尸地周围还种了高粱，河堤上长着芦苇，距离公路较远，外地人不可能了解这些，应为本地人作案。

乡长高日德介绍：周边有四个村庄，都属于大泽乡，分别是——东石鼓村、西石鼓村、上石鼓村和下石鼓村。距离埋尸处最近的是东石鼓村。

梁教授分配任务，首要工作是搞清尸源，对比当地失踪人口，确认八名死者的身份。

所有民警分成四个工作组，进驻案发地周边的四个村庄，展开全面调查。特案组负责距离埋尸现场最近的东石鼓村，省厅方面负责西石鼓村，当地警方和有关部门分别对上石鼓村和下石鼓村进行详细摸排。大泽乡政府协调配合，让四个村子的村委会通知村民，近期不要外出，防止凶手潜逃。

第十七章
失踪人口

农村发生过很多古怪离奇的案子，有些难以从人性的角度作出合理的解释。

一所大学的两名女生外出游玩时迷路，走进一个比较偏僻的荒村，从此失踪。一个月后，其中一名女生被警方找到，但是她一句话也不说，呆呆的，她已经精神失常了，另一名女生最终也没找到，下落不明。

年龄比较大的人应该记得发生在东北的九头案，一个村民，先后将9个人用毒药毒死，将头割下，堆成一个祭祀形状的塔。被害人有3男6女，涉及5家，这是一起因为迷信活动而导致的凶杀案。

滇东南的一个乡村，常年有小孩失踪，都是10岁以下的幼童。最初，村民以为是被人贩子拐跑了，都严加看护自己家的孩子。但是农村的孩子需要干一些农活儿，无法管教太严。有一家姐弟俩白天出去玩，晚上回家的时候只有姐姐，父母问你弟弟呢，姐姐说跟着一个老奶奶吃糖去了。父母就去老妇家找小孩，老妇一家矢口否认，眼神却瞟着院里的猪圈。父母觉得可疑，就过去看，在猪圈里发现一具被剁去四肢的小尸体正在被猪拱来拱去。父母吓瘫了，醒过神爬起来就跑，召集村民围攻老妇一家。老妇被愤怒的村民扭断双手，她家的菜板上有血迹，问她以前失踪的那些小孩哪儿去了，老妇说都喂猪了……

包斩回到村委会，将调查到的情况悄悄告知特案组其他三位成员。案情发布会已经开完，梁教授让村委会干部组织起来，挨家挨户调查，列出该村的失踪人口名单。村党支书表示村里的很多男人都外出打工去了，一时半会儿联系不上，核查失踪人口需要时间。

第十八章
诡异厕所

村党支书以极快的工作效率统计了一下东石鼓村的失踪人口，到了晚饭时间，村党支书向特案组声称本村没有人失踪。他们设下晚宴，只想尽快把特案组打发走。

特案组对他们的草率感到愤怒，但又无可奈何。

乡长高日德说：吃了饭再走，我们叫了酒菜。

村党支书厚颜无耻地讪笑着说：反正是公款。

梁教授让大家凑了一些钱，交给村党支书，他表示：这些是饭钱，顺便把房租也交了，麻烦你们村委会收拾出两个房间，我们特案组打算住在这村里，不调查清楚绝不会离开。

画龙悄悄地对包斩和苏眉竖起大拇指，他说：我就喜欢这老头的倔强劲儿。

高日德和村党支书并没有感到难堪,只是觉得不可思议,这是他们俩担任基层干部以来,第一次遇到拒绝公款吃喝甘愿自掏腰包的人。

晚饭过后,特案组四人住进了村委会的值班室。

梁教授打电话询问了一下,当地警方和省厅以及有关部门在其他三个村的调查毫无进展,法医小组进一步的勘验报告却有了新的发现,八名死者的衣物纤维中均有矿物质粉末,经过化验,这是一种碳元素。八具尸体埋在荒野中,发掘出的土壤里没有煤炭,这说明死者生前可能从事煤炭的挖掘、运输、贩卖、装卸工作。

特案组讨论了一下,大家对此案的共同看法有以下几点:

1. 凶手不止一人,八具尸体,而且被害时间跨度大,一个人不太可能完成杀人、运尸、埋尸、移尸的整个犯罪过程。

2. 凶手的身份为农民,或有过长期农村生活经验的人,这点可以从码放尸体的方式上分析而出。

3. 凶手对埋尸处的地理环境很熟悉,对周边的村子应该也很熟悉。

4. 八名死者的衣物上都发现了煤屑,东石鼓村村民大多外出干活儿,从事挖煤的体力劳动,特案组更加坚定了侦破方向:凶手极有可能就在这个村子里!

因为八名死者被埋在荒地里,尸体都已腐败,面目难辨,梁教授打算第二天让村民辨认死者的衣物,希望能够确认死者身份。

当天夜里,苏眉遇到了令她毛骨悚然的一件事。

村委会院墙外有个公共厕所,肮脏无比,茅坑用石头垒成,男厕和女厕不太好分辨,厕所墙上原先用石灰写着男女的标志,但是调皮的孩子又用砖碴儿写上字故意混淆。

半夜的时候,苏眉拉肚子,对于去户外上厕所,她虽然感到害怕,但是又不好意思叫醒画龙和包斩,只好一个人大着胆子去厕所。

墙上标志混乱,夜里分辨不出男厕和女厕,苏眉轻轻地喊了一声,里面有人吗?

黑乎乎的厕所里无人回答,苏眉实在憋不住了,顾不得那么多,硬着头皮随便找了个厕所就走了进去。

苏眉穿着一条紧身铅笔裤,腿部更显得性感修长,她脱了裤子,蹲下来,微微皱眉,一阵水花四溅的声音过后,苏眉如释重负,同时感到羞涩,那声音在夜里未免太响了一些。苏眉挪动了一下脚步,高跟鞋踩在茅坑的石头上,一不小心就会滑下去。

地上有很多烟头,还有擦过屁股的烟盒纸。

苏眉心里嘀咕一声:妈的,进错厕所了啊。

厕所隔墙上有几个缝隙,砖缝之间的泥巴很容易捅开,有的砖已经松动,甚至可以拽出来。农村厕所墙壁上大多都有个洞,这归功于村民的娱乐心理。偷窥欲在这里得到明目张胆的释放。如果在男厕,透过墙上的小孔向女厕望,很可能看到一个眼珠正在偷窥男厕。更奇妙的是,互相偷窥的就是在乡间土路上刚刚打过招呼的两个乡邻。

苏眉觉得这个厕所有些古怪,担心被人偷窥,她不敢凑近墙缝去看旁边的厕所里有没有人,黑暗之中,她感觉有什么东西摸了一下她的屁股。苏眉吓得魂飞魄散,恐怖片里常常有这样的画面,女人方便的时候,便池里突然伸出一只手。她低下头一看,随即不再感到害怕,脚边有一根树枝,可能自己无意间碰到了树枝。

苏眉正想站起来的时候,墙那边传来一阵阴森森的笑声,一只手突然从墙那边伸了过来,那只手抓起树枝插到她的头上。

苏眉吓得尖叫起来，立即跑出厕所，跑回村委会。

画龙和包斩被惊醒了，苏眉心有余悸，对画龙和包斩讲了一下刚刚发生的事情。

苏眉说：画龙哥哥，我屁股被人看见了，这村里有流氓。

画龙说：我去，这还了得，人呢？

苏眉说：现在可能趁黑跑了，我也没敢回头看。

包斩说：你说那个人把树枝插到你头上？

苏眉说：是啊，我还听到那人笑，笑得好恐怖，吓死我了。

包斩想起，河堤土洞里发现的那具尸体，脑袋里插了一根芦苇。这个偷窥厕所的人也有个往人头上插树枝的动作，此人会不会就是凶手？

厕所里已经没有人了，墙壁上的两块砖被人拽了出来，那人就是从这墙洞里伸出手惊吓了苏眉。厕所旁边有个"人"字路口，那人肯定跑不远，画龙和包斩决定分头去追。

苏眉站在路口，惊魂未定，路口附近有一片小树林，树林里还有几堆玉米秆和棉花秆。

夜色中，苏眉隐隐约约看到了诡异的一幕，一个什么东西直立行走在树林里，从身影上来看，就像一具骷髅或者一具干尸。这具干尸走动的姿势非常怪异，上身不动，双手低垂，一点点向前走。

苏眉大喊起来，画龙就在附近，闻声而来，俩人走进树林查看。

树林里却没有人，一片寂静，月光如水。

画龙质疑道：你是不是眼花了，吓傻了？

苏眉解释说：我明明看到这树林里有什么东西。

画龙说：见鬼了。

苏眉有些害怕，紧紧抓着画龙的手，她说：那东西绝对不是一个人，也不像什么动物。

画龙拉着苏眉的手，继续往树林深处走，他们绕过几个柴火垛，没有发现异常情况，检查完最后一个柴火垛，环顾四周，月光照耀着的树林里看不到一个人影。

苏眉说：会不会藏到玉米秆垛里面了？

画龙踢了踢堆放着的玉米秆，威胁道：出来。

玉米秆垛里也没有人，苏眉紧张起来，双手抱着画龙的胳膊。

画龙和苏眉感到很怪异，这时，他们头顶上方传来一阵阴森森的冷笑。

第十九章
泼妇骂街

月影西斜，枝叶颤动，树上跳下来一个怪人。

她蹲在地上，慢慢站起来，抬着脸看画龙和苏眉，画龙和苏眉吓得向后退了几步。

这个女人太瘦了，披头散发，只穿着秋衣和秋裤，脏得看不清颜色。秋裤褪到小腿处，下身光溜溜的，一股尿骚味弥漫开来，估计她上厕所后忘记提上裤子了，这也是她走路姿势怪异的原因。这个女人瘦骨嶙峋，身上的骨头都是突出的。面部骇人，眼窝深陷，就像一张人皮紧贴在骷髅上面。两条腿如同两根细细的棍子，胳膊上也没有肉，看上去很容易折断，整个人都是皮包骨头。毫不夸张地说，这个蓬头垢面骨瘦如柴的怪女人一点儿都不像人，而像鬼，或者干尸。

画龙将这个怪女人推搡到村委会，苏眉在后面跟着。

村党支书说：哎，这是个憨巴子，这女的是个疯子。

梁教授披衣起床，两手支撑着坐到轮椅上，他问疯女人：你有其他家人吗？

疯女人突然冲到梁教授面前，大家吓了一跳，她抱住梁教授的脑袋在额头上亲了一下。

疯女人说：你没穿秋裤。

梁教授一脸愕然，不知如何作答。

疯女人说：我是你二婶子。

画龙哭笑不得，上前抓住疯女人的一只手腕，防止她发疯。

疯女人拽着梁教授的手说：走，跟我回家吃个大馍去。

村党支书上前将疯女人拉开，劝说她赶紧回家。疯女人不依不饶，非要梁教授跟她回家吃馒头，苏眉躲在一边捂着嘴巴笑，疯女人见状，开始对苏眉破口大骂，用恶毒的语言骂苏眉勾引她家男人，还抢走了她儿子。苏眉莫名其妙，觉得可笑，但又有点儿恼火。最终，疯女人被画龙和村党支书拽出村委会，疯女人拼命挣扎，极不情愿地离开了，嘴巴里依旧嘟嘟囔囔咒骂着苏眉。

画龙说：这二婶子，好家伙，骨瘦如柴，力气还不小呢。

苏眉说：他妈的，居然说我勾引她老公，这叫什么事啊。

村党支书介绍说，这个疯女人的男人和儿子都出去打工了，没人管，就整日在村里游逛。

画龙说：她也挺可怜的，你们就不能给她送点儿吃的？这女人饿得都没人样了。

村党支书嘟囔一句：她男人和儿子都不管，我才不管哩。

梁教授捏起一根头发，这是疯女人挣扎时掉落下来的。梁教授说道：八名死者，其中两名是父子，明天让省厅作一下DNA检测，那对父子可能就是她的男人和儿子。

那天晚上，包斩在村边的塑料大棚里抓到了一个偷芥菜的妇女，此人叫巧莲，是个寡妇。农村里时常发生这类顺手牵羊的小事，村党支书将芥菜没收，教训了巧莲几句，就让她回家睡觉了。

第二天，村民辨认死者遗物的工作在村委会大院展开，院里扯了一道铁丝，上面搭满了八名死者的衣服、腰带和鞋子。这些衣服大多质料低廉，铁丝上的鞋子没有一双皮鞋，一看就知道遗物的主人常年从事体力劳动。有的裤子上面血迹仍在，可以想象出死者遇害时的恐怖情景。

大多数村民都已经通过电话联系上了远在外地打工的家人，村民聚集在村委会大院门口，都抱着看热闹的心态。即使有人辨认遗物，也不愿让别人知晓，有几个人走进村委会大院，看着铁丝上的衣物，就像看着旧货市场上的东西，犹豫着不敢上前。一个老汉远远蹲在一边，他抽着自己卷的香烟，摇摇头，自言自语说：俺娃不在里边……

村委会大院门口一阵骚动，人群闪开，一个妇女在扯着嗓子骂村里的郭家五兄弟，这名骂人的妇女是老五媳妇儿，塑料大棚里种的芥菜就是她家的。

寡妇巧莲死不认账，拒不承认自己偷芥菜，她也是村里的一名泼妇，她袖着手，黑着脸问道：他五嫂，你这是骂谁哩，你家大棚占了我家的地，我都没和你计较，你这是作死哩。

郭五媳妇儿翻了个白眼儿，气呼呼地说：哟，有拾钱的，还有拾骂的呀？

寡妇巧莲叉腰说：龟孙，你等着。

寡妇巧莲急匆匆地跑回家，拿了菜刀和菜板，杀气腾腾地赶来了。

郭五媳妇儿回家拿了个脸盆，又出现在村委会大院门口。

苏眉担心发生血案，包斩小声对她说：没事，让你见识下农村妇女的骂架。村民越聚越多，死者遗物辨认工作被两名泼妇的骂架打乱了，村党支书劝说无效，特案组四人也和村民一起饶有兴趣地观看。

农村的骂架很有娱乐性和观赏性，泼妇骂架是农村里一道独特的风景，是一种乡村文化。

每个村里都有几个骂架高手，妇女把骂架当成展示自己口才的机会，骂架高手不仅要嗓门高，有一张快嘴，懂得音律，还要加上一些舞蹈动作渲染气氛，真正的高人对决时还会使用道具。一场毫不顾忌脸面的骂仗往往是因为生活琐事、邻里纠纷，骂词越是不堪入耳越能赢得别人的喝彩，唇枪舌剑，滔滔然如黄河决堤。面对一名骂街泼妇，相声大师会笨嘴拙舌，文学家也会甘拜下风。

寡妇巧莲，骂架水平无人能出其右，与人舌战从未落过下风，称霸村里十几年从未遇到对手。

郭五媳妇儿，3岁学骂架，自幼随其母亲东征西战，积累了大量的骂仗经验，16岁时在娘家便骂遍村里无敌手。

这是两名泼妇的第一次交锋，双方势均力敌，旗鼓相当，围观村民都意识到这会是一场飞沙走石、天昏地暗的大战！

因为偷荠菜一事，骂架开始了，两家本有宿怨，多年积累的矛盾爆发了。

郭五媳妇儿用树枝敲了敲脸盆，周围的人安静下来，面色凝重，空气中凝结着杀气。她用脚使劲儿跺地，身子猛往上一纵，手臂向前一伸，一段刻毒的骂词便像机关枪射出的子弹一样飞了出去。

寡妇巧莲柳眉倒竖杏眼圆睁，咬牙切齿，狠吸一口气，她倚着一棵树，左手拿着菜板，右手握着菜刀，以刀剁板，梆梆有声，骂一句，砍一下菜板，气势骇人，声音拖着唱腔，骂词丰富多彩，令人叹服。

郭五媳妇儿犹如暴怒的斗鸡，双脚一纵跳将起来，还拍着大腿，扯开嗓门骂。

寡妇巧莲急如骤雨般剁响菜板，抢得话语权，她那嗓音尖厉细长，不用喇叭，就响彻了整个村庄。

郭五媳妇儿怒不可遏，她挺动身体一边骂，污言秽语，滔滔不绝。

寡妇巧莲不甘示弱，一时间唾沫飞溅，唇枪舌剑，你来我往。两名泼妇的声音之嘹亮，语速之快，词汇之丰富恶毒非常人能及。正当两人骂得难分难解、不分胜负的时候，人们没有注意到，那个疯女人走进村委会大院，她看着铁丝上挂着的两条线裤，发出了声嘶力竭的号哭声，哭声盖过了骂架声，众人都转身去看。

疯女人回头，她哭了，两行泪水流过脸庞。

正如梁教授猜测得那样，八名死者中，被害的一对父子正是疯女人的男人和儿子。事后，警方经过DNA检测进行了证实。这对父子去挖煤，就此失踪，一同前去的还有村里的郭家兄弟。郭家有兄弟五个，已经回村，骂架的是郭五媳妇儿，令人奇怪的是，老五媳妇儿和寡妇由骂架升级为殴打，老五并未出来劝架，郭家兄弟五个也都没有进行遗物辨认。

特案组分析认为，郭家兄弟具有重大杀人嫌疑！

梁教授问：郭家兄弟，谁最胆小？

村党支书说：老五，平时比较窝囊怕事。

警方迅速将郭家兄弟控制住，梁教授传唤郭五，审讯时，画龙和包斩站在梁教授身后，苏眉作笔录，梁教授还安排了数名荷枪实弹的警察把守住村委会大门和临时审讯室门口。

郭五看到这阵势，吓得脸色都变白了，没等梁教授讯问，他就跪了下来，哭着说道：我没杀人，我就是挖坑把人给埋了，那些憨巴子都是我大哥和二哥找来的，是三哥和四哥杀的。

第二十章
葵花向日

　　街角的监控器曾经拍摄到公园里恶心的一幕，公园长椅上睡着一个衣衫褴褛的流浪少年，拂晓时分，有辆车从他身边驶过，过了一会儿，那辆车又倒回来，司机下车，低头看着流浪少年，悄悄扒下他的裤子，然后趴在了他的身上。流浪少年惊醒后使劲挣扎，司机未遂，悻悻离开，离开时还想将流浪少年抱上车。

　　流浪者除了要面对性骚扰，还有两种危险：狗和捕捉他们的神秘人。

　　多年前，大泽乡的街道上出现了一个疯女人，她略有几分姿色，皮肤白皙，头发和衣服很干净，应该是离家走失的精神病患者。疯女人常常在集市上转悠，捡拾烂菜叶吃，晚上就睡在卖鱼的水泥台子上或者桥洞下。她的精神时好时坏，桥柱上还有她用石灰写的几个字，告诉路人不要在此大小便，因为这里是她的家。

人们发现，疯女人的肚子渐渐大了，也不知道是哪个缺德鬼干的。

后来，疯女人不见了，一个光棍汉在深夜强行将她拖回了家。

光棍汉叫青山，住在东石鼓村西头的石头屋子里，他家总是很冷，散发着一股臭味，屋外就是猪圈，猪圈外的两亩地里种着向日葵，夏天开着金灿灿的花，芳香从两株向日葵之间，从花瓣的缝隙之间弥漫向整个村庄。光棍汉青山不好意思说是街上捡来的老婆，就告诉村民是买来的媳妇儿。在他的心里，在村民的眼中，买要比捡光彩体面得多。

村里有好几个人都是买来的媳妇儿，而那些买来的媳妇儿有的跑了，有的已经成了在田里摘棉花的大婶，或者在墙根下晒着太阳纳鞋底的大娘。

疯女人给光棍汉生了个孩子，呆傻傻的，光阴荏苒，孩子慢慢长大了。

疯女人清醒的时候，就和正常人一样，犯病的时候，谁也不认识，就连吃喝拉撒都无法自理。她会写字念报，会织毛衣，可她始终想不起自己的家在哪里。

青山说：俺爷俩打工赚钱去，给你治病，给你把精神病治好。

疯女人说：治好了，我就知道我是从哪里来的了，你不怕我跑了？

青山说：不怕，有娃呢，咱家还有葵花，你可喜欢吃瓜子了。

孩子喊了一声娘，说道：娘，你别跑，治好了病你也别跑，你再疯，也是俺娘啊。

疯女人说：唉，我也舍不得，我一犯迷糊，又不知道跑哪去了。

青山过年烧香时磕头许下心愿，父子俩决定去打工，赚钱给疯女人治好病。

他磕头，在心里对佛祖表示，他这辈子做了一件错事，也做了一件好事。

他在乡集市上的水泥台子上强奸了一个智障女人，不止一次，这是错事。

他做的好事是——把这个女人带回了家。

即使是生活在泥潭里的人,也向往着美好的明天,正如黑暗中的向日葵始终能够辨别阳光的方向。

疯女人给父子俩各织了一条线裤,这两条线裤她断断续续织了三年。打工前夕,青山将自己的疯媳妇儿托付给本家的二婶子帮忙照看。

青山说:给她点儿吃的。

青山的儿子说:别让俺娘乱跑。

父子俩去打工,从此一去不回……

疯女人饿得皮包骨头,无论白天黑夜,像幽灵似的在村里游逛,这是一种迎接的方式吗?她不知道丈夫和儿子什么时候回来,不知道从哪条路回来,这个神志不清的女人偶尔有片刻清醒,她看着村口发呆,用石灰在村前村后都做了记号,她担心自己走出这个村子,就迷失在人海,再也回不来了。

那间石头屋子的墙上,还有她写下的一个字:家。

据犯罪嫌疑人郭五交代,郭家兄弟在火车站遇到了出门打工的青山父子。他们都是东石鼓村村民,在火车站有过这样一段对话:

郭大对青山父子说:青山,恁爷俩上哪儿干活儿去啊?

青山说:没啥手艺,去建筑队搬砖,当钢筋工。

郭大和郭二交换了一下眼神,试探着问:要不,恁爷俩跟俺去矿上干活儿,比干小工挣钱多。

郭二急忙说:哥,不行,说好的让老三和老四去,人家矿长不要外人。

青山儿子袖着手问:能挣多少钱,够给俺娘治病不?

郭大说:多劳多得,比你当小工强。

青山犹豫了一下,有点儿不好意思地说:要不这样,俺跟你们搭个伴儿,去矿上干活儿？

郭大：那你顶替老三，在矿上你得叫我哥，还得改姓郭，人家矿上不要外人，怕出事。

青山点点头说：中。

郭大对青山儿子说：娃儿，你得喊我大爷，喊他叔。

青山儿子：行。

郭大说：来来来，喊大爷。

青山儿子：大爷。

郭大指着郭二说：喊他叔。

青山儿子对郭二喊道：他叔。

郭大照着青山儿子头上扇了一巴掌，骂道：你这个憨巴子。

郭大再次强调了事情的严重性，因为井下干活儿很危险，小煤窑事故频发，矿上不要生手，也不要外人。郭大和郭二帮青山父子办理了假身份证，再三叮嘱他们不要泄露真实身份，否则煤窑主会解雇他们，连工钱都拿不到。

郭家兄弟三言两语骗得青山父子的信任，一起去小煤窑打工，窑主与矿工签的合同上面白纸黑字写着：若出现意外，一个指头赔偿50元，一条人命3万元。

郭家兄弟在井下将青山父子杀害后伪造成矿难，冒充亲人向窑主索要赔偿金。这种杀人骗取赔偿款的罪行，在此之前他们已经干过多次。因为街上的智障流浪人员越来越少，他们找不到合适的受害人，所以穷凶极恶的他们将魔掌伸向了本村的老乡。

杀害青山儿子时，这个刚刚成年、呆头呆脑的年轻人跪地求饶，他哭着说：大爷，叔，别杀我，别杀我，我还得挣钱给俺娘看病哩。

郭二说：好，你转过身去，别睁眼。

青山儿子转过身说：杀了我，那俺娘就没人管啦。

郭大将手中的撬棍狠狠地砸在青山儿子的头上，他说道：你值3万块钱哩。

郭家兄弟将煤炭堆在死去的青山父子身上，伪造成矿洞塌方的场面。

比煤炭更黑的是人的心！

这些煤炭像是堆起的坟头，他们的身上覆盖着远古时代的垂柳和亿万年前的小茴香苗。

小煤窑的安全措施本就不完善，一旦出了事故，窑主只想把大事化小、小事化了。如果被煤炭局或者劳动局知道矿上死了人，除了罚款，还会面临停产整顿的局面。窑主想尽快赔钱了事，郭家兄弟希望多要一些抚恤金，一边假装悲伤，一边讨价还价，经过一番谈判，窑主拿出钱来，双方最终签订了一个意外死亡与窑主无关的协议。

一年多时间里，郭家兄弟共杀害了八个人，除了青山父子，其余的全是街头找来的智障者。在他们眼里，那些流浪汉，那些智障人士，都是钱，一条人命3万元。对于尸体的处理，他们选择了最简单的方式：掩埋。

郭二说：火化得要死亡证明。

郭三说：这都不是事，街上那么多办假证的，身份证户口簿都能办，死亡证明也能办。

郭大说：问题是，火化得花钱，咱还花那钱干吗呀？

郭四说：就是，大哥说得对，我看，找个地方埋了就行。

郭五说：埋了吧，埋了省钱。

郭家兄弟将八具尸体都埋在了村外的野地里，警方始终没有搞清究竟是谁将一具尸体挖掘出来，又拖到了河堤的土洞里。特案组想到了死者青山的那个疯老婆，对一个疯子来说，这种怪异的行为也就有了合理的解释。

可是，这个疯女人是怎样发现尸体掩埋地点的呢？

她在墙上用石灰写字，她在路边插上树枝，她在村前村后都做了一些记号。

这个疯女人担心自己走失，再也找不到自己的家，即使是夜里，她也在村中游逛，她一直等着丈夫和儿子回来。

无论白天还是黑夜，她会一直等下去，尽管要等的人永远不会回来。在这个疯女人混沌的心中，对生活有过片刻的温馨回忆吗？她清醒的时候，坐在昏黄的灯光里，给丈夫和儿子织线裤，心里在想些什么？后来，认领死者遗物时，她为什么号啕大哭突然流下了眼泪？

离开一个人，才知道自己有多么想念他。

特案组临行时，大泽乡又下起了雨……

那个疯女人呆傻傻地站在雨中，看着自己家的石头屋子，墙上有她写下的一个字：家。

门外的地里栽种着向日葵，已经砍去了头，只剩下葵花秆淋在雨中。向日葵的果实即种子。每一个人，都有属于自己的路，深知黑夜的冷和雨水的苦，只要走下去，总会遇到属于自己的那朵花儿，那朵怒放的一直在等待着自己的向日葵。

心中的向日葵，永不凋谢。

特案组特意去了青山的二婶子家，青山父子俩出门打工时将疯女人托付给本家的二婶子照看，二婶子却连一口饭都没给她吃。疯女人无人管，无人关心，饿得骨瘦如柴，这么下去，用不了多久就会死掉。

青山的二婶子为自己辩解，理由是——青山没给钱。

梁教授拿出一笔钱给了青山的二婶子，这个可爱的老头儿用一种充满威胁的严肃语气说：钱是公安局放在你家的，不要乱花，你们家吃什么，就给那疯女人一口吃的，要是饿死了她，就把你抓起来关进监狱！

第五卷
畜生怪谈

认识的人多了，我就更喜欢狗。

——罗曼·罗兰

一

佩县东关的一个老头儿，天还没亮就起床去晨练。

老头儿走在林荫路上，此时天色未亮，正值霜降时节，几片枯黄的梧桐树叶随风飘落，街上没有行人。老头儿路过一个家属院的时候，看到路边的护栏上坐着一个人，他以为也是晨练者，打了个招呼，说道：起这么早啊。那人没有回答，老头儿也不介意，头也不抬地从那人身边走过。

铁护栏有一人多高，而且带有尖刺，那人就坐在铁护栏上。

老头儿觉得很怪异，他想，那人是怎么坐上去的呢，就不怕扎屁股吗？

老头儿走回来，他有些花眼，黎明之前总有一段时间特别黑，老头儿打着打火机想看清楚。那人坐在铁护栏上，脚尖对着老头儿，一动不动。老头儿举高打火机，凑近一看，吓得打了个寒战，打火机也掉在了地上，他竟然看不到那人的脸，那人的身体正对着他，后脑壳也对着他……

第二十一章
鲜血笑脸

变态杀人狂的思维总和常人不一样,有个研究犯罪心理的社会学家在做调查的时候,有道题目是这样的:怎样把麻将塞到一个人的鼻孔里?

答案很简单,把鼻孔剪开就可以。

回答出这道题的人现在还在监狱里。

一个人站在你面前,怎样才能看到他的后脑壳?

除了绕到他身后或者让他转过身,还可以将他的头拧断,将脑袋旋转180度。

佩县东关发现一具尸体,死者坐在路边的铁护栏上,睾丸被护栏尖刺扎穿,水泥地面积了一摊血。常有路人翻越护栏时发生意外,合肥一个少年翻越护栏时被戳中大腿,钉在护栏上近一小时;杭州一女子为了走捷径,翻越栏杆,结果一脚踩滑,下体被铁栏杆刺穿。东关派出所接到报案,最初以为死者是意外死亡,报案的晨练老人上气不接下气地描述道:那个人的头……

民警问道:头断了?

晨练老人说:没断下来,我眼花,打着打火机,就这样往上举着,我觉得能看见他的脸。好家伙,一下子看见个后脑壳,吓死我了,那个人的脑袋转了半圈。

坐在护栏上的尸体,本该是面向街道,脑袋却转向了身后。随着天色大亮,有数以百计的路人看到了这恐怖骇人的一幕。尸体的姿势非常怪异,县城里像炸了锅,越来越多的群众蜂拥而至。特案组赶到的时候,现场勘验已经结束,尸体被移走,还有不少围观群众站在黄色警戒线之外议论纷纷。

派出所冯所长向特案组简单汇报了一下情况。经初步勘察,铁护栏高一米八,里面是东关棉纺厂家属院,外面是林荫路,发现尸体的地方就是第一凶杀现场。死者为男性,40岁左右,死亡原因系他杀,脖子被拧断,颈椎断裂,法医推断死亡时间为凌晨3点左右,需要全面尸体解剖才能进一步明确。现场有大量血迹,死者为A型血,凶手还用树枝蘸着死者的血在护栏间隔的水泥墙面上画了一个笑脸。

包斩凑近去看,笑脸画得极其简单,只有三笔,分别是眉毛和嘴巴,看上去像是儿童的涂鸦。

苏眉说:这是什么变态心理,杀人后还画了个笑脸,这分明是向我们警方示威。

梁教授问画龙:你能拧断一个人的脖子吗?

画龙说:没问题,武警还有特种兵都受过专门训练,就是普通人,只要有很大的臂力和腕力,也能将一个人的脑袋拧到后面去。

梁教授又问:你能把人举到铁护栏上去吗?

画龙看了一下护栏说：可以。

画龙抱起苏眉，想要证明给梁教授看。

苏眉挣脱开，气得骂道：混蛋，你敢占我便宜。她穿着一双尖头皮鞋，对着画龙的膝盖狠狠踢了一脚，画龙疼得龇牙咧嘴，围观群众都笑了起来。包斩皱眉说道：注意影响。转而问道：死者身份查明了没有？

冯所长摇了摇头。

后半夜的时候，街上漆黑一片，路灯是坏的，没有月亮和星光，只有冷风吹落枯黄的梧桐树叶。受害人可能刚下夜班，或者出于某种目的走出家门。在夜里，独自走在空无一人的街道，总会有一种不祥之兆袭上心头。受害人加紧脚步，走到东关棉纺厂家属院附近的时候，一个人突然出现。凶手也许潜伏在路边，也许一直尾随着受害人。凶手力量惊人，拧断了受害人的脖子，将其举起来，放在路边的铁护栏上，然后用树枝蘸着鲜血在墙上画了一个笑脸。

在极少数凶杀案中，杀人者会在现场留下血字，国内有专门研究血字的刑侦专家。

铁溪市锦工街某偏僻的出租房内，一名女青年身中数刀被杀害，随身饰品、财物被抢走。现场地上还有凶手写下的血字："杀100人。"

竖州城郊，一对夫妇在家中遇害，更令人震惊的是凶手留在现场墙上的血字："我爱你，你还敢逼我，爱你才杀你。"

有个大学生在校外租房，几乎每晚都做噩梦，他观察房子，看到墙面上赫然有一行淡淡的红字——你该死。他不知道，在此之前这个房屋里发生过一起凶杀碎尸案，房东粉刷了墙壁，又将房子廉价出租。

梁教授一边令法医进行全面尸检，尽快递交详细报告，一边让当地警方加大走访范围。凶手在街边杀人,虽是夜晚,但也不能排除有目击者。

东关派出所共有在职民警十名,特案组看到,这个很小的派出所里竟然挂满了锦旗,办公室柜子上还放着奖杯和荣誉证书。

梁教授说:行啊,冯所长,没想到你们这小庙里还藏龙卧虎。

包斩赞叹道:你们派出所,还获得过集体三等功。

冯所长说:说来惭愧,这些都是梅西的功劳。

画龙说:梅西在哪儿?我要见见他。

冯所长说:梅西已经退休了,现在院里趴着呢。

苏眉诧异地问道:趴着?

在场民警都笑起来,冯所长打了个呼哨,派出所车棚处跑过来一条老狗。冯所长介绍说,这条警犬就叫梅西,屡次立功,屋内挂满的锦旗和奖状都是它的荣誉。冯所长以前是警犬驯养员,梅西是他养大的最出色的一条警犬。东关派出所附近是县火车站,梅西执行任务时,无论是炸药、雷管,还是硫酸、汽油,包括毒品等违禁物品都逃不过它的鼻子。

冯所长自豪地说:在我们这里落网的大毒贩子就有好几个。

一名民警补充说:梅西还救过我们的命。

冯所长说:有一次,我们查封了一个非法制贩烟花爆竹的窝点,那人就在居民楼里造鞭炮,多危险哪,我们就全部给没收了。那人寻衅报复,夜里在派出所墙外放了包炸药,导火索都扯好了,要不是梅西及时发觉,这个派出所就被夷为平地了。

梁教授摸了摸梅西的头,说道:真不愧是警犬啊。

冯所长喊道:敬礼。梅西端坐在地,抬起右前爪,做了个敬礼的姿势。

梁教授还了个礼,笑眯眯地说道:梅西还不老嘛。

梁教授建议让警犬梅西协助破案,冯所长有些担心,因为梅西已经退役多年，嗅觉不像从前那么灵敏，按照人的年龄来计算，梅西已是古稀之年的老人。梁教授表示，即使一无所获，也值得一试。

在凶杀现场，梅西闻了一下死者的衣服，冯所长发出了搜寻的指令。梅西沿着林荫路慢慢地前行，它的鼻子贴近地面，尾巴也翘了起来，看来它对再次担当重任显得很兴奋。冯所长和特案组紧随其后，有几次，梅西失去了嗅源，它在原地转了个圈，又重新找到了方向。梅西引领着众人一直向东，看来这就是受害人当时的行走路线。绕过棉纺厂家属院，穿过一条胡同，走过建材市场的一片空地，沿着铁轨下面的小路来到城郊，众人看到面前有一处废品收购站。

两间平房，门前有一株低矮的梧桐树，周围码着一些啤酒瓶和废纸箱当作院墙，院门是三合板做成的。院里凌乱不堪，到处是废纸和落叶，角落里有一个石棉瓦搭建的简陋厕所，树下拴着两条狗，一大一小，看到有人走来，狗汪汪地叫起来。

梅西也汪汪叫了几声，示意这里就是目的地。

众人都感到很神奇，如果梅西判断准确，这个废品收购站肯定和此案有关。

警犬在刑侦中发挥着独特作用，常常有出其不意的效果。国内和国外都有警犬根据蛛丝马迹从凶杀现场一路追踪找到凶手的案例。

经过走访附近居民，让他们辨认死者照片，最终确认了这里就是死者的家。

死者名叫犬牙，以收购废品为生，此人在夏天的时候脖子里总戴着一串狗牙项链，附近居民平时都是称呼他的外号。

犬牙独身居住，没有妻子儿女，屋门上却贴着喜字，已经被雨水淋刷得变了颜色。这是令人感到奇怪的事情。警方在走访中还了解到，有个邻居路过时，在后窗下曾无意中听到犬牙说的一段怪异的话：小千金，你是我的了，我的千金小姐，大户人家的闺女……

特案组对屋内进行了勘察。

推开门，一股臭味扑面而来。屋里也堆放着废品，家具破旧不堪，一台黑白电视机放在桌上。桌子只有三条腿，靠墙放着。床上的被子脏得看不出颜色，地上有两个使用过的安全套。

包斩用镊子夹起一个安全套，里面还有一些白色浑浊的液体。

苏眉恶心地说道：不用看就知道是什么东西。

包斩说：死者既然是独身，这个怎么解释？

画龙说：我找找看，屋里会不会有个地窖，藏着个人？

冯所长说：门前贴的喜字也很可疑。

梁教授说：这个人应该是和谁结婚了……

第二十二章
警犬梅西

警方怀疑这个废品收购站里囚禁着一位女性,但是找遍每一个角落都没有发现。

屋里有一辆倒骑驴三轮车,犬牙平时也骑着三轮车走街串巷收购废品,三轮车上放着十七张狗皮和四袋狗骨头,衣柜上发现了一个竹筐,筐里有剥皮剔肉的刀具。特案组初步判断,犬牙是个偷狗贼,屋外拴着的那两条狗应该也是偷来的。

两条狗拴在院里的梧桐树下,一条白毛贵妇犬,一条棕色哈士奇。

白毛贵妇犬是雌性,这条小母犬的尾巴下面有个伤口,还缝了几针,尚未拆线。

苏眉低下头观看,咬着手指纳闷地说:好奇怪,狗狗的这里为什么会受伤。

　　冯所长说：会不会是配种时发生了什么意外？

　　画龙大笑说：让法医看看这种伤口是怎么形成的，用力过猛？

　　苏眉说：应该找个兽医。

　　梁教授说：千金，可能不是一个人而是一条狗！

　　包斩试探着喊了一声千金，这条贵妇犬扭着尾巴汪汪叫了几声……

　　警方将两条狗牵了回去，打算做进一步调查。

　　第二天，在东关派出所内，民警被召集起来开会，一起讨论分析案情。大家认为，死者犬牙人际关系简单，父母都在乡下老家，此人在县城以收废品为生。犬牙是个偷狗贼，有可能偷了别人的爱犬，剥皮吃肉，或者贩卖，失主报复行凶，成为这起凶杀案的犯罪动机。冯所长表示，案情应该没这么简单，凶杀现场的那个鲜血笑脸会不会有什么深刻的含义。凶手胆大包天，竟然在公共场所杀人，而且是以一种极其残忍的方式，扭断死者的脖子，又将其放在路边的铁护栏上，带有明显的故意制造恐慌、报复社会的犯罪倾向。特案组赞同当地民警的观点，又提出了新的疑问。

　　死者犬牙的屋里发现了使用过的安全套，此人是个单身汉，院里拴着的那条贵妇犬尾巴下的伤口是怎样造成的，死者是否和贵妇犬发生过性行为？贵妇犬的主人是谁？伤口在何处包扎？这些疑点都需要查明，下一步的侦破方向应该以狗为主。

　　梁教授分配任务，苏眉寻访整个县城的医院和诊所，了解医生给贵妇犬包扎伤口的情况。

　　包斩联合法医和兽医搞清楚贵妇犬的伤口是不是性行为造成的。

　　画龙与当地民警负责走访调查县城里有多少人家近期丢失了狗，哪些狗是犬牙盗窃的，重点排查东关棉纺厂一带，那里也是距离案发现场最近的地方，必须尽快找到贵妇犬的主人。

案情分析会议还没结束,一名联防队员火急火燎地跑进派出所,汇报了一件事:梅西死了!

警犬梅西已经很老了,大多数时间喜欢在派出所院里趴着晒太阳,偶尔出去散步。这条街上的人都认识梅西,有个好心的早点摊主每天都试图用肉包子喂这条老狗,但是梅西拒绝吃别人的东西,它在外面溜达一会儿就会回家。

它的家就是派出所。

县城里发生了命案,当地警方忙忙碌碌,冯所长也无暇关心梅西。梅西在街上散步的时候被人强行套走,贩卖给一家狗肉馆。狗肉馆老板当街杀狗剥皮,路人对此已经习以为常,一名联防队员认出警犬梅西,立即去派出所汇报。特案组和派出所民警赶到的时候,梅西被铁钩子钩着下巴,吊在狗肉馆门前的空地上,身上的皮已经被剥下来一半。

狗肉馆老板是个壮汉,看上去就像个巨人。此人乃当地一霸,无人敢惹,派出所民警要将他带走调查的时候,他竟然拒捕,辩称这条狗是自己买来的,想杀就杀,想剐就剐,谁也管不着。狗肉馆老板纠集数名亲戚朋友,与民警发生了激烈冲突。

狗肉馆老板拿着两把刀,光着膀子,威风凛凛地站在饭馆门前。他持刀指着民警威胁道:谁敢逮我,我杀自己买来的狗,犯什么法了?

民警劝道:你把刀放下,这条狗是警犬,你跟我们去派出所走一趟,做个笔录,你要是明知这条狗是盗窃而来,你买了就是违法。

苏眉不忍去看被剥皮的警犬,她鼻子发酸,说道:梅西多乖啊,昨天还帮我们找到了受害人的家,今天就……

包斩气愤地说:太残忍了!

画龙挽起袖子说:拳头是恶人唯一能听懂的语言。

民警依然在劝说狗肉馆老板放下菜刀，配合调查，现场有很多群众围观。画龙拨开众人，漫不经心地走到狗肉馆老板面前，老板有些紧张，举起手中的刀，要他退后。画龙一记威力极大的凌空侧踹击中狗肉馆老板的小腹，狗肉馆老板一个趔趄，还未站稳，画龙转身一记后鞭腿，踢中狗肉馆老板头部，他痛得弯腰倒地，画龙上前拧住其胳膊，夺下刀，将其制伏。

在派出所审讯室里，狗肉馆老板没有了嚣张气焰。他坦白交代，县城里有不少偷狗贼，一晚偷狗三五只，获利可达近千元。喂迷药、打麻醉针、直接暴打和套走，是偷狗贼惯用的招数。偷狗贼已经职业化，购买了面包车等运输工具，白天踩点儿，晚上就去盗窃。偷来的狗，如果是名贵犬，大多贩卖到宠物市场，其余的都卖到饭店或其他餐饮场所。狗肉在夏天里卖不动，但天气一冷，生意就很火爆。狗肉馆老板坦承，他饭店里的狗有不少是从偷狗贼手里购买而来。

战功赫赫的警犬梅西被人偷走，又被人当街杀害剥皮，冯所长铁青着脸，一言不发地走进审讯室。

狗肉馆老板有些心慌，他讨好地说：冯所长，我不知道这条警犬是你养的，要知道的话，我还不给你送来，我怎么敢杀你的狗啊。

狗肉馆老板本来以为自己会挨揍，没想到，悲痛欲绝的冯所长竟然蹲在地上，呜呜地哭了起来。

养过宠物的人，会把宠物当成家庭的一员。

冯所长和梅西朝夕相处，感情深厚，在他心里，梅西就是他的孩子，他像抚育孩子一样把梅西养大，不知道付出了多少心血，终于将它训练成了一条优秀的警犬。一条出色的警犬在一段时期内只能属于一名带犬人员，也就是说，它这一生，只有一个主人。

冯所长因工作调动，离开了警犬饲养基地，虽然心中难舍，但不得不与梅西分别。

冯所长以为,那一次,就是永别。

冯所长调到派出所的第二天,一向听话的警犬梅西竟然挣脱了锁链,从警犬饲养基地跑了出来,它迎着凄风和冷雨,奔波120公里,仅凭着嗅觉,奇迹般地找到了冯所长,找到了自己的主人。

冯所长哭着说:它流泪了,你知道吗?那还是我第一次见到狗流泪……

警方配合卫生检疫部门,查封了那间狗肉馆。

一名卫生检疫部门的负责人向群众介绍说:你们爱吃狗肉,我不反对,你们有这个权利。可是你们知道吗?咱们国家对肉狗的卫生安全存在着空白,肉狗从宰杀,到流入市场、端上餐桌,所有环节都不规范。全国各地的《畜禽屠宰管理办法》中所涉及的禽畜只提到了猪、牛、羊、鸡、鸭、鹅、鸽子等,并未出现关于屠宰狗的管理办法,肉狗的卫生检疫没有保障,存在很大安全隐患。你们食用的狗肉来历不明,有很多是别人家的宠物,是犯罪分子盗窃而来,还有一部分是低价买来的病狗或者死狗。前不久,市里一家火锅店刚发生一起食物中毒案件,二十多名顾客中毒住院。检查人员在火锅店后院里发现几只待宰杀的蜱虫狗,三只狗奄奄一息,皮肤上密密麻麻布满蜱虫,就连耳孔里都有不计其数的绿豆大小的蜱虫,狗的听力已经丧失……你们上网搜索下"蜱虫狗",就看到图片了,保证浑身起鸡皮疙瘩。你们还吃狗肉吗?

侦破工作全面展开,经过数天的努力,各方面的调查都取得了进展。

苏眉很快就找到了给贵妇犬包扎伤口的那家私人诊所,诊所只有一名女医生,名叫金灿。

根据金灿的回忆,警方了解到犬牙是一个多么变态的人!

案发前几天的一个晚上，已是深夜时分，金灿打算关门睡觉——她就住在诊所里。刚放下门板，就有人急切地敲门。诊所里常遇到半夜急诊的患者，金灿也不以为意，打开门，一个穿着军用大衣的男人弯着腰走了进来。

这个人就是犬牙。

诊所女医生金灿问道：你咋回事，哪不舒服？

犬牙两只手捂着肚子，支支吾吾地说：就你自己吗？

金灿说：感冒发烧还是拉肚子？

犬牙说：你能不能把灯关了。

金灿觉得怪异，心里想这人是不是坏人啊，隔壁的小超市还亮着灯，金灿觉得这个怪人也不敢行凶，她壮着胆子问道：你得了什么病？

这个男人的军大衣里面竟然传来两声狗叫，他头上冒汗，万分尴尬地说：我被狗夹住了。

第二十三章
贵妇之犬

几天后,那条贵妇犬的主人也找到了。

画龙和当地民警进行了广泛走访,对县城里近期丢狗的人家都作了登记,贵妇犬的主人是一个美妇人,住在县城里刚落成的高档住宅区。根据警方了解,这个美妇人没有职业,却开着一辆红色大众甲壳虫轿车,全身上下珠光宝气,平时空闲时间很多,几乎每天都去健身、购物、美容、喝咖啡。爱犬丢失后,她曾雇用多人在大街小巷贴出寻狗启事。然而,警方带着狗让美妇人辨认的时候,这个漂亮女人却矢口否认,她居然说自己不认识这条贵妇犬。

贵妇犬见到美妇人兴奋得直叫,使劲挣扎,想要投入主人的怀抱。

苏眉说:你看清楚,这就是你丢的狗狗啊,和你贴的寻狗启事上的照片一模一样。

美妇人摘下墨镜,看了一眼,摇摇头说:真不是。

画龙揭开贵妇犬尾巴下的纱布，美妇人的眼睛红了，鼻子微酸，她转过身说：有点儿像，但不是我的狗，你们走吧。

苏眉说：喂，你喊它的名字试试，它叫千金。

美妇人戴上墨镜，头也不回地走了，贵妇犬冲着她的背影汪汪直叫，不明白主人为什么那么狠心不要它了。

特案组分析，贵妇犬的主人拒不承认，应该是有什么难言之隐，不能排除此人涉案的可能。为了避免打草惊蛇，警方在外围做了大量的秘密调查，终于搞清楚了真相，这个美妇人是县财政局局长包养多年的二奶，已生有一子，在省城的私立学校读书。她拒绝认领丢失的爱犬，只是为了防止节外生枝，暴露自己的身份。

经过了解，案发那几天，县财政局局长一直在外地开会，不具备作案时间。

梁教授说：这个线索得一查到底，尽管可能收效不大，必须要查清楚是否买凶杀人。

苏媚说：因为一条狗，杀死一个人，太离奇了。

冯所长说：犬牙家里发现了两条狗，那条哈士奇的主人目前还没找到。

包斩说：哈士奇是公犬。

冯所长说：我们调查到，犬牙以前因为嫖娼被治安拘留过。

画龙说：这叫什么事啊，局长玩二奶，他玩二奶的狗，差别太大了。局长包养二奶，最多是生活作风问题，属于道德范畴。他嫖娼，罚款加坐牢，受到的却是刑事方面的处罚。都是性交易，我真不明白，法律是为谁制定的。

苏眉说：县财政局局长几年前买了一套房子给二奶住，买房子花了40万元左右。今年，他把房子卖了，得钱120万元，又买了一套高档住宅。算下来，白玩了二奶几年，最后还赚了几十万元。看来，包二奶也是一种投资。

画龙说：这些腐败官员有三大喜事——升官，发财，死老婆。

梁教授对警力作出了调整，侦查力量兵分两路：一路由冯所长带队，围绕着犬牙展开调查；另一路由特案组负责，继续寻找犬牙盗窃过哪些人家的狗，以狗为线索，从中发现犯罪嫌疑人。

特案组排查到东关棉纺厂家属院时了解到一个重要的情况，棉纺厂家属院也是距离案发现场最近的地方，院里有个小女孩，名叫妃朵，刚上初一。案发当晚，因为和爸爸吵架，她一个人在家属院的铁秋千上坐了很久。她最近精神恍惚，很可能直接目击了整个凶杀过程。

一个邻居反映，案发当晚，邻居听到小女孩妃朵和爸爸吵架的声音，妃朵半夜里跑出家门，不知道什么时候回来的。邻居还说，小女孩妃朵曾经抱回来一只流浪狗，但是爸爸不同意喂养，她只好把流浪狗又扔回街上。

特案组在棉纺厂领导的陪同下，走进了妃朵的家。

妃朵是一个扎着蝴蝶结的小女孩，大大的眼睛，小小的个子，看上去楚楚可怜。妃朵的妈妈病逝了，爸爸在棉纺厂是一名维修工，因为厂里效益不好，生活过得寒酸而艰难。

妃朵的爸爸让烟，泡茶，请特案组和棉纺厂领导坐到沙发上。

棉纺厂领导说：你别有什么思想包袱，他们就是问你几个问题，没啥事。

妃朵的爸爸说：哦，是和那杀人案有关吧，我听说了，警察前几天就来过一趟了。

妃朵在自己房间里写作业，她似乎很排斥外人，站起来把房门悄悄地关上了。

画龙问道：你们父女关系怎么样？

妃朵爸爸说：挺好的啊，孩子妈死得早，这孩子是我拉扯大的，前些天我还带她去看马戏呢，有杂技，还有猴子踩高跷、大象吹口琴、狗熊打篮球什么的，她把这事写到作文里，老师还表扬了她，把作文贴到黑板报上。

包斩说：10月24日夜里，你们父女俩为啥吵架？

妃朵爸爸说：这事啊，说出来丢人，小朵她学习成绩很一般，还要钱，我不给，她就半夜里起来偷钱。

画龙说：为啥偷钱？

妃朵爸爸说：那就不知道了，她打死也不说。

棉纺厂领导说：小孩子偷钱也是常有的事儿。

包斩想起，凶手在案发现场的水泥墙面上画了一个笑脸，那个笑脸很像是孩子的涂鸦。包斩问道：妃朵喜欢画画吗？除了作文写得好，平时也爱画画吗？

妃朵爸爸说：这个，我还真不太清楚。

苏眉说：我和孩子单独说几句话。

苏眉敲敲门，里面没有动静，她用力推了一下，门开了。苏眉走进妃朵的房间，随手把门关上，苏眉注意到这扇门的插销坏了，反锁不上，书桌上的小台灯亮着，妃朵正在写作业。

苏眉坐到床边，为了拉近关系，消除妃朵的排斥感，她说道：其实，我小时候也养过一条流浪狗，可是父母反对，我把狗狗送人的时候都哭了。

妃朵咬着嘴唇看了苏眉一眼，没有说话。

苏眉说：你爸爸说你半夜里悄悄地拿钱，你们为了这个吵架了？

妃朵小声地说：我没有。

苏眉说：吵架的那天夜里，你去哪里了？

妃朵说：我一个人在院里坐着。

苏眉说：坐着干吗？

妃朵说：哭。

苏眉说：妃朵，你能帮个忙吗？画一个笑脸给我看看。

妃朵说：我不想画笑脸。

苏眉说：就当是帮忙，好不好？

妃朵拉开书桌抽屉，里面有一叠信纸，她撕下最上面的一张，用笔画了个简单的笑脸。

苏眉拿起信纸，只感到万分恐惧，汗毛直立：妃朵画的笑脸只有三笔，分别代表眉毛和嘴巴，简直和凶杀现场的笑脸一模一样。

苏眉极力让自己镇定下来，她试探着问妃朵那天夜里有没有看到什么，或者听到了什么。

妃朵摇摇头，继续写作业，似乎不愿意回忆那天夜里的情景。

苏眉问：你确定那天晚上你什么也没看见？

妃朵说：我就是在院里坐了一会儿，后来就回家了。

小女孩妃朵因为和父亲吵架，半夜跑出家门，她独自坐在家属院的铁秋千上，夜晚很黑，还有点儿冷。也许，她不知道附近刚刚发生了一起恐怖的凶杀案，她不知道距离自己不远处的护栏上坐着一个死人，那死人背对着她，眼睛却看着她。

第二十四章
天堂来信

特案组连夜召开紧急会议，讨论分析案情，大家意见不一，整理疑点如下：

妃朵只有13岁，这个刚上初一的女孩，只凭借自己的力量，不可能拧断一个人的脖子，又将尸体放置到路边的铁护栏上，但她会不会是帮凶呢？

如果妃朵是帮凶，她爸爸会不会是凶手呢？但是这父女俩不具备杀人动机，他们没有杀死犬牙的理由。

妃朵画的笑脸和凶杀现场的笑脸，为何惊人的一致，两个同样的笑脸仅仅是一种巧合吗？

凶杀现场的那个鲜血笑脸，是妃朵画上去的吗？

包斩拿起凶杀现场笑脸的照片，又拿起妃朵画下笑脸的那张纸，两个笑脸几乎一模一样。大家依然在畅所欲言，包斩将鼻子凑近信纸，深深地闻了一下，他举起纸，仔细端详，突然喊道：都别说话，我有个发现。

所有人都停止发言，诧异地看着包斩。

包斩将信纸小心翼翼放到桌上，似乎这是一个炸弹。冯所长凑近观看，信纸上只有妃朵画的一个笑脸，没有其他内容。这张信纸，每个人都看过，没有发现什么异常。

冯所长说：怎么了，这个笑脸……

包斩说：别把注意力放在笑脸上，仔细看这张纸。

画龙也看了一下，说道：这就是一张普通的信纸啊。

包斩说：笑脸周围是什么？

冯所长说：空白。

包斩说：空白处有什么？

冯所长说：什么也没有。

包斩说：不，空白处密密麻麻写满了字！

大家注意到，纸上有一些不明显的笔迹压痕。

这应该是妃朵写字时，在衬垫的纸张上留下的文字笔画痕迹。痕迹并不明显，因为女孩写字用力较轻，压痕更是不清晰，肉眼难辨。

在各种各样的犯罪中，常常涉及到字迹。在很多案件中，警方都需要鉴定笔迹，检验文字。显现压痕字迹，警方首先考虑使用侧光拍摄成像技术，通过不同角度的光线照射，对字迹凹陷的沟痕两侧进行观察，利用光线的折射显示压痕字迹，难度较大的就要使用静电压痕仪器进行显现，部分笔力很轻的文字，通过笔画细节以及字与字的衔接、承上启下的推理分析，读出纸上隐藏的全部内容。

这张纸上的内容也许是无用的，但是刑侦工作需要做很多无用功，需要绕很多弯路，才能拨开云雾，锁定真凶。

包斩和苏眉忙碌了一整夜，次日清晨，旭日东升的时候，两个人合作完成了文字压痕的显现工作。

包斩说：小眉，你去睡会儿吧，我把内容打印出来。

苏眉伸个懒腰，用手拍拍嘴巴说：你不困啊，小包，我去沙发上躺会儿。

包斩打印完毕，苏眉像一只小猫似的蜷缩在沙发上，已经睡着了。苏眉睡态诱人，如云秀发半遮脸庞，呼吸均匀，吐气如兰，滴水樱桃般的朱唇微闭，长长的睫毛更显妩媚绝美。包斩不觉看痴了，突然一阵心疼，他脱下自己的警用大衣，轻轻地盖到苏眉身上。

苏眉微微睁开眼睛，笑着说：盯着我看干吗？不要脸。

包斩脸红了，吞吞吐吐不知道说什么好。

人员到齐之后，大家继续开会。开会是中国刑案侦破的特色之一，推理小说中的场景只存在于推理小说中，无法在现实中出现，中国的大多数罪案都是通过开会这种枯燥乏味的方式展开侦查工作。

纸上的压痕笔迹内容已经显现出来，这是妃朵写的一封信，摘录如下：

你好，收到这封信你一定觉得奇怪，对吧！因为你不认识我，我不认识你。真的，我还不知道你是哪位，是男士女士我也不知道，年轻人或老人我也不明白。

在这里，你可以告诉我你叫什么吗？对了，我叫妃朵，过了今年的生日才13岁，一名初一的女学生。我是一个农村的小女孩，但毕业以后我想到城里发展，到时候请您多多关照。我没有手机，电话也不通，所以写信……

我父母都是农民，家里也没多少钱。勉强过得去，不过还好，我有个幸福的家庭，你也是一样的吧？我不妨跟你直说了吧！呵呵，其实我是想跟你借50块钱啦！因为在学校钱老不够用，还不想问父母要，所以，可以吗？这是我们之间的小秘密哦，不要让外人知道，可以吗？其实我很热爱画画，一直想买一个画板，可因为经济问题买不了。可以吗？请放心！我不是什么骗子，只是一位女学生。

希望您能在百忙之中给我回封信，一定要快点儿哦！至于什么时候还钱，就等到我自己挣钱的那天，可以吗？那时，我挣的第一笔工资将会还给您。请您相信我，我的学校是佩县城关镇一中，初一（6）班，就写妃朵收就可以了，我相信您是个热心人，一定要记得给我寄钱哦。

还有，你好，我又改变主意了，想借你100块钱，拜托啦，谢谢。

一定要尽快寄到我这里，如果可以，您可以快递吗？

祝身体健康，万事如意，拜托了！

这封信令人感到难以理解，从内容上看，妃朵是在给一个陌生人写信、借钱。她还撒谎说自己父母是农民，其实，妃朵的妈妈已经去世了。妃朵借钱买画板应该也是托词，真实目的需要进一步调查。

这个女孩为什么要给陌生人写信？

这封信寄给了谁？

妃朵为什么借钱？

梁教授部署工作，苏眉和冯所长再去妃朵的家里详细调查，包斩和画龙前往妃朵所在的学校进行走访，务必搞清关于这个女孩的所有疑点。

妃朵家中无人，敲门不应，邻居大妈告诉苏眉和冯所长一个意外的消息：妃朵自杀了，她在家中打开了煤气，爸爸发现的时候，她已经昏迷不醒，目前被送往医院抢救。

苏眉说：为什么自杀，知道原因吗？

冯所长也问道：这次又是偷钱？

邻居大妈压低声音说：这孩子和她爸爸关系有点儿不正常，我就觉得，早晚得出事。

邻居大妈曾问过妃朵一个问题，其实这个问题很多人都被问过。常常有一些无聊的老年人考验孩子对亲情的选择，问题是这样的：如果你爸爸和你男朋友掉进河里，只能救一个，你会选择救谁？

妃朵的回答是：救男朋友！

邻居大妈摇头，觉得这孩子不孝顺。

妃朵补充了一句：我爸爸就是我男朋友。

邻居大妈提供的信息让人感到震惊。苏眉想起，妃朵的房门无法从里面反锁，不知道这对父女有没有发生过乱伦行为。冯所长认为，妃朵自杀，应该是不堪忍受父亲的骚扰。父亲可能在夜里常常闯进她的房间，一次次将手伸进她的被窝，有时甚至还要抱着她睡觉。从惊恐到无奈，从懵懂到尴尬，这个正值青春期的女孩最终选择了自杀。

教室里，妃朵的座位空着，包斩和画龙在走访中了解到，她和同桌曾经有过这样一段对话：

妃朵说：哪个地方有钱的人最多？

同桌说：你问这个干吗？

妃朵说：你就别管了。

同桌说：你要做援交啊？

妃朵说：什么是援交？

同桌说：呵呵，你还真嫩，这都不懂，那你找有钱人干吗呀？

妃朵说：我想借钱，给汤米买东西吃，它病了，一天要吃一根火腿肠，还要喝牛奶。

同桌说：汤米是谁？

妃朵说：是我捡到的流浪狗，名字是我起的，它那么小，好可怜，我零用钱很少。

同桌说：我爸爸单位，你知道的，我爸爸在财政局上班，那里有钱的人多。

妃朵说：我要给有钱人寄一封信。

同桌说：怎么寄啊？

妃朵说：我就丢到地上，我希望一个有钱人捡到，如果是好人，肯定会借钱给我的。

事后查明，这个天真的小女孩给陌生人写信的目的是借钱。她在财政局门口徘徊了一会儿，想把信扔到地上，希望被一个有钱人捡到，能借给她100元钱。她担心环卫工人会将丢在地上的信扫进垃圾桶，这个傻乎乎的小女孩就把信塞到了财政局门前的信箱里。

妃朵写信借钱的目的是想救助一只流浪狗，从某种意义上说，妃朵的信来自天堂，来自上帝的慈爱。

可是，那个信箱从未开启过。

县财政局局长——也就是那个因包养二奶多赚了一套房子的领导，就连他都忘记了财政局门前还有一个信箱。

很多城市都有为群众设立的信箱，诸如"县长信箱""院长信箱""纪检信箱""举报箱"等，这些信箱因长期不开，上面的锁都已生锈，尘土积了厚厚一层。生锈尘封的信箱完全成了聋子的耳朵——摆设。设立群众信箱本是为了广开言路，然而挂到墙上之后就不闻不问，能有什么实际意义呢？

举报箱也许只有两个作用，首先是自欺欺人，其次是让它锈蚀。

县长信箱挂在墙上的唯一用处是让路人叹息。我们昨天路过的时候，发现它在沉默；今天路过的时候，看到它在生锈；明天路过的时候，我们终于知道，它从来不会真正被开启。

离开学校时，包斩突然想起什么，他又拽着画龙返回教室。教室后面的黑板报上贴着学生的优秀作文，其中也有妃朵的作文，她爸爸曾向特案组提到老师表扬过妃朵。因为某种难以启齿的原因使得妃朵成绩下降，生活在忧虑之中，她本是一个品学兼优的学生。

包斩看了一遍妃朵的作文，感到非常吃惊，他指着黑板报上张贴的作文说：凶手就在这里。

第二十五章
惊人怪癖

妃朵写的是爸爸带她去看马戏的经过，作文生动活泼，妙趣横生，详细描写了猴子踩高跷、大象吹口琴、狗熊打篮球等马戏节目。

看马戏的过程中，妃朵一直在鼓掌欢呼，双手都拍疼了。

观众席上，妃朵和爸爸的身边坐着一个尖嘴猴腮的男人，他就是犬牙。

这个男人的变态行为只是冰山一角，黑暗里有着更多隐秘的内容，如果将他的内心整个托出水面，全部呈现出来，我们会看到惊心动魄的画面。他的内心千疮百孔，每个孔里都流着冰冷的海水。

犬牙的三轮车里放着个小喇叭，反复播放着一句话：收酒瓶，收纸箱子，收铜收废铁。

他在走街串巷收购废品的时候，曾在路边看到几个90后少年为了寻求刺激而活剥小狗。一个年轻人剥皮，几个年轻人撕扯狗腿和皮毛，还有一个女孩站在旁边，脸上带着轻松的笑。他们张开血淋淋的双手，用手机自拍，还对着镜头做鬼脸。

犬牙饶有兴趣地看着这一幕，他踩着三轮车的脚刹，点了根烟，问道：狗肉卖不卖？

一个90后少年说道：不卖，我们就是剥皮玩儿。

一个打扮时尚的女孩说道：这是别人家的狗，我们杀狗玩儿。

为首的一个年轻人说道：咱们拍了照发微博上，气死那帮狗粉。

犬牙不屑地说：杀别人家的狗没意思，要杀就得杀自己养的狗。

犬牙杀的第一只狗，是他养了三年的一只黑背狼狗。在废品收购站的院子里，狗不知道自己快要死了，亲密地依偎在主人的脚边，抬着头，舔了一下他的裤管。犬牙摸摸狗头，从筐里拿出一把细长的刀，他将狗头揽进怀中，把刀尖猛地刺进了狗的脖子。狗号叫一声迅速地蹿到了纸箱堆里，犬牙向它招了招手，唤它过来。狗畏缩着跑回来，继续依偎在主人的脚边，身体有些抖。他又摸了摸它的头，仿佛在安慰一个受伤的孩子，但是，温情转瞬即逝。手中的刀再一次戳进了狗的脖子，与前次毫无区别，同一个伤口。狗哀号着，脖子上插着刀，又跑走了。犬牙再次唤它回来，它疼得龇牙咧嘴，这一次是爬了回来——如此又重复了两次，这只狗才死在爬向主人的路上，它的血迹也在那条路上。

他叼着根烟，剥掉狗皮，分割狗肉，最终在狗眼上捻灭烟头儿。

他喜欢吃狗肉，这是他杀死自己喂养的狗以及后来偷狗的原因。

在棉纺厂家属院的公共厕所里，他用一只猫擦过屁股，那只猫的身上沾着大便，直到下了一场暴雨之后，那些大便才消失不见。

我们知道什么是一见钟情，那种怦然心动的感觉在一生中不会再有第二次。

犬牙和那只贵妇犬就是一见钟情，他从来没有见过这么漂亮的狗。

那天，财政局局长和二奶去超市买东西。犬牙正好在超市停车场收购废纸箱，他看到二奶将贵妇犬拴在车边。二奶性感无比。犬牙很自卑，不敢直视，推着三轮车默默地擦肩而过。贵妇犬向他汪汪叫了两声，他回头瞟了一眼，不由自主放慢脚步，呼吸变得急促，心里如有一只犀牛在撞。

二奶对宠物犬说：千金，乖乖等着哦，妈妈这就回来。

财政局局长揽住二奶的细腰，笑着模仿她的语气对狗说：爸爸给你买狗粮，千金，别叫。

等到财政局局长和二奶离开犬牙的视线，他快步走回来，解开狗链，抱上车，飞快地跑了。

第二天，犬牙买了酒菜，还买了红烛和喜字以及两个枕头一张床单。出售结婚用品的店主问道：怎么，你要娶儿媳妇儿啊？

犬牙咧嘴，憨厚地一笑说：是我娶媳妇儿。

店主有些意外，说道：你媳妇儿漂亮不？

犬牙回答：嘿嘿嘿，挺白净，就是个儿不高，身上香喷喷的。

遇到贵妇犬之后，他爱上了贵妇犬。他有他的蜜月期，蜜月期过后，新鲜劲儿消失了，一个念头闪过心中——他想偷一群小母狗，养在院里，就像皇帝将美女养在后宫里。

走街串巷收购废品时，他用帝王选妃似的眼光打量着街边的狗，然而，他觉得那些狗都不如贵妇犬漂亮，所以，他将偷来的狗大都卖掉或吃掉了。

它是他的她。

一个老太太去犬牙的废品收购站卖饮料瓶，犬牙正将狗的四爪钉在地上，狗疼得不断哀叫，拼命挣扎。

老太太是个虔诚的佛教信徒，念了几声阿弥陀佛，说道：真作孽。

犬牙为自己辩解说：杀狗和杀猪、杀鸡，不都一样吗？

老太太说：你会遭报应的。

老太太一语成谶，犬牙的报应来临了。

如果将时光倒流，让猫身上沾着的大便回到人的体内，让安全套回到药店的柜台里，我们回到案发的那天夜里，可以清楚地看到究竟发生了什么。

那天，棉纺厂家属院附近的空地上来了一个马戏团，这个马戏团其实是个行走江湖卖艺的草台班子。帐篷搭建在空地上，用雨布和铁丝围起演出场地，前来观看的大多是孩子，还有一些游手好闲的人。犬牙和妃朵都坐在简陋的观众席上，那是他们唯一的见面。

犬牙虐杀狗。

妃朵宠爱狗。

如果不以人类的方式来计算长度，按照自然法则，他们坐在一起，有两只猫的距离，如果他们回到住处，两个人相隔着一片丛林。

警方一直怀疑凶手和妃朵有关，然而真相令所有人都感到意外。

妃朵将观看马戏的经过写到作文里，包斩指着作文中的一句话说：如果我没猜错，凶手就在这里。

画龙点点头，表示同意，他拨通了冯所长的电话，告诉他凶手的身份已经知晓。

画龙说：看来，你得找一辆重型卡车。

冯所长疑惑地问道：怎么，凶手人数很多吗，还得用卡车装？

画龙说：咱们费了九牛二虎之力，吃奶的劲儿都用上了，结果，凶手他妈的不是人。

冯所长更加不解，问道：难道是鬼？

画龙说：凶手是一只大象！

妃朵作文里写到了大象吹口琴的表演，后面还有一句话：大象画了一个可爱的笑脸。

案发现场，墙上用鲜血画上去的那个笑脸误导了警方，所有人都认为笑脸是人画上去的，却想不到动物也会画画儿。马戏团的大象经过训练之后，不仅会吹口琴，还可以画画。在泰国，大象被视为国宝，甚至有的大象能够画下复杂的山水画。

苏眉远程调取了出城路口以及公路收费站的监控录像，轻而易举追踪到了马戏团的去向。经过技术勘验，警方在大象的象牙上提取到了死者犬牙的微量血液成分，大象画的笑脸也和案发现场的笑脸一致，至此，真相大白。马戏团的人对此案毫不知情，他们表示，案发当晚，有人试图偷走大象，后来，训练有素的大象自己跑了回来。

特案组推断，犬牙在看马戏的时候，也许就动了贼心。他知道象牙价值不菲，而且此人有收藏和佩戴动物牙齿的习惯，所以夜里就来盗窃，想要偷走大象，割下象牙。

人类对动物干过很多极端残忍的事：为了得到牙齿而杀死一头大象，全球每年有4000头大象被非法捕杀；为了得到毛皮而活剥貉和貂；为了制药而将黑熊囚禁，长年累月地在活体上抽取胆汁。

马戏团设施简陋，几乎没有防范设施，犬牙可能使用迷药暂时控制大象，从而让大象乖乖跟他走。他牵着大象走在夜里的林荫路上，迷药的药效过后，大象狂性大发，伸出长鼻子卷住了他的头。很多偷狗贼都被狗咬过，训练有素的大象进行还击时只一下就要了犬牙的命。大象力量惊人，它用自己能够卷起巨树的长鼻子拧断了犬牙的头，又将他抛到路边的铁护栏上，最后，大象画了一个笑脸，跑回了马戏团驻地。

天亮时，马戏团拔营而去，只留下很小的一堆灰被风吹着。

妃朵画的笑脸，应该是在看马戏时跟大象学来的，所以两个笑脸一模一样。如果没有妃朵那篇作文提供的线索，此案的侦破很可能遥遥无期。

妃朵在医院被抢救了过来，尽管她没有对警方说出自杀的原因，但是特案组相信，这个小女孩肯定受到了父亲的骚扰。

她自杀前的那天晚上，窗外电闪风疾，雨却始终未下。

妃朵的爸爸起床，在女儿的卧室门口站了一会儿，他站在黑暗中，脑海中的一些幻想使他气喘如牛，他在客厅沙发上坐着抽了一根烟，平息内心的狂乱，终于，他下定决心，推开了女儿房间的门。妃朵被闪电惊醒，关了窗子后，刚刚躺下，看到爸爸走进来，有些吃惊。爸爸说：闺女，外面打闪呢，可能要下雨，你别怕。妃朵说：爸爸，你怎么还不睡？爸爸将手伸进被窝，摸了一下女儿的大腿，说道：夜里别蹬被子，明天又拉稀。妃朵像受惊的小鹿似的，身体向里面挪动了一下，说道：爸爸，别……爸爸说：我抱着你睡，你小时候就特别害怕打雷。妃朵说：我不喜欢现在这样。爸爸掀开被窝，钻了进去，又坐起来，脱了衣服，身上只剩下内裤。爸爸说：你这孩子，还害羞啊，你小时候，爸爸就天天搂着你睡。妃朵惊恐地说：爸，不要这样。

爸爸镇定自若地躺下来，为了让女儿不再害怕，他找了个话题：小朵，你交男朋友了没，你可不能早恋。妃朵因为惊恐和怀疑，脑袋一片空白，身体往墙角蜷缩，一句话也说不出来。

爸爸突然问道：你现在还是处女吗？妃朵瞪着眼睛，觉得爸爸很陌生，她小声说：我没早恋。

爸爸说：不信，我摸摸。

妃朵咬紧牙齿，身体绷直，不知所措。

爸爸的手伸了下去，摸到了什么，他叹了口气说：闺女长大了。

妃朵受惊，猛地翻了个身，躲开爸爸的手，她很想在这一刻死去。爸爸仍旧试探着将手伸过去，妃朵推搡着，用一种带着哭腔的声音说道：求你了，别这样，爸。

爸爸说：要是下暴雨，估计得下一夜，爸爸亲亲你就睡吧，乖。

话音未落，爸爸喘着粗气，扳过妃朵的身体，抱在怀里，突然吻住了她，舌头伸入到女儿嘴巴里。懵懂无知的女孩根本不知道闭紧嘴唇拒绝，美丽而羞涩的初吻却是这般让她反胃，她猛地摇头，大喊了一声：不要……

妃朵出院后，特案组和冯所长再次来到她家。画龙帮助妃朵修理好了房门的插销，当着妃朵爸爸的面，画龙手中的锤子一下一下将钉子狠狠地砸进门框。

画龙说：以后，房门坏了，你可以找冯所长帮忙。

冯所长俯下身对妃朵说：你以后要是有什么事，随时都可以来派出所找我。

妃朵点点头，看了一眼爸爸，爸爸的目光有些闪躲。

梁教授说：这里有你的一封信，你住院了几天，我们从学校给你带来了。

妃朵高兴地接过信，跑到自己房间里拆开，她惊喜地叫了一声。

这个给陌生人写信的小女孩，将信投递到那个从不开启的信箱里，现在终于得到了回应。妃朵有一个小秘密，她悄悄养着一只流浪狗。流浪狗是她在放学的路上发现的，小狗一直跟随着她，赶都赶不走。

小狗跑到妃朵面前，坐下来，挡住了妃朵的去路，它的眼神可怜兮兮的。

妃朵忍不住抱起小狗说：小狗狗，你没有家，是吗？跟我走吧，我给你一个家。

爸爸不许妃朵养狗，妃朵就将这只流浪狗藏在了铁路旁一个小屋里，小屋原先是放置变压器的地方，废弃闲置了。妃朵给小狗起了个名字，每天上学和放学都去看望它，给它食物。周末的时候，妃朵会和小狗一起沿着铁轨飞奔，一起在铺满落叶的树林里玩耍。她的零用钱很少，于是，这个傻乎乎的女孩给陌生人写信借钱，她相信这个世界上还是有好人的。

呵，可爱的小女孩，愿你永葆一颗纯真无邪的心。

自杀前，她抱着小狗哭着说：我没有朋友，汤米，你是我的朋友，唯一的。我没有钱，你走吧，去再找一个主人呀，因为我不想活了。因为，唉，我真不想说，咱们要永别了，你会想我的，对吗？

小狗不知道自杀是什么概念，它没有寻找新的主人。

妃朵住院的那几天里，这只可怜的小狗始终没有吃东西，它每天都在原地等待，等待着那个放学后背着书包、扎着蝴蝶结、郁郁寡欢的小女孩。

第六卷 (一)
冰封之脸

我们的脚正在走向我们自己选定的终点。

——米兰·昆德拉

一

公安机关常常遇到一些头破血流的人前来报案，接待民警司空见惯，很少会大惊小怪。但是在中原市却有个值班民警被吓傻了，他遇到了自己一生中最为恐怖骇人的一幕。

那天夜里，北风呼啸，值班民警刚泡了一杯热茶，隔着窗户看到一个女人走进刑警大院，那女人步履踉跄，右手还拎着一个黑色塑料袋。

值班民警心想，这大半夜的，可能是来报案的吧。

他拉亮值班室门灯，站起来想要打开门，那女人走到窗前，却停止不动了。

女人侧过头，值班民警隔着玻璃看见了她的脸。

她的脸上没有皮肤，面部裸露着森森白骨。

这张脸，看上去触目惊心，极其恐怖。

值班民警双腿一软，摸着额头，当场吓得晕了过去。

女人从窗玻璃上看到了自己的脸，她的身体摇晃了几下，倒在雪地上死掉了。

黑色塑料袋里装着一块圆形的冰，掉在地上时滑了出来，那冰里冻着一张脸皮。

第二十六章
割脸报案

中原市警方将案情汇报至公安部,副部长白景玉对此案高度重视,紧急召集特案组成员开会。

苏眉说:会不会是白银割脸人又作案了啊?

白景玉说:当时,所有白银市户籍男子的指纹都已经验过了,包括暂住人员的。警方到现在却连凶犯的姓名都不知道,通缉令无法发出,此人有可能逃至外地,流窜全国作案,他的作案时间长达十几年。

画龙说:不太像白银割脸人的作案手段,要知道,他杀人不留活口。

苏眉说:这个女的被人割下了脸皮,死在刑警队院里,太蹊跷了,她自己跑到刑警队报案,还是有人送她去的呢?

画龙说:受害人奄奄一息,自己去报案的可能性不大。

包斩说:如果是遇到热心的陌生路人,应该把她送往医院,而不是让她独自去报警。再说，这样的好心人，现在实在不多，老太太摔倒都无人敢扶。那么只剩下一种可能——

梁教授接过话说：凶手割下了她的脸皮，然后将她送至刑警大院门口，让她去报警。

有些胆大妄为的凶犯会挑衅和羞辱警方。美国一名罪犯出狱四天前越狱，还砸烂了一辆警车；英国的一群足球流氓因不满警方执法，集体邮寄粪便给警署部门。著名的"十二宫杀手"，每次作案之后都会向警方发送含有密码的信件，炫耀他的杀人经过，甚至寄死者血衣羞辱警方，并在信末留一个星象图案标志，声称只要能够破译密码，便可得知他的真实身份。然而，"十二宫杀手"犯下的系列案件至今未被侦破，成为美国历史上最大的凶杀悬案之一。

中原市已经三年没有下雪，今年终于下了第一场雪，雪花如白色蝴蝶漫天飞舞，市民看到久违的雪花，个个欢天喜地，准备过一个祥和如意的春节。然而，一起恶性案件引起轩然大波，使这个城市蒙上了阴影。

市民之间传言：凶手杀死一个女人，割下了她的脸皮，又将尸体扔到市刑警大队门口。

刑警在刑警队大院展开了现场勘验，这实在是莫大的讽刺，本该是侦查犯罪的部门，现在却成了命案现场。

凶犯肆无忌惮地戏弄警察，气焰嚣张至极。

痕迹专家在大院门侧围墙处的雪地上发现了受害人遗留下的卧姿痕迹以及塑料袋扔在雪地上的压痕，还有一处明显的膝行爬痕，没有找到来时脚印，雪地卧姿痕迹有消融迹象，这说明受害人曾在此处躺了一段时间。痕迹勘验的主要任务是发现、固定、提取和保全与犯罪案件有关的种种形象痕迹和断离痕迹，并排除与案件无关的痕迹。

警方通过这些现场痕迹可以推断出当时的恐怖情景：

凶犯驾驶车辆，将受害人载至刑警大院围墙外，凶犯可能认为这名受害女性已死，故意选择在此处抛尸。凶犯将受害女性推下车，把装有冰冻脸皮的黑色塑料袋扔到她身边，迅速驾车逃离现场。受害者在雪地上呈侧卧姿势躺了一会儿，也许是因疼痛而从昏迷中醒来，她艰难地爬起来，走进刑警大队院里，最终死掉了。

中原市刑警大队副队长向赶来协助侦破的特案组做了汇报，受害人身份尚未查明，年龄30岁左右，衣着时尚，体态丰满。

苏眉赞叹道：这女的，心理素质够强啊，我真佩服她。

包斩说：小眉姐，你佩服她什么啊，我很少听你称赞别人。

苏眉说：她爬起来后，还不忘拎起地上的塑料袋。

画龙说：因为那袋里装着她的脸皮。

副队长说：你们大老远来了，先吃饭，中不中？

梁教授说：我们先去看看那张脸。

女尸躺在冰冷的验尸台上，一名经验丰富的老法医刚刚作了局部解剖，尚未作出完整的验尸报告。旁边的桌子上放着个实验用的玻璃箱，冰冻脸皮已经融化，浸泡在血水中。老法医正在使用凝集素检验法测定死者血型以及化验水的成分，希望从水质中发现可供破案的蛛丝马迹。

法医介绍说，根据冰的形状，可以判断出凶犯将割下的脸皮扔到了一个圆形容器里，比如脸盆。盆里的水结冰，冻住了脸皮，凶犯又将圆形的冻着脸皮的冰块装进了塑料袋。

死者外表衣衫完整，但是里面的内裤半褪，露着屁股。受害女性正值经期,粘在内裤上的卫生巾脱落出来,挣扎时,带血的卫生巾移动到了大腿内侧。凶犯想要实施性侵犯,但不知道什么原因又终止了这种行为,还帮死者提上了裤子。死者手腕上有手铐留下的深深印痕,这种痕迹警察再熟悉不过了,一眼就可以看出。

死者头皮下有出血,颅骨轻微骨折,根据创口形状作技术测验,可以判断出是一把92式手枪的枪把砸击所致。

画龙掏出配枪说:妈的,我用的就是92式,这是警枪啊。死者手腕上还有手铐印记,会不会是咱们同行干的?

老法医说:我可不敢这么下结论,涉及枪支,再加上有可能是警察犯案,案件的性质就严重喽。

梁教授说:死者是在什么状态下被割下脸皮的?

老法医说:因窒息而导致的昏迷状态。

梁教授说:窒息原因呢?用手掐晕的,还是用什么东西勒晕的?

老法医说:我觉得,应该是把一个塑料袋套在她头上,密封引起的窒息。

苏眉拍胸说道:她是挺幸运的,要是清醒状态下,割脸的时候得多疼啊。

包斩问道:刀口有什么特征?

老法医说:凶犯使用的应该是普通刀具,没啥特别的。割下脸皮,有点儿像削苹果皮,持刀者割下完整的果皮会有一种成就感。这人是个外行,要是我,会把脸皮剥得更完美一些,就像面具。凶犯不知道怎么处理眼眶周围的皮肤,腮帮子是整个儿割了下来,受害人裸露着颧骨,额头处也露着骨头。难怪值班的小唐会被吓晕,这小伙子以前是经警(经济警察),刚调来没多久。

画龙说:千万别惹法医。

苏眉笑着说:你是不是想起那个上树的女法医了?

画龙说:哈哈,那娘儿们太彪悍了,小包应该对人家比较难忘。

包斩傻笑着说：我倒是想起咱们侦破的另一个案子，就那个人皮草人案。

老法医看着女尸的脸说：真惨，比我上次见到的一个被硫酸毁容的人还惨。

苏眉说：那些做面部整容手术的女人，为了爱美，得有多坚强啊。

画龙说：媳妇儿啊，你倒是用不着，你毁容就等于整容了，哈哈。

苏眉娇嗔一声讨厌，端起老法医泡的一杯茶，想要泼到画龙身上。画龙藏在梁教授背后，笑着左躲右闪，最终还是被淋成了落汤鸡。

梁教授问道：死因是什么？

老法医说：你们猜猜。

苏眉说：失血过多？

老法医说：她是被自己活活吓死的。

那天夜里，地上的积雪未化，月冷星寒，刑警大院门前的街上空无人迹，受害女性被推下车，从昏迷中醒来，她拎着那个黑色塑料袋，袋里装着自己的脸皮，然后艰难无比地走进刑警队大院。走到值班室窗前，她站住了，在玻璃上看到了自己的脸。这名受害女性本就有心血管疾病，她看到自己被剥皮的恐怖的脸，因惊吓死亡。

第二十七章
你的眼睛

究竟什么时候,我们失去了安全感,也许是因为我们看到了太多的世间惨象。

特案组召开了闭门会议,因为这起变态凶残的割脸案件有可能是民警所为,所以只邀请了当地公安和督察部门几位领导参加,普通警员都被排除在外。

一名高级督察介绍了一下本市警员违法乱纪的情况。近年来,中原市民警违规使用警械、警用车辆的情况呈上升趋势,知法犯法现象屡禁不绝。不过,非法使用枪械、丢失枪支事件只发生过数起,其中一名民警因丢失枪支不报,造成严重后果,被判处三年以下有期徒刑。

梁教授问道:丢的什么枪?

苏眉说：死者头上有92式手枪枪把砸击的痕迹。

高级督察说道：我们这儿还没有丢失过92式手枪，都是54和64，而且，丢失枪支全部找到了。现在有的地方买菜刀都实名制了，警用枪支管制极为严格，平时都在枪库锁着，一般是执行任务时才带枪。

副队长说：没事时，谁带那玩意儿啊，一个铁疙瘩。

包斩说：你们市有多少使用92式手枪的在职民警？

高级督察说：这个需要统计一下，这种枪是我国警界比较高端的武器，属于最新一代。

梁教授说：尽快提交一份配备92式手枪的警员名单，对了，那个丢枪被判刑的人现在出狱了吗？

高级督察说：我想想啊，那是几年前的事了，现在应该刑满出狱了，我会找到他的。

副队长说：不是我有抵触情绪，这叫什么事啊，追查凶手查到我们警察内部来了？我不相信这起割脸案件是警察干的，他傻啊，还用枪砸人脑袋，我看是有人故意栽赃陷害我们。

公安局领导劝道：有百分之一的可能，咱们就要作百分之九十九的努力。

画龙说：咱们警察对枪是既爱又恨啊，开枪前是警察，开枪后可能沦为罪犯。丢了枪，如果那把枪出事了，丢枪民警也受处罚。很多警察有时都会觉得枪是一种累赘，把枪带在身上要时时刻刻谨防丢失，一旦丢失，自己的工作和前途很可能受影响。如果被好人捡到，上缴公安机关，也就罢了，要是被坏人捡走，用来作案，丢枪的警察也会受牵连。

高级督察说：丢枪可是大事，丢枪对一个警察来说不仅意味着严重失职，还是一种侮辱。

画龙赞同道：警察丢枪就像一个女孩丢了贞操，不但不会获得同情，还要遭到耻笑和惩罚。

苏眉压低声笑着对画龙说：你的贞操好像不在了，我可是看过你的档案。

副队长说：有的民警一辈子都开不了一枪，倒是丢不了。

梁教授说：我也好久没开过枪了，要知道，我年轻时可是获得过警队射击比赛的前三名，你们局里有射击训练室吗？会议结束后，我们去过过枪瘾。

画龙说：小包兄弟确实应该练习一下枪法，小眉就不用去了。

苏眉瞪着一双无辜的眼睛问道：为什么，歧视我们女警？

画龙说：你一拿枪，即使是站在你身后的人也得躲在射程之外，有这种震慑力就足够了。

大家都笑起来，虽然此案可能涉及警察，但是会议开得活泼欢快。警察作案，非同小可，因为警察平时与各种罪犯打交道，具有高超的反侦查技巧，这无疑会加大侦破难度。特案组分析，凶犯的身份不外乎几种，要么是在职民警，要么是被开除公职的警察，要么是被警方打击处理过的不法之徒。因怀恨在心，前来刑警大院门前抛尸，这一切都是为了报复公安部门。

案发后，当地警方做了很多细致的工作。老法医在第一时间递交了验尸报告，对其他证物也作了检验。冻着脸皮的冰块融化后，在水里发现了鱼鳞的残片。那个包装物——黑色塑料袋在市场上很常见，不少小贩用来装鱼。一个民警推测凶犯会不会是鱼贩子，然而，因为临近春节，家家户户几乎都要买鱼，这种推测很难有说服力。

警方技术人员对死者外貌进行了复原，将割下的脸皮覆盖到脸上，死者是一个长得有点儿像孟庭苇的美少妇，眼睛很大，容颜清丽。

苏眉纳闷地说：挺漂亮的，为什么她没遭到性侵犯呢？

画龙说：也许是熟人作案，对她没兴趣呗。

包斩说：我更加倾向于警察作案，一种反侦查技巧。

梁教授：没有性侵犯，也就不会留下DNA。

这个世界上没有完美的凶杀，因为人无完人，百密必有一疏。

特案组对死者衣物进行了细致检验，这名少妇身穿白色开衫外套、瘦身加绒裤、雪地靴，里面穿的保暖内衣很新，应该是刚买的。在保暖内衣领子处发现了商标，这种保暖内衣是国内著名品牌，本市只有一家专卖店出售。画龙和苏眉立即出发，专卖店有监控，这让他们喜出望外。监控探头不仅拍到了死者前几天购买衣服时的情景，还拍到了她当时停放在门前的一辆凯迪拉克汽车，根据车牌号码，警方进一步掌握了死者的身份信息。

死者名叫茹艺，居住在市区文化路某小区，刚与老公离婚不久，案发当天驾车前往邻市，就此失踪。家人多方寻找，既没有发现人，也没有发现车，一起失踪的还有她的儿子——一个刚上幼儿园大班的男孩。

特案组深吸一口气，小男孩估计凶多吉少，这起案件不仅涉及枪支，还有可能是警察犯案。妈妈的脸皮被割下，车辆失踪，她的儿子下落不明，这使得案件的性质上升到前所未见、灭绝人性的严重程度。

梁教授下令，中原市警方立即向周边县市发出协查通报，尽快查明死者儿子的下落。第二天，接到邻市警方的反馈消息，那名小男孩找到了。

案发当晚，妈妈被抛弃在中原市刑警大院围墙外，她儿子也被扔到邻市公安分局的门前。

苏眉在电话里关切地询问：孩子怎么样了，没死吧，孩子的脸皮……有没有被割下来？

邻市警方说：没有，不过……

苏眉说：不过什么？

邻市警方说：你们快来人接走吧，这几天，孩子一直哭，嗓子都哑了，话都说不出来。小家伙吓坏了，可能看到了什么特别恐怖的事。

中原市警方派人接回了小男孩，同时通知了孩子的家人。小男孩眼窝深陷，神情呆滞，因为嗓子哭哑了，已经说不出话来。小男孩被送往医院，见到赶来的爸爸之后，小男孩的精神状况有所好转，但是24小时都抱着爸爸的胳膊，死不撒手。等到小男孩能够开口说话时，两名女警先对他进行了询问。

特案组非常担心，不知道孩子有没有看到凶犯割下妈妈的脸皮。

妈妈曾经这样问孩子：你以后要是遇到坏人，想喊，坏人捂住你的嘴，咋办？

小男孩歪着脑袋想了想，说道：我舔他的手。

妈妈摇了摇头，说：你应该咬他的手。

小男孩怯弱地回答：我不敢。

母子俩驾车外出，小男孩在车上睡着了。车突然停下，妈妈被劫持，小男孩惊醒，凶犯在母子俩的头上各套了一个黑色塑料袋。凶犯驾驶着受害人的车辆，小男孩无法回忆起车开了多久，只能模糊记得凶犯有四个人或者五个人，他当时和妈妈分乘两辆车，下车后，凶犯将母子俩押进一个房间。

罩在头上的塑料袋被取下了，小男孩惊恐地打量着周围的一切，房间很大，像个仓库。

妈妈躺在一个铁架床上，双手被铐，脚被绑，不停地挣扎和惨叫。旁边站着一个拿刀的男人，正低头看着她。

小男孩的身后也站着一个男人，按着他的肩膀，要他眼睁睁地看着这一切。

苏眉小心翼翼地问道：那个拿刀的人，对你妈妈做了什么？

小男孩说了一句令人毛骨悚然的话：舔眼睛，他舔我妈妈的眼睛。

大家面面相觑，这种变态行为令人感到震惊。

妈妈遇害时对孩子说了一句话，这句话肯定让这个幼小的男孩终生难忘，在成长的岁月里需要极大的勇气来面对，只是他那么小，应该如何承受这巨大的心理阴影和母亲的爱？

妈妈看着孩子，眼神中充满怜爱，她说的最后一句话是：闭上眼睛。也许，孩子闭上了眼睛，没有看到凶犯是怎样割下了妈妈的脸皮；也许，他一直惊恐地看着整个过程……

世界上还有什么比这更残忍的事，让一个孩子眼睁睁看着妈妈的脸皮被割下来？

警方不忍再问下去，所有人都沉默着，病房里很安静。小包低头不语，苏眉的眼睛红了，她转过身，看着窗外，泪水夺眶而出。

画龙对小男孩说：孩子，我向你发誓，我从来都没发过誓，但是现在，我保证，我会亲手抓住那几个畜生。

孩子年龄太小，无法准确叙述出凶犯的长相以及体貌特征，他当时头上罩着黑色塑料袋，也说不出受害地点的具体位置。梁教授几经提示，诱导小男孩提供更多的线索，但是小男孩的回答大多是摇头，或者说不知道。

包斩问道：那几人都穿什么颜色的衣服，你还记得吗？

小男孩怯怯地伸出手指，指着刑警大队副队长——他穿着警服。

副队长走了过来，梁教授挥手示意他离开，免得他身上穿的警服再次惊吓到孩子。

梁教授问道：孩子，你好好儿想想，他们把你扔下车时，说了什么话？

小男孩又哭了，过了一会儿，他抱紧爸爸的胳膊，想了想说：新年好。

警方推断，那几名凶犯身穿警服，他们劫持了母子两人，割下妈妈的脸皮，故意把母子俩都扔到公安机关门前，让其去报案。这些胆大包天的歹徒，知道警方会询问小男孩，他们借小男孩之口狂妄地挑衅警方，这几个身穿警服的人对警方说——新年好！

第二十八章
恐怖舌头

凶手躲在物证中，魔鬼藏在细节里。

案情虽然取得了重大突破，但是警方获取的有用信息并不多。受害人好端端地开着车，在国道被歹徒劫走，因为当地公路网错综复杂，周围有高速公路、省道以及环城路，所以警方很难推断出被害人大概的受害地点。

那个囚禁母子割下脸皮的"仓库"又在什么地方呢？

孩子的父母刚刚离婚，现在妈妈又死了，这个孩子如何能够接受这一连串的噩梦？

特案组分析认为，这伙凶犯有恃无恐，即使少妇茹艺没有死亡，她被劫持时头上套着黑色塑料袋，也无法准确说出囚禁地点以及行车路线，凶犯似乎并不害怕被警方掌握体貌特征。

刑警大队副队长认为，割脸和挑衅警方之间似乎没有什么联系。如果仅仅是为了制造骇人听闻的效果，完全可以选择更加简单、直接的方式，没必要这么麻烦——割下脸皮放在水里冻起来，让孩子在一旁看着。死者见过凶手的相貌，但凶手没有将其杀死灭口。这伙歹徒具有很强的反侦查意识，应该不会留下活口。他们把被害人丢弃在公安局门口，如果是抛尸，他们为何又将小男孩丢弃在邻市的公安机关门前？

梁教授说：我觉得，这伙人犯下过不少杀人越货的大案，这很可能是最后一次作案。

画龙说：是啊，犯罪团伙第一次作案，一般都小心谨慎，不会这么胆大妄为，他们也许打算收手，和警方作一个了结。

副队长说：我大胆猜测，凶手绝对不是警察，至少跟刑事警察沾不上边儿。另外，关于制服，现在很多地方保安身上穿的制服跟警服的颜色、款式都很相近，不能排除小孩子分辨错误的可能性。这样骇人听闻的案件，参与的人越多，最终暴露的风险就越大。凶手为纪律严明的黑社会组织，至于作案动机，可能是受人指使或者就是简单的抢车劫财。

包斩说：受人指使的可能性不大，这伙歹徒没那么傻，要是受人指使买凶杀人，行凶者怎么敢暴露自己。

梁教授斩钉截铁地说：凶手要么是在职警察，要么就是被开除的民警，否则他们不能轻易拦下受害人的车辆。这伙人穿着警服，熟悉警方的执法行为，所以受害人没有看出破绽。我猜测，他们穿着警服，在国道上拦路查车，以女性或者独身司机为作案目标。

画龙说：这条消息要是公之于众，那些开车的人可就没有安全感了。

包斩说：我同意副队长说的另一条作案动机，有时我们往往把案子想得过于复杂，车不见了，咱们就从抢车劫财查起。

苏眉说：劫车杀人，最后一次作案，洗手不干之前给咱们警方一个教训，就像几个学生毕业时砸烂学校的玻璃，以此泄愤。

梁教授说：我们分析一下舔眼睛是种什么样的变态行为。

包斩说：凶手有些反常，咱们不能只按正常逻辑推理。

梁教授问苏眉：如果凶手舔你眼睛，你是什么感受？

苏眉说：讨厌，问这么恶心的问题，我觉得很恶心。

包斩说：当时，受害人茹艺被捆绑在铁架床上，孩子看到凶手舔妈妈的眼睛。

画龙说：小眉啊，你看着一个舌头慢慢伸向你的眼睛，然后开始舔……你闭上眼，凶犯也会分开你的眼皮，强行让你眼睁睁看着，那舌头就像毒蛇的芯子……

苏眉说：我会很恐惧，会尖叫，会挣扎。

梁教授说：你越尖叫，越挣扎，凶犯也就越兴奋，越快乐。凶犯用舌头给人一种恐惧感，达到变态心理的满足，这或许远胜于生理的快感。我想起看过的清宫档案……

苏眉说：梁叔，我看过清宫剧，我喜欢何晟铭，帅气又痴情。

梁教授问道：这电视剧里有太监吧？

苏眉说：有啊，最讨厌太监李庆喜，巨猥琐超下流，阴险狡诈的小人。

梁教授说：舔眼睛是一种性变态行为，清代末期，有很多太监也娶媳妇儿。他们的性行为是什么样的呢？那些太监的性行为包括：欣赏自慰、对食、指奸，还有舔眼睛之类的变态行为。我认为——舔眼睛的那名凶手是性无能。因为他当时完全有条件强奸女受害人，可是却没有这样做。

这伙凶犯持枪作案，但不开枪，手段高明。警方一旦发现弹壳和弹头，就可以锁定枪支，进一步以弹定枪，循枪找人。"1997中国刑侦一号案"中，白宝山在北京和新疆开枪杀人，遗留下的弹壳和弹头成为并案的关键证据，从而决定整个案件正确的侦破走向。

苏眉调看了当地近年来发生的劫车杀人案卷宗，除了已经破获的，竟然还有四起人车失踪案件悬而未决。然而，当地警方认为四起案件的犯罪嫌疑人多为车匪路霸，与这起割脸案的作案手法没有相同之处，并案侦查条件不成熟。

梁教授部署警力分配工作，副队长联合交警部门寻找受害人的车辆，重点摸排二手车交易市场、洗车铺、汽车维修厂等地，尤其是涉及黑车交易以及改装车辆的地下工厂，对其进行详细调查。

苏眉负责了解受害人的夫妻关系和社会背景，死者遇害当天的行踪必须要搞清楚。

画龙和包斩与当地督察部门一起，对本市所有被开除或处理过的民警列出名单，全面摸排。

大家纷纷行动起来，梁教授特别叮嘱：因为凶手有枪，极端残忍，出于安全考虑，大家调查摸排之前务必穿上防弹衣，一旦发现犯罪嫌疑人，也能有备无患，减少伤亡。

首先列入排查对象的是那名因丢枪不报后来被判刑的民警，调查时发现，此人住在市区文化路，和受害人茹艺的家仅隔着一条街道。这个巧合引起了警方的注意，第一个犯罪嫌疑人浮出水面，包斩有些不好意思地征询画龙的意见：咱们要不要都穿上防弹衣？

画龙说：你那么怕死啊，穿那玩意儿也不嫌麻烦。

高级督察说：用不着这样吧，那名民警我见过，其实是挺老实的一个人，他倒霉啊。

画龙、包斩和高级督察立即出发，三人开着警车前往文化路，很快就到了那名民警的家。此人姓杨，四十多岁，因为丢失枪支不报入狱三年，狱中生活使他苍老，看上去像是五十多岁。高级督察和他握手，称呼他为老杨，亲切地问及他的生活，表示来慰问一下。

老杨笑呵呵地说：别来这套，我也当过警察，是不是我以前丢的那枪又犯事了？

高级督察说：你那把枪犯了好几起命案，要不怎么会拿你开刀呢，认倒霉吧。现在那枪已经找到了，我们来就是代表领导春节慰问，咱好歹同事一场，你别误会，去你家唠会儿吧。

老杨拦住他们，依旧笑着说道：咱现在不是同事了，我也不是警察了，你们有什么事就在门口说吧。

画龙说：老杨，说真的，我替你委屈。不过，你拦着不让我们进去，我们更有理由怀疑你家藏着杀人犯。

老杨笑着打开门，他老婆卧病在床，不停地咳嗽。家徒四壁，没有什么像样的家具，寒酸得令人难受。老杨的入狱使得这个家一贫如洗，他靠墙站着，不知道该说什么好。经过调查，割脸案件发生的当天，老杨一直在医院陪护老婆，不具备作案时间，他的嫌疑可以排除。

包斩注意到一个细节，老杨靠墙站着的时候，似乎在有意遮挡着什么，他背后的墙上挂着一幅全家福照片。

临走时，高级督察和老杨握手。他表示对他的生活困难会向领导反映。

包斩也上前握手，趁机观察。他终于看清楚了，墙上挂着的全家福照片是几年前的，那时老杨穿着警服，他的旁边还站着一个穿警服的年轻人。

离开老杨家，上车后，包斩将情况告知了画龙和高级督察两人，高级督察想了想说：老杨好像有个侄子，以前也是警察，后来辞职了，开了一个液化气站，听说发了财。三人决定去液化气站调查一下，苏眉打来电话，她正好在文化路附近受害人的家里，画龙开车载上她，四人一起前往液化气站。

这个液化气站距离国道挺远，位于郊区，地处偏僻，远离居民区和村镇。

画龙、包斩、苏眉、高级督察四人赶到后发现，液化气站已经废弃，大门紧闭，院里只剩下几个生锈的储罐。

液化气站后面有个鱼塘，此时正是黄昏，太阳红彤彤的，鱼塘结了冰，中间有个窟窿，岸边的枯草挂着白霜。

包斩隐隐约约觉得此地很可疑，提醒大家警惕，画龙将车停在路边，正欲下车时，一辆凯迪拉克轿车从液化气站后面的土路上急速驶来，警车内四人无法躲避，只能眼睁睁看着凯迪拉克轿车飞速撞向警车。砰的一声巨响，警车内四人的身体猛冲一下，他们暗叫一声完了，只看到眼前白茫茫一片，甚至感觉不到疼痛，完全失去了意识。

经历过车祸的人都知道，那一瞬间是多么惊心动魄。

高级督察受伤最严重，胸前和面部都是鲜血，他的身体一动不动，只剩下微弱的呼吸。

包斩肩关节脱位，他动弹了一下，嘴唇直打哆嗦，头脑也无法保持清醒。

画龙睁开眼睛的时候，看到风挡玻璃碎裂，粘着防爆膜，车门完全变形，他傻傻地看了几秒钟后，才意识到自己是两脚朝天倒着的……

警车被撞翻，跌落到路边的排水沟里。

苏眉体质最弱，她被撞得晕了过去，不知道过了多久，醒来后发现自己在一个旧仓库里，她的双手被铐在铁架床上，双脚也被绑着，一个脑袋很尖的男人正低头看着她。

第二十九章
鱼鳞之茎

苏眉穿着一件韩版百搭长款红风衣，下身穿豹纹修身打底裤，野性气息十足。脚上是一双黑色靴子，颇有女王范儿。脖颈上系着白色丝巾，更显时尚靓丽。她的头发梳成马尾辫，看上去既优雅又迷人。

现在，她躺在铁架床上，那个脑袋很尖的男人用力撕扯着她的衣服，很快，她的上半身就赤裸了，玉体横陈，只剩下蕾丝胸罩，蜜桃酥胸呼之欲出。

苏眉眼角含泪，不知如何应对，挣扎了几下，铁架床纹丝不动，手铐碰得当当响。

那个脑袋很尖的男人下巴也尖，小眼睛，长得奇丑无比，简直像个鬼。他凑近苏眉的脸，死死地盯着她看，然后伸出舌头舔了一下，苏眉浑身哆嗦，尖叫起来。那人按着苏眉的头，掰开她的上下眼皮，舌尖顺着她脸颊上的泪水一直舔到眼睛。

苏眉剧烈挣扎，高声惨叫，被人舔眼睛的感觉真是太恐怖了。

仓库共有两间，里面的房间传来画龙和包斩急切询问的声音，他们非常担心苏眉。

一个穿警服的人从里面走出来怒斥道：鬼尖，你鼓捣她干吗？你又不能玩儿，搞这么大动静，我还怎么审他们？

那个叫鬼尖的人摸了摸自己的尖头，有些不好意思地说：勇哥，我把她的嘴堵上。

勇哥说：别鼓捣了，你打电话联系下丧彪他们，让他们带上所有的钱到这里来，来了后咱就走。

鬼尖说：上哪儿去，我的鱼塘不要了？

勇哥说：都啥时候了，警察都来抓咱们了，我审问下，看看还有没有警察跟来——你别和丧彪说警察的事，要不他就带着钱跑了。

鬼尖说：要是还有警察呢？

勇哥说：那这几个就是人质。

很显然，他们犯下的命案不止一起，丧彪是这个犯罪团伙中的一员，掌管着不义之财。很多罪犯不敢把钱存进银行。例如"3·8大案"主犯汪家礼将杀人劫来的巨款藏在挖空的木头里，刑侦一号案案犯白宝山将钱埋在树林里。

仓库里面，墙角有一堆鱼饲料，中间的铁桌子上有一叠脏兮兮的蛇皮袋子，袋子曾经装过鸡肠子和麸皮，使整个仓库都弥漫着臭烘烘的味道。外间和里间的门旁边有个饲料颗粒机，包斩的左手被铐在饲料颗粒机上，右手和奄奄一息倚在墙边的高级督察铐在一起，画龙被独自铐在一张上下两层的铁架床上。

身穿警服的那人叫作勇哥，此人很明显做过警察，他很熟悉警方的行动。包斩声称还有一队武警随后就到，劝他投案自首，争取宽大处理。勇哥诡秘地笑了笑，一眼看出他们只是走访调查，而不是前来拘捕的。

勇哥坐在铁桌子上，开始审问包斩。

审问之前，勇哥搜出了画龙等人的武器和证件，扔到了墙角的鱼饲料堆里。

包斩注意到，勇哥的审讯问话非常专业，他应该做过公安预审工作。

勇哥说：我还是第一次审问警察。

包斩说：你很快就会被警察审问的，今天，你的路走到头了。

勇哥说：我以前最喜欢审那些卖淫的。

勇哥走到外间，低下头问苏眉：你卖过几次淫？

苏眉瞪着一双惊恐的眼睛，不知道他为什么这么问，也不知道该如何回答。

勇哥继续问：你离过婚吗？

苏眉摇头说没有，鬼尖打完电话，手里拿着一把剖鱼刀，阴笑着站在一旁。

勇哥恶狠狠地说：你要是离过婚，我就把你的脸皮割下来。

鬼尖插话道：那你是处女喽？

苏眉说：不是啊，我谈过几次恋爱。

鬼尖用牙齿咬着刀背，动手动脚就要脱掉苏眉的豹纹打底裤，他说：勇哥，你要不要办了她，长得怪俊哩。

勇哥摆摆手说：我对女的没瘾，今天吸了三道黄皮，上过头了。

黄皮指的是毒品，三道代表分量，上头就是吸毒的感觉。吸过粉的瘾君子都知道，长期吸毒会导致性欲降低，无法勃起。据说，吸毒的感觉比性高潮要强烈数倍，能产生各种幻觉，但是对身体健康会造成致命的打击。

勇哥走回仓库里间，看了看昏迷不醒的高级督察，嘀咕一句：这个人我好像见过。

鬼尖继续骚扰苏眉，他不知道做了什么，苏眉再次尖叫起来，大喊着不要，语气中带着愤怒和屈辱，铁架床也碰得哐当响。

画龙破口大骂，高声安慰苏眉别怕。

苏眉的声音拖长，随即难受得哭泣起来。

勇哥皱了皱眉头，突然拔出腰间的手枪，对鬼尖喊了一声你滚开。此人喜怒无常，杀人毫无预兆——他要开枪打死苏眉。

包斩见状急忙站起来，尽管手被铐着，行动不便，但是包斩仍然想要夺枪。

勇哥退后一步，包斩拦在他面前。

任何人面对枪口都会害怕，包斩哀求道：大哥，别开枪，有话好好儿说。

勇哥说：怎么，你要替她挡子弹啊。

包斩的语气有些颤抖，充满紧张和惊恐，他极力让自己镇定下来，用一根手指指着自己的胸口说：要开枪，你朝这里开。

勇哥扣动扳机，砰砰，一连开了两枪，都打在包斩胸部。包斩一头栽倒在地，趴在督察身上，不知死活。

画龙心里一直琢磨着怎么脱离险境，现在看包斩倒下，急切地大声喊道：小包，小包。

勇哥看了看手中的枪，突然笑了，用脚踢了踢地上的包斩说：别装了，你穿着防弹衣呢。

包斩依旧一动不动，但是他的身下并没有流出鲜血。

勇哥说：你小子还怪精哩，故意让我往你防弹衣上打，我再开枪，就瞄准你的头。

苏眉大哭起来，这时，鬼尖的电话响了，他接完电话，对勇哥喊道：丧彪他们人齐了，这就来，半个小时。

勇哥数了一下弹匣里的子弹，还剩四发，足够杀死画龙几人。

画龙骂道：你这狗杂种，我真看不起你。

勇哥冷冷地问道：为什么？

画龙说：其实你用不着杀人，也用不着抢车卖钱，你往十字路口一站，胸口挂个牌子，写上"五块钱打一拳"，就连老太太和小学生都会排队揍你，这样你就能成百万富翁。就算你是魔鬼，我也会尽情嘲笑你。像你这种人渣，我只需要一拳，就能把你的牙打到肚里去。

勇哥恼羞成怒，猛地走到画龙面前，用枪顶住画龙的脑门儿说：你再说一句试试，我看你敢不敢。

画龙坐在铁架床的下铺，双手被手铐铐在床的两边，他视死如归地说道：开枪，我要是眨一下眼睛，我就算没种。

勇哥盯着画龙的眼睛，手指放在扳机上，随时都可能开枪。

画龙说：半脸人会带着你参观地狱。

勇哥问道：半脸人是谁？

画龙说：上一个用枪指着我脑袋的人。

勇哥收起枪，说道：是条汉子，我最后一个杀你。

外间仓库里，鬼尖已经伏在了苏眉身上，苏眉放弃了挣扎和抵抗，任由他的舌头舔过脸庞，舔向眼睛。勇哥心里也在想接下来怎么办，如果还有警察到来，留着这四人可以当人质，但是和警察谈判根本不会有什么好结果。如果现在逃跑，这些年杀人越货的非法所得都在丧彪手里，扔下那些钱，心有不甘。再说，他们抢来的车和画龙开来的警车都撞坏了，徒步逃跑也跑不了多远，不如在这里等待。

鬼尖兽性大发，他站起来，先褪下苏眉的打底裤，接着脱掉了自己的裤子。

苏眉闭上了眼睛，知道将要发生什么。

然而，鬼尖站在地上，身体僵硬，嘴角抽动了几下。不知为何，他疼得龇牙咧嘴直叫唤。

苏眉斜眼看了一下，鬼尖下身的那东西滴着血，非常吓人。

原来此人少年时手淫过度，每天都要自慰三次以上，过度纵欲导致生殖器又红又肿。初中也没毕业，此后贩鱼为生。中年时，他患上了一种罕见的鱼鳞病。鱼鳞病是种皮肤病，外观如鱼鳞状或蛇皮状，重症者皮肤皲裂、表皮僵硬、粗糙状如鱼鳞，鳞片下渗出血液。他的病情日益严重，就连下身也蔓延上了硬质鳞片。这个男人的生殖器上满是鱼鳞，每一片鱼鳞下面都是一道皮肤裂口，如果勃起，裂口处就会出血。

鬼尖贪恋美色，想要强奸苏眉，但是只能望着美女兴叹。

他站在地上，那东西滴着血，布满的鳞片如同倒刺，虽然勃起但因疼痛很快就疲软了。

勇哥等得有些不耐烦了，犹豫着要不要杀死画龙他们，赶快逃命。

他掏出枪，对准了包斩的头，包斩突然说道：小时候，你爸和你妈离婚了，你很想你妈。

包斩来之前，穿上了避弹衣，他并不是怕死，这仅仅是出于对梁教授的服从。他倒地不起，并不是假装的。警用手枪近距离射击，连中两枪，即使是身穿防弹衣，也会立即失去行动能力。子弹产生的冲击力撞断了包斩的肋骨。

他忍着痛，趴在地上，回忆起一个细节，老杨家墙上挂着的那张全家福少了一个人。老杨是勇哥的叔叔，全家福中有他们家所有成员。不过，包斩在照片中没有看到勇哥的妈妈，勇哥身后只站着父亲，这说明他母亲要么死了，要么离婚了。受害者茹艺——那个被割下脸皮的女人，就是个离婚女人。勇哥又问及苏眉是否离过婚，种种迹象结合起来，包斩推测，勇哥的父母很可能在他小时候就离婚了，他恨这个世界上所有离婚的女人……这种恨应该是出于爱。

勇哥愣了一下，收起枪，他走了几步，停下来看着窗外出神，心里想起很多往事。

勇哥背对着屋内诸人，天赐良机，包斩用肢体语言示意画龙把床举起来，画龙努嘴，意思是中间的桌子是个障碍。包斩悄悄地站起，屏住呼吸，他忍着胸部的疼痛，猛地踹开中间的桌子。画龙同时使出全身的力气，以双腿为支点，将铁架床背了起来，尽管手铐勒得手腕一阵剧痛，但是这机会稍纵即逝。画龙咬紧牙关，弯下腰用力将铁架床抬高，然后翻转过来，砸向勇哥。

其实，这只是一瞬间的事情。

有一种说法，胎记是一个人上辈子被杀死时留下的伤口部位。

勇哥的额头上有块胎记，被头发遮盖着。他听到响声，回过头，看到一张床迎面而来，床角正好砸在他额头上。

鬼尖不知道发生了什么事情，他左手捏着一团纸，纸上还有擦拭的血，右手拿起刀，裤子还未提上，急匆匆地闯进仓库里间。

包斩一脚踢向鬼尖的下身，几个鳞片迸裂到空中，鬼尖惨叫一声，倒在地上。

第三十章
碎尸喂鱼

鱼塘岸边是冰冻的土壤，起伏的旷野白雪皑皑，田边堆着油菜花秆，上面的雪像厚厚的棉被，草叶挂着冰凌，结了冰的鱼塘水面平滑如镜，中间有个砸开的冰窟窿。

警方后来在鱼塘里打捞出一些可疑的骨骸残片，经过鉴定，这些系人类骨骼。

如果杀死所有的鱼，肯定能在鱼腹中找到更多的东西。

一个人驾车出行，开着开着，车不见了，开车的人也失踪了。

亲人抱着遗像深深一吻，照片上的人也许在微笑，露着洁白的牙齿，那牙齿如今在鱼腹之中，鱼在池塘里游来游去，一个人就这样消失在鱼的肚子里。

这起特大杀人劫车团伙案共有六名犯罪嫌疑人,首犯杨勇,团伙成员有鬼尖、丧彪等人。他们的作案时间长达四年,作案时身穿警服冒充警察,在公路上拦车检查,以缉毒为借口,控制受害人,劫走车辆,然后杀人灭口,碎尸喂鱼。

杨勇只有30岁,在犯罪团伙中年龄并不大,但因为心狠手辣,胆识过人,再加上他曾经当过警察,有着丰富的反侦查经验,其他成员都尊称他为勇哥。

我们对别人的了解都停留在表面那一层,最善良的人也曾经有过最邪恶的念头。

我有野兽封印在胸中,你有恶魔深锁在眼眸。

杨勇在小时候,无论亲戚和邻居、老师和同学,都认为他是一个内向、胆小的孩子。

六岁的时候,他的父母离了婚,离婚对一个孩子有着深远的影响。

父母几乎天天吵架,家里的碗都摔碎了,电视机也砸了,杨勇畏畏缩缩站在墙角,看着一片狼藉的家,他心里特别害怕爸爸妈妈提到离婚这两个字。有时,他在睡梦中惊醒,侧耳倾听父母吵的是什么,其实都是些生活琐事。提到离婚的时候,这个孩子依然在装睡,但是爸爸妈妈回头一看,孩子闭着眼,满脸是泪。

有一天夜里,父母吵得非常凶,他悄悄地用椅子顶住门,不让父母去离婚。这个孩子觉得,父母走出家门后,他就再也见不到其中的一个了。

对于以后跟爸爸还是跟妈妈在一起生活,都不是他想要的。

然而那天夜里,妈妈推开他,搬开椅子,离开了家,从此再也没有回来。

杨勇——这个六岁的男孩站在家门口号啕大哭,狠心的妈妈头也不回。

从此，杨勇跟着父亲长大。

他很想念妈妈，哪个小孩不想念自己的妈妈呢？

爸爸骗他说：小勇，等你16岁的时候，你过生日的时候，你妈就回来。

杨勇和父亲住在城市郊区的农民房，他每天上学都要穿越一大片油菜花地，那金灿灿的油菜花给了他等待下去的勇气，心中的信念让他坚定自己的步伐。他一个人，一个小孩子，走过一大片油菜花地，他常常想，就这么一直走，一直走，妈妈就会回来。

他一直等着，盼望着。

尽管父母已经离婚多年，他还记得妈妈的样子，有些人是永远都不会忘记的。他一直等到16岁，可是生日那天，妈妈没有来，只有漆黑的夜和冰冷的饭陪伴着他，粗心的父亲甚至忘记了他的生日。

那天夜里，父亲在床上鼾声震天，杨勇在自己的房间里恶狠狠地吊死了家里的猫。

他用削铅笔的小刀将死猫肢解，装进了垃圾袋。从此以后，他再也没有哭过，再也没有流过眼泪。

这个少年变得坚韧阴沉、孤僻内向，学习成绩直线下滑。他喜欢黑暗，无缘无故地砸碎路灯，管理部门更换上新的路灯后又被他砸碎，他放学回家的那条路总是黑的，在黑暗中他觉得很安全。他恨女人，曾经多次埋伏在黑暗的冬青丛里，用石块袭击骑车的陌生女人。这种恶行对他来说是一种乐趣。中学毕业后，他在社会上鬼混了两年。阴雨天，他喜欢去汽车站附近的录像厅看录像，平时更喜欢玩台球，因为在台球厅，打架的概率比较大，和别的小痞子不同，他用球杆做武器时，会把球杆折断，将尖锐带刺的那一端狠狠地扎进对方的身体。

杨勇特大杀人劫车团伙的成员，大部分是打架斗殴时期结识的死党。

父亲看他整日里游手好闲，呼啸成群，就让他当兵去了云南。复员后，他的叔叔是警察，托关系为他找了一份协警的工作，后来，又花了很多钱转为正式的民警。

有一次过年照全家福的时候，已经当上警察的杨勇隐隐约约觉得身后少了一个人，他以为自己这么多年忘记了母亲，可是母亲的身影已经深入骨髓，无法磨灭。

杨勇曾经也想当个称职合格的警察，娶妻生子，过平平淡淡的生活。但他结婚后，和妻子的感情日益恶化，甜蜜的爱情如烟花般只有一瞬间。婚后的第一个春节，他站在院里的雪地上，用尿写下"我爱你"，然后喊老婆来看这三个热气腾腾的字。春节过后，两个人从互相拌嘴到大吵大闹，从绚烂到苍白，妻子被他打得遍体鳞伤，好端端的一个家满目疮痍，最终俩人离婚，他没有再娶。

他做警察时，抢劫犯、杀人犯抓不到，就喜欢抓卖淫女，敲诈嫖客。
因为刑讯逼供，杨勇受到过处分，他常常殴打的不是嫖客，而是妓女。

离婚后，杨勇整天醉生梦死，破罐子破摔，在旧日狐朋狗友的影响下，沾染上了各种恶习，身为警察的他竟然赌博、吸毒。因为屡犯禁令，违法乱纪，杨勇被开除公职，驱逐出警察队伍。
杨勇开了一家小型液化气站，但是很快就倒闭了，他纠集一批死党，开始了劫车杀人的犯罪生涯。这伙歹徒有个共同点：吸毒。吸毒需要大量资金，仅靠积蓄和工作收入很难维持。

丧彪从外省盗窃来一辆公安面包车，这辆车成了日后这个团伙作案的主要工具。

这伙歹徒买来了警服、手铐、电警棍、对讲机等用来作案，然后开着车，想要搞一把枪。他们在周边县市寻找机会，有一次看到一名军官走在路上，腰中鼓鼓的似乎有枪，这名外地军官前来执行抓捕逃兵的任务，身穿警服的歹徒将其骗上车，杀害后抢得一把92式手枪。此后，丧彪又前往云南边境，购买毒品时买了一些子弹。

他们将尸体带到废弃的液化气站，此处紧临鬼尖的鱼塘，是个处理尸体的好地方。

杨勇特大犯罪集团的杀人毁尸行为几乎都是在液化气站的旧仓库里进行的。

尸体放了一夜，第二天，丧彪问如何处理尸体。

杨勇说：砍了，咱们都动手。

鬼尖说：没有整过，不敢砍。

杨勇说：咱们几个，杀人一起杀，砍人一起砍，就是扔骨头也得一块扔，谁也跑不了。

丧彪说：对，都是一样的罪。

这伙灭绝人性的凶犯反锁上仓库的门，找来刀子和钢锯，开始分尸。

丧彪落网之后，供述了所有罪行，当时负责作笔录的民警心里有一种透彻心肺的恐惧，因为丧彪供述他们这伙歹徒惨无人道的分尸过程。

分尸后，歹徒们就用那个打鱼饲料的机子，把分尸后的身体都打碎了。鬼尖喂鱼，喂了两个星期才喂完。

在他们杀害的九人中，有七人被这群丧失人性的凶徒用相同的方式毁尸灭迹。

他们第一次杀人劫车是在四年前，按照事先密谋好的作案方式，一名同伙在国道路口寻找到合适的目标，然后用手机立即通知杨勇：过去了，黑，一个人，奔驰。

这是暗语，意思是堵截这辆黑色奔驰，车上只有一人，适合下手。

杨勇和其他犯罪团伙成员身穿警服，在前方将黑色奔驰车拦住。

杨勇敬礼，姿势非常标准，他说道：我们是缉毒队的，现在正进行例行检查，请出示一下您的证件。

杨勇当过警察，熟悉警方的执法行为，司机看不出什么破绽，递上驾驶证和行车证后，杨勇的对讲机响了，另一名同伙模仿警察的口吻，用对讲机告诉杨勇，有一辆黑色奔驰车涉嫌运毒，车牌号码不明。司机听到后，杨勇就客气地说要将车带到队上检查，司机无奈之下只能表示配合。杨勇给司机戴上手铐，头上罩着黑色塑料袋，将司机推到偷来的公安面包车上，一行人开着两辆车回到液化气站。

整个过程不到十分钟，没开一枪，一辆黑色奔驰车就到手了。

他们的目标是价格不菲的好车，而且车上只有一名司机时，才会选择下手。四年间，他们抢劫了八辆车，所得赃款挥霍大半，剩下的放在丧彪家里由他保管，杨勇告诉同伙，等财产积累到一定程度后再进行分赃。

杨勇对这支"队伍"要求很严，堵车时敬礼的手势必须做得非常标准，为了加强训练，他甚至带领同伙在公路上堵截过往车辆，当时只是演习，没有抢车。由于其"管理严格"，反侦查手段高，一桩桩血案发生后，杨勇等人一次次逃脱了警方的侦查。这使得他的胆子越来越大，最终竟然到了挑衅警方的嚣张程度。

受害人茹艺被这伙亡命之徒以同样的方式劫持到仓库，茹艺是离异少妇，杨勇痛恨所有离婚的女人，他觉得离婚女人都不要脸，那么狠心，居然舍得抛下自己的孩子。所以，他让鬼尖割下了茹艺的脸皮，还残忍地让小孩子看着。

割的时候，为了不让茹艺剧烈挣扎、大喊大叫，鬼尖给茹艺服用了毒品。

杨勇没有杀死茹艺的孩子，也许，他觉得那个流泪的小男孩就是童年的自己。

茹艺惨遭割脸，昏迷不醒，鬼尖觉得她的脸太过恐怖骇人，就给她头上套上了塑料袋，杨勇等人误以为她已死亡。这一次，他们没有选择碎尸喂鱼，而是将"尸体"扔到了刑警大队门口。除了恨离婚女人，杨勇对将他开除公职的公安局领导也怀恨在心。

杨勇说：那帮废物，我就不信他们能抓到我。

鬼尖说：勇哥，这个小孩呢？

杨勇说：也给警察送去，过年了，给他们送点儿礼，让他们过个好年。

丧彪说：会不会太冒险了？

杨勇说：咱们走上这条路，早晚被抓，早一天晚一天的事，其实我想离开这里，干大事。

丧彪说：啥大事？

杨勇说：咱们有枪，可以绑架啊。

鬼尖说：绑架谁啊？

杨勇说：胡润富豪榜上的人，咱们绑架一个，就发大财了。

丧彪说：嘿嘿，这主意真不错，咱们过了年就走，到南方去，到香港去，干大事。

割脸案发，满城皆知，杨勇的叔叔当过警察，出于一种直觉，杨勇的叔叔第一个怀疑到了自己的侄子。所以，当特案组和督察去他家走访时，他故意挡住了挂在墙上的那张全家福照片。包斩发现了这点，根据照片上的线索，顺藤摸瓜找到了杨勇的液化气站。杨勇开车撞伤特案组三名成员以及高级督察，然后将他们铐在仓库。

画龙趁其不备，搬起铁架床，砸向杨勇的脑袋，杨勇当场昏死过去。

包斩一脚踢中鬼尖的下身，鬼尖那布满鱼鳞的生殖器严重受伤，倒在地上嗷嗷惨叫。包斩猛地往下一坐，坐在鬼尖小腹上，鬼尖的身体一挺，头歪向一边吐了，喷出的脏东西在空中画了道弧形，呕吐物落在地上，散发着难闻的气味。接连两下重创，鬼尖站都站不起来。包斩的手虽然被铐着，但是身体能动，他调整姿势，搜出了鬼尖放在裤兜里的钥匙，打开了自己的手铐……

杨勇特大杀人劫车案告破，团伙成员全部落网！

画龙和包斩身上多处受伤，住进了医院，当地政府和公安部门的领导对其进行了慰问。

画龙对高级督察说：哥们儿，真羡慕你，眼睛一闭就晕过去了，眼睛一睁凶手就落网了。

高级督察讪笑道：抱歉，你们都受苦了。

包斩说：不知道能不能找到杨勇的妈妈，让他行刑前见她一面吧。

副队长说：能找到也不找，这些人死有余辜，不值得同情。

政府和当地公安部门领导称画龙和包斩是英雄，表示要对特案组进行嘉奖。

梁教授说：嘉奖就不必了，英雄身上的伤疤就是最高的荣誉。

等到所有人都离开病房，苏眉给画龙和包斩剥甜橙吃，她心里有一句话想问。

苏眉说：在那仓库里，当时我想，我快要死了，死之前，我想问你们俩一个问题。

画龙说：傻丫头，有我在，你怎么会死呢？

包斩有些不好意思，他隐隐约约猜到苏眉想问什么，他心里已经有了答案。

苏眉欲言又止，她想问的那句话终究没有说出口，泪水涌出来，渐渐地模糊了视线。

第七卷 (一)
林家凶宅

属于我的一切都与我如影随形。

——赫塔·米勒

一

　　繁华的帝都，寸土寸金，偏偏有这么一座空楼，几十年来矗立于闹市之中，空楼阴森恐怖，很多人都说它就是一座鬼宅，这就是著名的朝内大街81号。

　　金陵戴笠楼的恐怖故事在当地广为流传，据说阴森的走廊上有一个人形烧痕，虽然岁月弥久，仍清晰可辨。楼下还有十几层地下室以及一个神秘的洞穴，里面有什么，无人知晓。

　　高街应该是香港最热门的闹鬼之地，这里发生过很多不可思议的事情。战时，此处是一间麻风病院，很多人自杀。阁楼是当年吊死囚犯的地方，如今改为安老院，一些老人声称自己看见了吊死的人，甚至能够准确描述出死者的衣着和面貌。

　　下面要讲述的，是发生在魔都武宁路林家宅37号的故事！

第三十一章
人血豆腐

有天夜里，一个人拨打110报警电话说：我杀人了。

此人的声音非常怪异，阴阳怪气的，他在电话里嘿嘿地笑，鼻音很重，似乎捂着嘴巴，故意压抑着自己的声音。接线女警很镇定，要他简明扼要地说明情况，那人沉默了一会儿，最后只留下了一个地址，就挂断了电话。

地址是：武宁路林家宅37号。

110接线女警常常遇到各种骚扰，她们接到最多的报警电话就是接通后立即挂掉的那种。拨打骚扰电话的以小孩子和中年人居多，内容五花八门，大多让人哭笑不得。有的人钥匙丢了要110帮忙寻找，有的孩子拨打电话要求民警去抓捕动画片里的坏人，还有的人因为迷恋女接线员的声音，不断地骚扰，求爱求婚的大有人在。

杀人者拨打电话投案自首时，一般都会紧张，很少有人能笑得出来，接线女警以为是恶作剧，并没有特别在意，但110的职责是有警必接，接警必出。110指挥中心通知了辖区派出所，派出所也觉得是谎报警情，不是很重视，再加上当时正值深夜，所以只派了两名民警出警。

两名民警，一老一少，他们是师徒。

刚刚参加工作的刑侦警察一般会找个经验丰富的老刑警拜师，这样能提高办案水平。听说辖区内发生一起杀人案，小刑警既紧张又兴奋，把手铐、电警棍都挂在身上，催促老刑警快出发。老刑警哈欠连天，斥责小刑警大惊小怪，只拿着个手电筒就出门了。

林家宅37号和武宁路派出所距离不远，师徒两人徒步前往。当时大雾弥漫，没有月亮和星光，街灯模糊昏黄，只能照耀一小片区域，能见度很低，十米之外，根本看不到人。

林家宅37号位于一个交叉口，几条道路交叉成剪子型，林家宅是一座旧楼，正好处在"剪子口"的位置。从风水上讲，这地方极凶极煞。这座建筑年代久远，墙体斑驳，青砖上生着绿苔，楼体破旧，还有个欧美风格的拱顶，笼罩在雾气中，看上去像一座古堡。

每个警察对于自己参与侦破的第一起凶杀案都会印象深刻，终生难忘。

老刑警看着这座旧楼，说道：这个地方，我好像来过。

小刑警说：师傅，房子很大，一看就是大户人家。

老刑警说：我想起来了，20世纪80年代，这里发生过一起人命案，那是我办的第一起凶杀案。

小刑警说：什么案子？

老刑警说：这栋楼的户主姓林，并不住在这里，房子一直出租。那时，这楼里租住着两户人家，楼上住着的那户人家有个男的，精神不正常，把楼下住着的一个小女孩杀了，还割下了她的头。这是1983年严打时的事，案子早就结了，不过人头没找着。

小刑警紧张起来，说道：那人头可能还在这楼里，师傅，真巧啊，这也是我当警察以来接的第一起凶杀案。

院门是铁栅结构，油漆早已脱落，锈蚀的铁条断了一根，老刑警和小刑警从铁栅门缝隙里钻了进去。院落里荒草丛生，看上去很长时间没有住人了。杂草间，一条小路连接着院门和楼前走廊，干枯的葡萄藤缠绕着走廊的柱子，在手电筒的照射下，就像是人的筋脉，看上去触目惊心。

小刑警向着旧楼喊了一声：有人没？

老刑警似乎觉察到什么异常情况，他把手指放在嘴唇上，轻轻说：嘘。

小刑警不敢再说话了，提高警惕，抄起腰间的电警棍。

老刑警看到，走廊上竟然有一个小旋风，正卷着草屑和灰尘缓缓打转，非常诡异。

当时浓雾重重，起雾的时候一般没有风，贴着地面刮起的这个小旋风令人感到奇怪。旋风卷着雾气，有变大的趋势，这个逆时针转动的空气旋涡，从云层般的雾气里降低到地面，不规则地移动着。

小刑警穿着一双大头皮鞋，老刑警刚要提醒他，小刑警一脚踩在了小旋风上。

旋风随即消失不见，周围一片白茫茫的，雾气缭绕，仿佛不是置身人间。

小刑警问道：师傅，怎么了？

老刑警自我安慰道：没事，我们要相信唯物主义，相信科学发展观，不能迷信。

老刑警说完，小刑警反而更害怕起来。

他们面前的这座古堡似的破旧建筑,在夜色和浓雾中更加显得阴森恐怖。

门从里面锁着,推了一下,纹丝不动。

老刑警敲了敲门,喊道:谁打电话报的警?

小刑警给自己壮胆,说道:开门,我们是公安局的。

门里面寂静无声,似乎没有人住,这师徒俩也觉得报警电话很可能是一出恶作剧。但是他们心想,既然来了,就查看一下吧,即使有人谎报警情,也总要确认一下。

这座旧楼的门锁着,两个警察打着手电筒查看,一楼的窗户竟然全被砖头封死了。

老刑警用手电筒照着二楼窗户,说道:你从二楼进去看看。

小刑警心里直打退堂鼓,说道:要不,咱回去再多叫一些人来?

老刑警说:这大半夜的,折腾同事干吗,咱俩先看看。

二楼有四个窗户,小刑警用手电筒挨个儿地照,琢磨着从哪个窗户爬进去,他看到靠近墙角的那个窗户,似乎有个影子一闪而过。

小刑警大叫起来:那里有人!

老刑警用手电筒照着那个窗户,看不出有什么异样,他说道:你眼花了吧。

小刑警说:师傅,我真不敢进,要不,您进去看看得了,没事的话,咱就赶紧回去。

老刑警说:你小子别和我耍花样,还能让师傅打头阵啊,年轻人得多历练一下,当警察胆小可不行。

小刑警只好硬着头皮,抱着柱子爬到走廊顶上。走廊上方架着很多竹竿,蔓延着一些干枯的葡萄藤。如果在夏天,这条走廊是绿色的,会有成熟的葡萄低垂下来。小刑警在上面踩着竹竿前进,老刑警在下面用手电筒照着,提醒他小心。小刑警行至走廊尽头,伸手拉开窗户,一股怪味扑鼻而来。窗户后有窗帘,看不到里面的情况。小刑警骑虎难下,只好给自己壮胆,他把手电筒放进口袋,双手扳着窗台,纵身一跃,从窗口爬了进去。

小刑警觉得自己的脚踩到了什么东西,他站在那里,不敢动了。

老刑警在楼下喊道:有情况吗?

房间里漆黑一片,小刑警从口袋里拿出手电筒,另一只手慢慢地拨开窗帘,他看到白裙子的一角,手禁不住哆嗦起来,这窗帘后面莫非站着一个白裙子的女人?

小刑警越想越害怕,隐隐约约觉得有个穿白裙子的女人吊死在窗前,或者窗帘后有个白衣女鬼,他的手直打战,手电筒不小心掉在了地上。

老刑警看到灯光灭了,焦急地询问他怎么了。

小刑警捡起手电筒,横下心将窗帘拉开,他看到这是一个狭小的杂物间,窗帘后有个衣架,上面挂着一件白裙子,裙角随风飘动。

虚惊一场,小刑警出了一身冷汗,他定了定神,对楼下的老刑警说没事。

他握着手电筒,手里黏糊糊的,以为是自己出的汗,小心翼翼上前走了一步,感觉自己的脚陷了进去,就像踩在了豆腐上面。

他用手电筒向地面一照,禁不住浑身哆嗦,啊——小刑警大声惊叫起来!

房间地面上凝固的鲜血就跟豆腐似的,踩上去,犹如陷在红色的泥浆里。

小刑警即使没有侦破经验,也意识到这么多鲜血至少得是好几个人身体里流出来的。手电筒刚才就是掉进了凝结的血块中,小刑警手上黏糊糊、滑腻腻的全是血。

老刑警爬进窗户,当即向局里汇报情况,法医和一队刑警赶来了。

经过初步勘验，房间地面上是人类的血液，死者至少有六人，而林家户口簿上只有四口人。

房间里没有尸体，这栋楼也很久没有人租住了。

人的血液总量大约是体重的8%。比方说，一个人体重50公斤，血液有4公斤，6个人就是25公斤血液。这个狭小堆满杂物的房间里，至少有25公斤人血，凝结成豆腐状。

法医像卖豆腐的小贩那样，用一把脏器刀，从地面上挖出一块四四方方的人血豆腐，然后托在掌心仔细观察，凝固的血块颤悠悠、沉甸甸的。6个人的血液混合在一起，在狭小的房间地面上凝结成了豆腐。

小刑警说：这么多人血是从哪来的？

老刑警说：一起特大凶杀案！

法医说：凶手弄这么多人血想干吗？

第三十二章
幽灵汽车

公安部是我国公安工作的最高主管部门,每天都接到各地发生的一些大案要案的汇报。

特案组办公室位于公安部刑事侦查局,由副部长白景玉直接负责,特案组接手的都是社会影响极其恶劣的特大凶杀案、特殊凶杀案,每一宗都是惊天动地的案子!

梁教授看着刚刚呈送来的案卷,现场的血液之多令人感到震惊。
梁教授说:这个凶手,不仅杀人,还有放血的变态嗜好啊……
白景玉说:我想起两个杀人恶魔,陈友锋和黄涌。

陈友锋自制分尸台杀人放血,他用电焊机焊制了一个分尸台,台子一端有个金属盆。陈友锋杀人时，用刀割破被害人的颈部血管，对着金属盆放血。此人作案手段异常残忍，从最初的简单分尸，到最后放血剔除受害人骨肉，他先后杀害10人，2004年被执行枪决。

黄涌"智能木马"连环杀人案震惊全国，这个瘦弱萎靡的青年杀死17人，在网上流传的悍匪排行榜上位列第十六。黄涌杀人只为取乐，没有别的犯罪动机，他将家中面条机改装为杀人器械，取名为"智能木马"。黄涌从网吧将受害人骗至家中，以过"智能木马"测试关为由，将受害人捆绑在"智能木马"上，勒死之前，该犯有过放血行为。最后一名受害人侥幸脱险，四天之内，黄涌杀了他五次，用注射针对着受害人的脖子和肚子乱扎，扎一次就出一次血。最后，黄涌突然心软，将其放走，惊天大案浮出水面。

梁教授说：不对劲儿啊，法医报告是不是弄错了？

包斩看了下法医报告和现场照片，说道：当地法医物证实验室对血液样本进行了检测，他们认为，死者至少有六人，可是却只检测出四个人的DNA，另外两个人难道是凭空出现的？

梁教授说：这个案子挺诡异的。

包斩说：打电话报案的那人居然没找到。

白景玉说：一个公用电话亭，报案人没有留下任何联系信息。

苏眉说：小包，给姐看看。

苏眉从包斩手里拿过现场照片，那些触目惊心的红色让人反胃，林家宅房间地面上的血液没过脚踝，然后凝固成人血豆腐，勘验的警察在上面踩出了很多坑，人血豆腐的表面已经泛黑，非常平滑，下面还是鲜艳的樱桃红。

苏眉捂着嘴巴，恶心地说道：我从来不吃豆腐，可是，以后怎么吃酱牛肉啊。

画龙走过来，揽住苏眉的小蛮腰，说道：小眉，今天怎么这么大方，你要请吃饭啊?

苏眉翻了个白眼儿,正色说道:手,拿开。

画龙笑呵呵地放开手,耸了耸肩膀。

苏眉故意当着大家的面,两只手揽住包斩的脖子,用一种迷离的眼神看着他。

苏眉吐气如兰,柔声问道:小包弟弟,如果你没穿防弹衣,你还会为我挡子弹吗?

包斩有些不好意思,支支吾吾说不出话,脸红了。

画龙说:小眉,你怎么不问我这个问题?

苏眉瞪了画龙一眼,扑哧笑了。

特案组赶往机场,因为案发地天气状况恶劣,他们所在的航班被迫延误两个多小时,最终改降到邻近的机场,此时已是晚上10点,天空淅淅沥沥下着小雨。特案组四人满腹牢骚,但又无可奈何。画龙在飞机上已经和空乘人员吵了一架,看到当地公安单位没有安排接机车辆,禁不住破口大骂:他妈的,难道咱们要打出租车?

梁教授说:发火也没用,他们应该在另一个机场等咱们呢。

苏眉拿起手机说:我让他们现在就派车过来。

包斩说:两个城市离得挺远,我倒是有个办法,咱们开车过去。

画龙问道:车在哪儿?

特案组在机场公安分局借了一辆车,借车时发生了一段小插曲。特案组名震警界,机场分局领导不认识他们,也不相信特案组会来借车,甚至开玩笑说"你们要是特案组,我就是白景玉"。特案组证实自己的身份后,分局领导态度好转,一些警员纷纷要求合影留念,索要签名。

画龙开车，驶向高速公路，雨越下越大了。

夜幕中电闪雷鸣，在这种恶劣天气里，公路上车辆稀少，开出很远也没有遇到一辆车，只有潮湿的空气和泥土的腥气从车窗外飘进来。

苏眉关紧车窗说：你们，听说过幽灵车吗？

梁教授闭目养神，包斩摇头说没有。

画龙说道：我听说过幽灵船。

这个世界上，不仅有幽灵船，还有幽灵车。

幽灵船是无法解释的鬼魅一样的船只，它们通常是失踪或已沉没的船只，但又再次出现。最著名的幽灵船当属"漂泊的荷兰人"，这艘船在17世纪沉没，几百年来不断被目击、报道，有人声称这艘船如幽灵般出现，尾随其他船只，然后突然消失。

除了幽灵船，还有幽灵车。据说，广深高速公路有个车祸频发的路段，有人在午夜碰到过没人驾驶但在前行的汽车。这些车辆非常诡异，完全没有声音，就像一个影子似的擦肩而过。很多人说，因车祸而死去的司机在深夜驾车回家，惨遭横祸的乘客也会在夜里搭乘顺路车辆，鬼搭车的故事广为流传。

画龙不以为然地说：我开车这么久了，一次也没看到过幽灵车，也没有鬼搭过我的车。

苏眉说：画龙哥哥，快闭嘴，我听说，只有快死的人才能看到幽灵车。

前方有一座桥，路边竖着交警部门的提示牌，提醒过往司机此处为车祸多发路段。桥下积水，落了一些枯枝败叶，画龙减慢车速，开过水洼，上桥后，迎面驶来一辆小货车。车灯晃眼，画龙长按喇叭，提醒来车注意，那小货车却不避让，依旧在路中间行驶。画龙急打方向盘，两车交会时，大家看了一下小货车的驾驶室，不由得目瞪口呆——驾驶室内空无一人！

画龙踩住刹车，因为路面湿滑，车缓行了一段距离才熄火停了下来。

大家面面相觑，一阵寒意从心底升起，简直不敢相信自己的眼睛。这究竟是怎么回事，如果是错觉，不可能每个人都看花了眼。苏眉刚刚讲过幽灵车，现在他们就遇见了一辆。特案组四人不由自主地回头看，那辆小货车不紧不慢地行驶着，尽管无人操纵方向盘，汽车还是平稳地下了桥，从视线中消失了。

公路上没有过往车辆，更没有行人，只有雨声哗哗和雷声滚滚。

梁教授说：追上去看看。

包斩说：见鬼了。

苏眉害怕地说：那是幽灵车，不要追啊。

画龙说：我可不信邪。

画龙发动汽车，掉转车头，立即追赶那辆无人驾驶的小货车。令人难以置信的是，他们追出很远，并没有看到那辆车，公路两边也没有岔道，那辆小货车竟然踪影全无。

遇上一辆无人驾驶的车是一件多么诡异的事，更奇怪的是这车竟然凭空消失了。

梁教授要画龙原路返回，注意观察路边，最终在桥下的壕沟里发现了侧翻的车辆。司机正在痛苦呻吟，大家七手八脚地将他从驾驶室拖出来。原来，小货车里并不是没有司机。司机遇到了一件毛骨悚然的事情。他开的是一辆双排座小货车，驾驶室里只有他自己，上桥时，司机突然听到背后传来一声怪异的问候：你好。

司机头皮发麻，吓了一跳。

声音非常清晰，近在咫尺，司机怯怯地回头一看，身后并没有人。这时，画龙的车迎面驶来，车灯耀眼，司机心慌意乱，心里有种不祥的预感。突然间，他觉得有一只手搭在了他的肩头，他吓得汗毛直立，从驾驶座上跌落下来，小货车惯性向前行驶，侧翻进桥下的壕沟。

这也是特案组看到无人驾驶的车以及没有追上这车的原因。

壕沟里有水，司机只受了轻伤，特案组帮忙联系了交警，拨打了急救电话，就上车离开了。

大家一言不发，对于司机说的"鬼搭车"灵异事件不予置评。车辆在行驶过程中，怎么可能有人上车，如果不是人，又是什么东西？有些事情，根本找不到合理的解释。那名司机并没有喝酒，看上去老实厚道，不像是撒谎。到了高速公路出口，收费站工作人员好心提醒画龙开车小心，说他们经过的那座桥，每逢雨雪和大雾天气，都会发生追尾伤亡事故。

进城后，苏眉电话告知当地警方，特案组会直接前往武宁路派出所。

武宁路派出所距离林家宅不远，同在一条街上，特案组的汽车驶过林家宅时，大家禁不住透过车窗打量着这栋旧楼，他们已经从卷宗中了解到这里就是案发地点。外面风雨交加，一道闪电划过，这栋老楼更显得阴森恐怖，大家突然看到楼里亮了一下，有光闪过窗户。

林家旧宅多年前发生过一起凶杀案，案件虽然告破，但是涉案的人头下落不明。

几天前，一个神秘人报案，警方在这栋楼里发现了大量凝结的人血，没有找到尸体。

画龙停车问道：你们看见没？

苏眉说：会不会是闪电反射在玻璃上的光？

包斩说：光是从窗户里面射出来的。

梁教授说：楼里有人！

武宁路派出所的那对刑警师徒穿着雨衣，到路口来接特案组。梁教授作出部署，不管楼里是人是鬼，立即前去查看。这栋旧楼已被警方封锁，深更半夜，出现在案发现场的人很可能就是凶手。小刑警有些害怕，询问要不要叫一队武警。画龙掏出枪，说道：妈的，我就是武警，我是武警教官，梁叔留在车上，你们跟在我后面进去。

雨声小了，一道闪电刺破黑暗，楼里传来一声凄厉的哭叫，随即被滚滚雷声淹没。

第三十三章
夜半鬼哭

雨下着，雷鸣电闪之中，这栋旧楼看上去鬼气森森。

院子里湿滑泥泞，原先紧闭的楼门竟然虚掩着，不知道被谁打开了。走到门口，画龙挥手示意大家停止前进，他警惕地说：什么声音？

后面的小刑警说：对不起，是我的牙齿打战的声音。

老刑警说：别怕，你跟在我后面。

小刑警说：不是啊，师傅，我淋雨了，有点儿冷。

包斩和苏眉忍住笑，小刑警乖乖地跟在师傅后面，大家进门后，仔细观察。一楼厅堂空荡荡的，湿气很重，水泥地面凹凸不平，有些地方鼓起了包，墙上的白灰落下不少，门上的漆皮卷成了奇怪的形状。检查后发现，一楼的房间已经尘封，窗上布满蛛网，地上落满灰尘，没有脚印，看来已很久无人居住了。

楼上隐隐约约传来奔跑的脚步声，大家屏声静气，准备从楼梯鱼贯而上，但是木质楼梯有几处已经朽坏，大家的体重可能会使楼梯坍塌，画龙让大家一个一个上去。

上到二楼，大家看到走廊里静悄悄的，连个人影儿都没有。一侧有几个房间，房门都紧闭着，另一侧是墙，走廊上竟然撒了一些古怪的冥钱。

走廊尽头是杂物间，在那个房间里发现了大量凝结成豆腐状的人血，警方贴的封条现在已经被撕了下来。

尽头上方有一个方形的孔，墙上嵌着一道铁质梯子，可以爬到阁楼上面。

画龙打手势，示意大家分成两个小组，老刑警和小刑警检查楼梯左边的两个房间，特案组三人检查右边的，大家呈包抄之势，不管这楼里是人是鬼都插翅难逃。

老刑警打开一扇房门，里面只有一些乱七八糟的垃圾。

又打开一扇门，房间里堆满了破烂不堪的家具，小刑警战战兢兢跟在老刑警身后走进去，老刑警仔细检查房间里是否藏着人。

画龙三人也检查了一个房间，没有发现异常情况，他们打算检查最后那个杂物间。

包斩注意到，杂物间门框贴墙的缝隙里，竟然塞了一些花白的头发。他知道，有些老人梳头时掉落的头发，会被收集起来，塞到墙缝里。

小刑警第一次爬进这楼里的时候，被窗帘后的白裙子吓了一跳，所以对窗帘特别敏感，他进入房间，第一眼看到窗帘后似乎站着一个人。小刑警害怕地用手指捅了捅老刑警，老刑警镇定地用电警棍撩开窗帘，后面没有人，地上只有一双鞋子。

墙边有几个组合衣柜,老刑警猛地把衣柜门打开,里面赫然站着一个红发怪人。

旁边的衣柜门也被推开,从里面又跑出来两个怪人。

老刑警和小刑警,还有那三个怪人,大家看到对方后,都吓得惊声尖叫起来!

画龙、包斩和苏眉闻声赶来,大吃一惊,那三个怪人抱头想跑,画龙堵住门举起枪,三个怪人像无头苍蝇似的,纷纷找地方躲藏。

场面一片混乱,小刑警吓得哇哇直叫,紧挨着师傅;苏眉也有些害怕,抱住包斩的胳膊;画龙犹豫着要不要开枪;一个怪人拿着个三条腿的圆凳不停地向前挥动,另外两个怪人纷纷拿起杂物准备自卫。

画龙大喝一声:干什么的?

红发怪人用颤抖的声音问道:你们是谁?

画龙说:警察,别动。

苏眉看清楚了,喊道:他们是杀马特!

杀马特是非主流中的非主流,一群脑残少年,每个城市都有杀马特。

杀马特穿着奇装异服,头发五颜六色,无论男女都化着很浓的妆,身上还有各种稀奇古怪的饰品,例如骷髅、锁链等,大多是地摊儿货。他们的发型就像是先用胶水洗头,再用鞭炮炸,最后浇上五颜六色的油漆定型。他们是一群只有初中学历的少年,退学少年不一定是杀马特,但是杀马特一定是退学少年。

他们眼中的自己:一个集潮流、视觉、非主流为一体的群体,思想前卫,巨帅无比。

我们眼中的他们：怪物。

他们眼中的我们：农民。

白天，在街上看见杀马特少年就已经让人非常吃惊，晚上，在一栋发生过凶杀案的老宅子里遇到三个杀马特，绝对令人惊恐万分。所以，就连经验丰富的老刑警也吓得大叫起来。

这三个杀马特少年，两男一女，他们以贴吧ID互相称呼，去掉名字前面繁体的杀马特字样，他们是：考拉、落鸾、长岛冰茶。

长岛冰茶是个女孩，考拉和落鸾是她的男朋友。

两个男孩共同拥有一个女友。研究伦理和情感的专家很难作出解释，在杀马特这个特立独行的群体中，两男一女的恋爱怎样和谐相处，他们的性观念开放到了什么程度？

那天晚上，这三个杀马特少年寻求刺激，正好来鬼宅探险，他们听到了奇怪的哭声和歌声。后来，画龙等人上楼，他们出于害怕就躲在了衣柜里。

考拉说：哥就是来这玩儿的，让开门，我们走。

落鸾说：快点儿，都告诉你们了，警察了不起吗？这楼里有鬼，可不是我们。

他们的女友长岛冰茶说：真的有鬼哦，我听到鬼哭，还有鬼唱歌。

画龙说：少胡说八道，哪有鬼？

长岛冰茶说：鬼啊神马的（网络语：鬼啊什么的），还是会有的吧。

这时，楼里隐隐约约传来哭声，夹杂着凄厉的叫声，就像猫在惨叫。随后，万籁俱寂，这栋凶宅里有个女孩开始唱歌，是那种低声吟唱，幽幽的声音。

大家不寒而栗，起了一身鸡皮疙瘩，侧耳倾听，歌词如下：

妹妹背着洋娃娃，走到花园去看樱花。
娃娃哭了叫妈妈，树上的小鸟在笑哈哈。
娃娃啊娃娃，为什么哭呢，是不是想起了妈妈的话。
娃娃啊娃娃，不要再哭啦，有什么心事就对我说吧。
从前我也有个家，还有亲爱的爸爸妈妈。
有天，爸爸喝醉了，捡起了斧头走向妈妈。
爸爸啊爸爸，砍了很多下，红色的血啊，染红了墙。
妈妈的头啊滚到床底下，她的眼睛啊，还望着我哪。
然后啊，爸爸叫我帮帮他，我们把妈妈埋在树下。
然后啊，爸爸举起斧头了，剥开我的皮做成了娃娃。

大家走到走廊上，杂物间的门不知道什么时候开了，走廊尽头站着两个东西，模模糊糊看着像人。他们的眼睛发出荧光，一个人穿着肥大的斗篷，手里握着一把长长的镰刀；另一个人面色青白，露着两颗獠牙，手里拖着一条锁链。

他们哭叫着，唱着歌，缓缓地向画龙等人走来。

三个杀马特少年惊喊道：鬼啊，快跑。

小刑警、老刑警以及三个杀马特少年拔腿就跑，楼梯发出吱吱呀呀的响声，不堪重负，随时都会倒塌，五个人惊叫着又退了回来。

苏眉本来也想跑，看到这种情况，只好躲在画龙和包斩身后。

画龙有些心慌，举枪的手微微颤抖。

包斩提醒道：别开枪，他们是人。

那两个人越走越近，还伸出手做出掐人的姿势，三个杀马特少年吓得直往后退，画龙一记威猛的侧踹，踢飞一个，紧接着，一记右勾拳，重重地打在另一个人的脸上。

那人倒向墙壁，挣扎着站起来，他痛得直叫。

画龙又是一阵拳打脚踢，包斩上前将他拉住。

那两个人都戴着面具，摘下面具后，挨了拳头的那个人受了伤，脸上流的却不是血，而是一种白色的液体。

三个杀马特认出了这两个人，喊道：巫行云，洛神。

巫行云和洛神是他们的朋友。

三个杀马特少年探访鬼宅，另外两个朋友偷偷地去吓唬他们。

两个朋友，一个扮成死神，穿着雨衣，拿着长镰刀；另一个扮成吸血鬼，红眼獠牙。他们晚上刚参加完动漫展会的Costume（服装秀），还穿着动漫人物的服装，看上去就像从动漫片子里走出来的一样。他们事先买了夜光美瞳，这种隐形眼镜戴上后，眼睛在夜色中会发出幽蓝色的光，獠牙也是一种牙套。他们的本意是想吓唬朋友，却被画龙狠狠地揍了一顿。

五个杀马特少年，七嘴八舌，大声争吵起来。

巫行云是个女孩，刚才被画龙一脚踹飞，她呻吟着说道：混蛋，你们一伙的啊？

长岛冰茶说：不是啦，姐姐，他们是警察，你没看到那两位雨衣里面穿着警服哦。

落鸢说：老子被你们两个混蛋吓死了。

考拉说：警察就可以打我朋友吗？看我手势。他两手做成枪状，向地面指，一脸的挑衅。

洛神说道：他妈的，我的痘痘破了。

画龙骂道：熊孩子，装神弄鬼，把他们都铐起来。

苏眉说：挨揍是轻的，你们像什么样子，你们看到自己的同类也会害怕啊？

包斩说：幸好没开枪。

老刑警和小刑警给五个杀马特少年戴上手铐，打算把他们带回去审问清楚。

临走前，画龙又检查了一遍，杂物间没有什么异常，地面的人血豆腐已经被勘验的警察当作物证运走了。两个扮成死神和吸血鬼的少年就是躲藏在这里，准备吓唬同伴，他们不知道这个房间有多么恐怖骇人。

包斩想起，还有阁楼尚未检查。他爬上梯子，看了一下，阁楼年久失修，有些漏雨，正滴滴答答落着雨水，角落里有几个花盆，栽种的植物早已死掉，只有一株铁树长势旺盛。

包斩对画龙和苏眉说：阁楼里没有人。

下了梯子，阁楼里突然传来一声极其诡异的问候：你好！

第三十四章
骷髅说话

包斩一向细心沉着,他确信自己不会看错——阁楼里没有人。

这句来自阁楼的问候让他大惊失色,脸色都变了。画龙也听到了声音,感觉很古怪,不像是人类的声音。苏眉不寒而栗,浑身发抖,她想到的是——特案组来时,公路上发生了鬼搭车灵异事件,那辆小货车翻了,鬼可能上了特案组的车,一路跟随着他们,来到了林家宅。

当时,小货车的司机也曾听到背后传来一声:你好。

司机被这句话吓得跌落驾驶座,车也翻进了桥下的壕沟。

包斩、画龙、苏眉三人再次上到阁楼,因为漏雨,地面上很潮湿,没有脚印。

苏眉拍照,闪光灯亮起的一瞬间,似乎看到角落里站着个人影,然而那里只有一盆铁树。

陶瓷花盆已经龟裂，年代久远，失去了原有的光泽，不知道放置在阁楼上多久了，盆口处用铁丝勒了一圈，防止其碎裂。包斩上前检查，搬动铁树时，花盆裂开了，摔在地上。

大家看到，铁树的根部包裹着一个球状物体，去掉泥土，赫然发现，白色的根系密密缠绕着一个骷髅头！

三个人不由得心惊胆战，骷髅头的嘴巴张着，他们刚才听到的那句"你好"似乎就来自这骷髅的嘴巴。

回到武宁路派出所之后，老刑警挨个儿审问五个杀马特少年，他们只是去鬼宅探险，寻求刺激，对楼里的血案一无所知。派出所让他们留下联系方式，批评教育一顿就放走了。

梁教授看着那个骷髅头，沉思不语。

头骨裹在泥中，色泽暗淡，目测判断在土里埋了很多年。

1983年，林家宅发生过一起凶杀案，死者的头颅当时并未找到，凶手是个精神病患者，很可能将人头埋在了花盆里，自己却忘记了此事。

多年前的那起无头命案是否和现在的血案有关联呢？

他们听到的那句"你好"，真的是来自另一个世界的问候吗？

梁教授说：小包，画龙，小眉，你们还能记起那声音吗？

包斩说：我忘不了。

画龙说：是啊，那声音太古怪了。

苏眉说：我现在还害怕呢，听到身后有人说你好，回头却看不到人。

梁教授说：现在也夜深人静了，明天，我要报案人的录音，你们仔细听一下，报案人和阁楼里的声音是否相似。

老刑警说：报案人没找到，他是在一个公用电话亭拨打的110报警电话。

小刑警说：电话亭我去看过，周边也没有监控。

公用电话亭被冷落在街边，随着手机的普及，现在使用公用电话的人越来越少了。那个电话亭位于一条偏僻街道的路边，附近有网吧和电脑维修店，也许它是这个城市最后一个公用电话亭，现在还可以使用，过段时间就会被拆除，取而代之的是一个报摊。

电话亭一般处于闲置状态，话筒无声，显示屏损坏，按键凹陷。

街头的公用电话亭现在只剩下两个作用：一、张贴牛皮癣广告；二、避雨，成为一场恋情的开始。

除此之外，还有一个很少有人知晓的用途：报警。

打110是免费的，而且，这种IC卡公用电话不用插卡，拿起话筒即可拨通110电话。

那天夜里，有人用公用电话报警，声称自己杀了人，然后留下了林家老宅的地址。

这个神秘人应该就是知情者。

梁教授说：电话亭，包括阁楼里发现的人头，都不是咱们的侦破重点。

包斩说：重点还是寻找尸体，还有林家的四口人。

老刑警说：宅子的户主叫林钟华，做冬虫夏草、人参、燕窝等名贵药材生意，祖籍河北，常年奔波于港台和内地，有多处房产，目前可能在台湾，一时联系不上。

画龙说：林家老宅也好久没人租住了。

苏眉说：法医认为，死者至少有六人，可是只检测出了四个人的DNA，另外两个人是谁？

小刑警说：我有一种预感，林家户口簿上的四口人很可能被害了，这是我们找不到他们的原因。另外两个人可能是凶手，凶手也被杀了，也许是被鬼杀死的，那栋楼太邪乎了。

老刑警说：你懂什么啊，特案组在这里，你也敢瞎猜，真是班门弄斧。人家特案组破获大案的时候，你还在妈妈怀里吃奶呢，还鬼啊神啊的，吓得发抖的人是你吧，真给警察丢脸。

大家都笑起来，派出所墙上的电子钟指向深夜1点，老刑警打着哈欠去睡觉了。房间里只剩下特案组四人，小刑警似乎在犹豫着什么，表现有些反常，磨磨蹭蹭不肯走，最终，他下定决心，扑通跪下了！

特案组感到很意外，苏眉说：哎哎哎，小弟弟干吗呀，你吓我一跳，怎么就跪下了？

小刑警激动地对梁教授说：我要拜师，我要拜你为师，梁教授，求你收下我吧。

包斩说：你不是有师傅了吗？

画龙说：这得算是背叛师门吧，而且，梁叔已经有徒弟了，小包就是。

小刑警开始求梁教授收他为徒，喊包斩为师兄，包斩和梁教授哭笑不得。

苏眉笑着对梁教授说：梁叔，你就收下他吧，我看这小弟弟挺诚心的，就是有点儿胆小。

梁教授拿出一张照片，漫不经心地说：想要我收你为徒，可以，你去把这个圆凳拿来。

照片是苏眉拍摄的，照片上的圆凳是林家宅的旧家具，一个杀马特少年曾拿着这个圆凳自卫。小刑警面有惧色，他本来就非常胆小，现在要他孤身一人再次前往那栋闹鬼的老宅去拿这个圆凳，心里一百个不愿意，但是他知道，这是梁教授对他的考验，想要他知难而退。他咬了咬牙，鼓起勇气说：我去。说完后，小刑警就后悔了，心里直打退堂鼓，深更半夜去那鬼气森森的老宅，真是一件要命的事。

苏眉吓唬他：小弟弟，那楼里有鬼，还是别去啦。

小刑警刚刚参加工作，局里不会给他配枪，他默默地把警棍、手电筒、手铐等挂在身上，外面雷声大作，他为了拜梁教授为师，硬着头皮走进了雨中。

一个小时后，小刑警回来了。

他冲进派出所，不知道是累的还是吓的，特别狼狈，看来他是一路跑回来的，还摔了几个跟头。

他把带回来的圆凳放在地上，气喘吁吁地说：我……我又遇到鬼了！

小刑警为了拜师，壮着胆子再次来到林家旧宅。上楼以后，他提心吊胆地走进那个放置旧家具的房间，心里只想拿了凳子赶紧离开。可是，空无一人的房间里，隐隐约约有些声响，小刑警侧耳倾听，房间里竟然传来一阵拉窗帘的声音，可是，那窗帘却一动不动。小刑警吓得脸色煞白，拿起圆凳就跑，在门口还踢飞了一双鞋，下楼时摔了一跤，直接从楼梯上滚了下去。

小刑警惊魂未定，简单地说了一下闹鬼的事，大家都不以为意，胆小者常常产生幻觉。

小刑警对梁教授喊了声师傅，又想下跪。

梁教授谦虚地说：其实，我教不了你什么，特案组是一个团队，我只是其中的一员。

小刑警着急地说：师傅，我把凳子都拿来了，您不能说话不算话啊。

梁教授笑了笑，说道：你愿意拜特案组为师吗？

小刑警愣了一下，惊喜地说道：太好了。

画龙说：这小兄弟让我想起蔷薇杀手案中的小布丁。

小刑警说：画龙师傅，我要跟你学散打。

苏眉说：乖徒儿，你对计算机技术感兴趣吗？我可以把你培训成黑客高手。

小刑警说：我，我，我想破大案，亲手抓住杀人凶手。

特案组名震警界，小刑警一下多了四个师傅，心里非常欢喜。梁教授看着那个圆凳，他并不仅仅是为了考验小刑警的胆量，而是觉得这个圆凳隐含着一些信息。这种三条腿的木质圆凳现在并不多见，是多年前流行的样式，房间里放置的全是老式家具。这所老宅子，因为多年前发生过一起凶杀案，所以长期无人租住，房子里留下了很多老家具。

包斩突然想到什么，问小刑警：你在门口踢到了一双鞋？

小刑警说：是啊，包师傅，门口有双鞋。

梁教授拿起照片，苏眉拍摄的刑事现场照片非常专业，影像清晰，整个现场环境都收入画面中。照片中，门口的位置并没有鞋子。那双鞋本来是放在窗帘后面的，特案组离开后，那双鞋不知为何出现在了门口。

很显然，那栋老宅子里又发生了什么诡异的事情。

武宁路派出所的值班民警都被紧急集合起来，画龙带队，立即出发。小刑警的恐惧感消失了，他很兴奋，觉得自己立了大功。一行人再次前往林家凶宅，民警在林家宅当场逮住一个人，那人正在翻找着什么东西，画龙认出来，他就是五个杀马特少年中的一个：落鸢。

老刑警审问过五个杀马特少年，他们只是去林家凶宅探险，所以就将他们放走了。

五个杀马特少年离开派出所之后，落鸢并没有回家，而是独自一人又去了林家凶宅。

特案组以及老刑警和小刑警对落鸢进行了审讯，强光灯照在他的脸上，他显得惊慌失措。

老刑警说：为什么不回家，那楼里有啥吸引你的地方？

落鸢坐在审讯椅上，不敢直视众人，低着头不说话。

画龙猛地一拍桌子，问道：熊孩子，你在那里找什么东西？

落鸢吓了一跳，满头大汗，支支吾吾说：警察叔叔，我……

苏眉说：你胆子可真大，一个人也敢去。

包斩说：你在林家宅住过，是不是？

落鸢说：没，没有。

梁教授拿起林家宅花盆里发现的那个骷髅头放在桌上，问道：你，是不是在找这个？

落鸢看了一眼那骷髅头，眼神非常怪异，充满忐忑和畏缩。他低下头，突然哭了。

第三十五章
尸首百年

报警电话是落鸢打的,这个杀马特少年在公用电话亭里,捂着嘴巴对警方说自己杀了人。

警方对他进行了声纹鉴定,声纹和指纹一样,每个人都不相同,具有独一无二的特点。在一些涉及电话的绑架和勒索案件中,声纹鉴定尤其重要。

案情有了突破性进展,落鸢上升为犯罪嫌疑人,警方很难相信,这个留着怪异发型穿着奇装异服的杀马特少年会是个杀人放血的恶魔。

警方给落鸢戴上了手铐和脚镣,经过几番审讯,这个少年交代了实情。

多年前,林家老宅发生过一起凶杀案。楼上和楼下各租住着一户人家,楼上一个中年男子患有精神疾病,常年被锁在阁楼里,半夜里时常唱歌,大哭大叫。清明节那天，两户人家都去扫墓了，楼下的一个小女孩闲来无事，跑到楼上去玩。

阁楼里传来声音，有个人对小女孩说：你好。

小女孩打开阁楼的锁，一个脸色苍白的中年男人出来了……

小女孩被害的时候不到14岁，走廊里喷溅了很多血，尸体惨不忍睹，脑袋不见了。参与当时破案的老刑警记忆犹新，那个中年男子徒手虐尸，发了疯似的用双手撕扯、抓挠着无头女尸。当时正值1983年严打，中年男子很快就被枪毙了，因为警力严重不足，丢失的人头下落不明，警方也没有仔细搜寻。这么多年来，小女孩的头颅一直藏在这栋老宅里。

此后几年，林家宅陆续有几户人家租住，那些旧家具就是当时遗留下来的。因为这栋老宅闹鬼，后来就无人居住了。

凶案发生后，小女孩的父母搬离了林家宅，夫妇两人又生了一个男孩。

这个男孩就是落鸢，遇害的那个女孩是他姐姐。

这个少年常常做一个同样的梦，不管梦是什么千奇百怪的内容，结局肯定是梦到自己跳楼，但每次都能在落地之前惊醒。后来，他发现自己醒得越来越迟了，最终，他以为自己在梦里会被摔死，可是落地时，发现地上有个黑洞。他在以后的梦中，继续向地洞坠落，有一天，他落到洞底，看见了一具尸体。

尸体非常怪异，身体是一个小女孩的，脑袋是他的。

落鸢吓得毛骨悚然，一头大汗从梦中醒来。父母听说此事，告知他还有个姐姐，多年前被害，只是头颅尚未找到。

落鸢想，只有找到姐姐的头颅，才能结束自己的噩梦。

他一个人去了林家老宅，院里荒草萋萋，楼里寂静无声，他们家多年前曾在这里租住。

他站在走廊里，想象着姐姐被杀害时的惨象，他走进房间，看着那些老式家具，心里想着姐姐的头会在哪里。

　　旧沙发、破床垫、衣柜里面？

　　还是地板下面？

　　或者埋在院里的树下？

　　落鸢抱起一个坏的黑白电视机，摇晃几下，里面发出声响，他拆开看，电视机里没有姐姐的头骨。他推开走廊尽头的那个杂物间，地面满是鲜血，他吓坏了。离开林家老宅后，落鸢打电话报警，声称自己杀了人，其实他是希望借助警方的力量找到姐姐的头颅。后来，落鸢又以探险为借口，鼓动朋友一起前往这所老宅。这个脸色苍白的少年一直深受噩梦的折磨，他偏执地认为，只有找到姐姐的头颅，才能彻底摆脱折磨。

　　警方对落鸢的话半信半疑，将他暂时拘留，再次审讯时，他对特案组说：昨晚，我又做梦了，这一次，我还是跳楼，地上还是有个洞，可是洞里面的尸体不见了。

　　落鸢要求警方归还他姐姐的头骨，特案组从直觉上认为，这个颓废的少年应该和人血豆腐案无关，唯一的嫌疑人可能只是为了寻找姐姐的头颅，从证据链上很难证明他杀了人。

　　侦破重点再次转向寻找林家宅的户主林钟华，此人做名贵药材生意，常年奔波于港台和内地，有多处房产。一位知情人士称，林钟华与父母断绝了关系，多年来从不来往，此人数月前携家眷去了台湾，投资中药材加工生意。

　　苏眉打开电脑，登录公安部内网，利用自己编写的一个搜索引擎，尽可能地搜集林家四口人的信息，然后远程调取了他们的户籍照片、学历档案、出入境记录、银行开户资料等。

小刑警对苏眉说：苏师傅，你太牛了，在派出所光明正大地干着违法的事，您这是在入侵银行吗？

苏眉瞪了他一眼，说道：你给我死一边去，什么破徒弟啊，哪有这么说师傅的？

画龙走过来，照着小刑警的脑袋上扇了一巴掌，说道：喊什么师傅，你得喊师娘。

小刑警摸着头，问苏眉：啊，画龙师父，包师父，梁教授，哪个是你老公啊？

画龙和苏眉都扑哧笑了，就连坐在一边看审讯笔录的梁教授也忍俊不禁。包斩走进来，告诉梁教授，又有了一条新线索。林钟华曾委托一个中介公司想要卖掉林家老宅，已经与一个买主谈好了价钱。

梁教授召集武宁路派出所的警员，分配部署任务。

包斩、画龙、苏眉三人负责对中介公司进行调查，找到买主，获取和此案有关的信息。

老刑警带一队警察去林钟华的岳父母家展开跨省调查，从外围摸清他的婚姻状况。

小刑警带一组民警远赴林钟华的原籍老家，尽管林钟华与父母断绝了来往，但也要摸排核实。

对有些公安机关来说，跨省办案难度较大，需要协调的事情比较多，尤其是武宁路派出所这样的基层机构，无论是经费还是警力都捉襟见肘。出发前，领导对老刑警和小刑警一再叮嘱，办案经费有限，尽量省点儿花钱，能在车里睡觉，就不要住宾馆，吃饭时也尽量节俭一些……

几天后，老刑警带的那一队警察无功而返。

小刑警驱车千里，奔赴林钟华的祖籍——河北，在当地警方协助下，费尽周折，他们找到了林钟华的老家。

很快，小刑警在电话里兴奋地向特案组汇报说：师傅，逮住了，我亲手逮住的。

画龙问道：逮住谁了？

小刑警说：林钟华他爹。

梁教授问：林钟华呢？

小刑警说：死了，一家四口都死了。

包斩说：林钟华他爹杀的？

小刑警说：不是。

苏眉说：尸体在哪里？

小刑警说：他们打算埋到祖坟里。

四具尸体都在林父家里，经过审讯，此案的来龙去脉终于水落石出。

其实，在这个人血豆腐案子里，没有凶手。

警方很快查明，数月前，林钟华带着老婆和两个儿子去了台湾，投资中药材加工生意，因遭人诈骗，血本无归。他又回到大陆，想要追回几笔欠款，但是欠款者都身陷三角债纠纷，无力偿还，其中一个欠款者只给了他一辆旧车用来抵债。

林钟华打算卖掉林家老宅，筹集资金，东山再起。

他开车前往林家老宅的时候，在路上撞到一个穿白裙子的少女。当时正值深夜，他的车速也不快，下桥时，一个穿白裙子的女孩竟然站在路中间招手搭车，慌乱之中，他误将油门当刹车，车高速撞向女孩。砰，她的身体飞起来，翻了几个跟头，啪的一声落在公路上。

林钟华停下车，惊慌地说：撞到人了啊，怎么办？

林妻回头看了一眼地上的女孩，说道：别管，咱赶紧跑，没人看见。

大儿子说：要不，报警吧？

小儿子说：我先下车看看那女的死了没。

女孩没死，奇怪的是身上也没有血迹，嘴里含糊不清地念叨着：家……回家。林家四口人商议了一下，林妻坚持要驾车逃逸，林钟华和小儿子决定将女孩送往医院抢救。途中，女孩伤势严重，死掉了。他们不知道怎么办，就把尸体拉到了林家老宅。

林钟华说：现在麻烦了，早知道跑了就好了。

林妻铁青着脸，咬牙切齿地说：让你跑，你不跑，你就是不听我的。

大儿子说：真倒霉，她站在路中间，应该负主要责任，这个女孩就是想自杀。

小儿子说：尸体拉来了，现在怎么办？

林妻斩钉截铁地说：都别说话，听我的，把她埋了。

林妻是个肥胖的女人，体重近150公斤，脾气暴躁，心如蛇蝎。她让两个儿子去远处寻找一个埋尸的地方，挖好坑，再回来搬尸体。为了避免尸体将来被发现时有人认出这女孩，林妻在老宅里找了根削尖的竹篙，想要戳烂女孩的脸。

林钟华和妻子先将尸体抬到二楼的杂物间，林妻脱掉女孩的衣服，那件白裙子随手挂在了衣架上。

面对着这具裸尸，林钟华手拿削尖的竹篙，不敢下手。

林妻不断催促，让丈夫快点儿戳烂女孩的脸，她嘴里咒骂个不停，丈夫索性扔掉竹篙，和妻子吵了起来。林妻气急败坏地说：你不戳，反正是你轧死的，和我没关系。

林钟华气愤地指着妻子说道：行，和你没关系，我去自首，咱俩离婚。

林妻拍着屁股，咆哮着说：钱哪钱哪钱哪钱哪？！离婚，得给我钱。

林钟华冷笑道：没钱，都赔了。

林妻骂道：王八蛋，你在外面养狐狸精，别以为老娘不知道。

两个人破口大骂，林妻追打林钟华，恶狠狠地抓挠他的脸。林钟华狂性大发，压抑多年的情绪爆发了，他用竹篙失手刺死妻子。两个儿子挖好坑回来后，也先后被林钟华刺死。

大兴灭门案中，李雷杀妻灭子，持刀杀害父母，祖孙三代六人被害，李雷供述称因长期家庭积怨所致。

三亚也曾发生一起灭门惨案，凶手对自己哥哥一家五口痛下杀手，最终导致四人死亡一人重伤。

地狱就在心中。

我们看到的直线只是无限大的圆圈的一部分。

我们看到的是下雨的街，看到的是雨落地时的瞬间之花，却不知道这条路不仅向前，而且向下。

林钟华自杀了。据他父亲描述，他应该是将削尖的竹篙对准自己的心窝，用力向杂物间的墙壁跑去，死得非常惨烈。林钟华自杀前，给父亲打了个电话，把事情原原本本都讲述了一遍。老父亲来收尸，用盆接了清水，洗干净儿子、儿媳、两个孙子的脸，将他们都搬上了车。

林妻身体肥胖，再加上清水稀释了杂物间地面的鲜血，所以警方误认为死者有六人。

那天晚上，有几个司机在高速公路上看到了一辆奇怪的车，车速非常慢，在公路上简直就像蜗牛一样缓缓行驶。开车的是个白发老人，目测已年过七旬，那些司机还是第一次看到这么苍老的人开车，他们的车和老人的车擦肩而过，他们不知道老人的车上载着几具尸体。

驶向一个加油站的时候，有只白鹅走上公路，老人减速，停车，等待着大白鹅迈步走过。

他儿子撞死了路上的一个女孩，随后又毁灭了一切。

老人面无表情，没有人知道他心里在想什么。他开着车，载着一家人的尸体，就像识途的老马一样，向着家的方向前行。林钟华的母亲早逝，林父住在乡下老家，尽管林钟华与父亲早已脱离了父子关系，很多年都不来往，但他生命中最后一个电话还是打给了父亲。他对父亲说的最后一句话是：对不起。

这一路上，那些颠簸，那些坎坷不平，如同一个人的一生。

老人将尸体运回乡下老家，打算葬在祖坟里。他给儿子穿好新衣服，就像小时候那样。一家人都睡在床上，老人做好了早饭，暖暖地阳光从窗外照进来，照着一把藤椅，照着老父亲苍老的满是皱纹的脸。老人喝着一碗稀饭，内心很平静，分散多年的家人终于聚首一堂，长大离家的儿子终于回到了家。

敲门声响起，有人喊道：开门，查水表。

老人行动缓慢，打开门后，几个穿着便装的警察冲了进来……

林父向警方供述了自己运尸的整个过程。

小刑警说：你要说实话，这是要负法律责任的。

林父说：我，都快80岁了，快死的人了，我说的都是真的，我就是给我孩儿收尸。

小刑警说：林钟华杀了老婆和两个儿子，那根竹篙呢，作案凶器在哪里？

林父说：车上，我孩儿杀了人后，就自杀了。那根竹篙戳得身上都是窟窿眼儿，我扔车上了。

　　小刑警说：你开车开了很久？

　　林父说：我老了，开得慢，开了两天两夜才到家。

　　小刑警说：那具无名尸在哪儿，就是被林钟华开车轧死的那女孩？

　　林父说：哪有啊，没有，我接到孩子的电话就来了，我没看见有什么无名尸。

　　林父声称，他到了林家老宅的时候，在现场没有发现因车祸致死的那女孩的尸体。

　　那具无名尸不翼而飞了！

　　警方不得不再次勘验现场，在林家凶宅的阁楼上，发现了被雨水淋湿的粪便和一片羽毛。

第八卷 （一）
胶皮人蛹

一个人往往要死两次：不再爱，不再被爱。
　　　　　　　　　　　——伏尔泰

一

　　我们大多见过飞在城市上空的动力伞，伞上往往有太阳能热水器的广告，动力伞来回在城市上空飞，制造很响的噪声，吸引人们的目光。

　　此案发生在一个县级市，一个青年驾驶着动力伞低空飞行，他飞过菜市场，飞过中心街，飞到一所实验中学上空的时候，是上午9点30分左右，学生们正在做课间操，纷纷抬头看，有的学生念伞上的广告，有的学生说会不会摔下来啊。

　　教学楼顶堆放着一些杂物，有断腿的乒乓球桌、损坏的篮球架、破旧的课桌板凳等。

　　驾驶动力伞的青年看到杂物堆里吊着一个巨大的球状物体，看上去像一个大马蜂窝，他感到有些怪异，故意在教学楼上空盘旋了几圈，终于看清楚了……

　　他看到了自己一生中最难以置信的一幕，那球状物体是一具尸体。

第三十六章
球状尸体

白景玉携特案组正在省城参加国际刑警组织主办的一个研讨会，国际刑警组织计划在全球范围内掀起一场打击儿童色情犯罪的行动，各成员国均派代表参加。

白景玉接到汇报，对特案组简明扼要地说了一下情况。这是一起发生在中学校园的"胶皮人蛹"案，社会影响极其恶劣，案情重大，刻不容缓，特案组立即奔赴案发所在地。

当地公安局梁副局长热情接待了特案组一行，中午设宴款待，作陪的还有当地政府领导。

特案组没有看到此案的卷宗，对此案了解不多，梁副局长在席间避而不谈，一个劲儿地劝酒让菜，殷勤地为特案组接风洗尘。

酒过三巡，梁教授说：为什么这个案子被称为"胶皮人蛹"？

梁副局长介绍说，一名驾驶动力伞做广告的青年，在教学楼的楼顶偶然发现了一具尸体。

他最初以为是个大马蜂窝，后来看清楚楼顶的杂物中间吊着一个人，似乎是个女孩，女孩的马尾辫系在篮球架上，整个身体成球状，被塑料薄膜紧紧包裹，外面缠有黄色的胶带，很多苍蝇围着嗡嗡飞，有风吹过，球状尸体在楼顶轻轻晃动。

那名青年吓坏了，当时全校学生都在做早操，他在众人的注视下降落到操场，立即向学校领导报告了此事。

教学楼顶就是第一凶杀现场，发现了一具球形尸体，这一消息当即在学生中间炸开了锅，警车赶到的时候，几乎所有学生都不敢去上课，而是聚集在操场上议论纷纷。

梁副局长知道，这起案件如果不能侦破，势必影响他的仕途，所以在第一时间向公安部特案组请求协助。

包斩说：胶皮人蛹，难道尸体里发现了虫蛹？

梁副局长说：咱们还是吃完饭再谈案情吧，也不差这一顿饭的时间。

一名政府领导说：你们看了尸体就吃不下饭了，说实话，我现在也吃不下去。

画龙说：领导多虑了吧，什么样的尸体我们特案组没见过？

梁副局长说：这具尸体有些不一般，咱们吃饭时不谈这个。

梁教授说：既然如此，盛情难却，大家一起举杯吧。

副局长年近五十，是一个从警多年、经验丰富的老警察，学校教学楼上发现的球状尸体让他讳莫如深，由此可见那具尸体是多么恐怖怪异。

桌上已经摆满了美味佳肴，其中有卤煮拼盘、罗汉大虾、煎湖鱼、鹿三珍、海盐蛇鲊、炖卧鸟等，四个穿旗袍的服务员推着两辆小车，又送上来两道菜，其中一道菜是粉丝状的东西。

包斩嘀咕一句：一盘粉丝这么隆重啊，还用小车推上来。

画龙低声提醒道：小包，别乱说话，这是鱼翅。

第二道菜的器皿是精美的青花瓷盆，看来是一道汤。梁副局长揭开盖，一股浓香四溢开来，大家齐声喝彩，只见汤色碧绿清澈，漂浮着几颗白菜心，菜叶如翡翠，茎白如玉。

包斩心想：这不就是一道开水煮白菜吗？

梁副局长亲自盛汤，第一碗恭敬地递给梁教授。他介绍说，这道开水白菜的汤用肘子、干贝、火腿、母鸡、野鸭等十几种上料调制，鲜美无比，汤必须做到清凉鲜亮，碧绿透彻。这道菜虽然名字普通，但是高档奢华，虽是白菜，但与山珍海味在价格和口味上都可以媲美。

梁教授说：我在人民大会堂吃过这道菜，印象深刻啊。以前，周总理曾经用这道"开水白菜"宴请日本国宾，一位女宾有些瞧不起这道菜，认为肯定寡淡无味，在周总理的盛邀之下，女宾才勉强用小勺舀了些汤，一尝之下立即目瞪口呆，拍案叫绝。

梁副局长说：特案组可是贵客，如果不是有了大案子，咱请也请不到啊。

梁教授说：副局，今天是用公款请客？

梁副局长说：我也姓梁，和您算是本家，您就叫我小梁吧。今天是我请客，不是公款。您可能忘了，30年前，那时我还在警校，您受邀前来演讲，讲了很多刑侦案例，您当时还问起谁是警校成绩最差的学生。当时，大家哄笑起来，纷纷指着我。您教导我如何做人，如何做一个好警察。那一番话如当头棒喝，这么多年来，我一直谨遵您的教诲，我是您的学生，千万别再喊我局长了。

梁教授说：我想起来了，你就是那个捣蛋的学生，如今混到了副局，还算是不错啊。

画龙举杯说道：梁局长，你既然是梁叔的学生，也不是外人，我和你干一杯。

梁副局长说：不敢当，不敢当，你们都称呼我小梁吧，我这次是要求助你们帮忙破案啊。

包斩说：我在警校时，给梁教授写了一封信，没想到，梁教授会给我回复，这封信改变了我的一生。

苏眉说：梁叔，我爱你。

梁教授说：小眉丫头，就你嘴甜。

画龙说：老爷子，你也算是桃李满天下，啥也别说了，我敬你杯酒。

政府领导讲起一件趣事：咱们这位小梁，这位堂堂公安局副局长，前些天做了一次小偷。

梁副局长接过话说：前些天，有次扫黄行动，一位失足妇女被我抓到，这个女人说她有个五岁的女儿，独自在出租屋里，哀求我们派人去照看一下。同事劝我不要信她的话，认为是一派胡言，撒谎骗取同情心，只是为了不让警方拘留她。我说，毕竟她说有一个孩子啊，咱们宁可信其有，不可信其无。我带同事到了那出租屋，果然看到一女童独自在玩一张50元的纸币，女童对我说：叔叔，妈妈说她收的这张钱是假的，只能玩儿不能花。唉，我当时一阵心酸啊，我就偷走了孩子的假币，给孩子换了一张真币，然后联系到亲戚负责照看。我是一个公安局副局长，却做了一次小偷。

大家都笑起来，纷纷举杯，向这位心地善良的副局长敬酒。

梁教授和包斩表示，特案组会竭尽全力，协助当地警方侦破此案。

苏眉用筷子指了一下桌上的糯米东坡肉，不好意思地对画龙说：画龙哥哥，我想吃那个。

画龙说：吃就是了，还害羞啥啊。说完，站起来，把整盘糯米东坡肉端到苏眉面前。

酒足饭饱之后，梁副局长建议特案组先喝杯茶再研讨案情。梁教授认为案情紧急，刻不容缓，一行人立即前往公安局。他们先看了案卷笔录，当他们在验尸室看到尸体的时候，尽管有了心理准备，苏眉、包斩、画龙三人还是全吐了。

副局长为了掩饰特案组三人的尴尬，苦笑道：其实，我也吐了两次了。

这时，他们看到法医竟然也吐了，法医弯腰捂着胸，摆着一只手，示意自己先休息会儿。

公安局的尸体解剖室光线充足，通风良好，是一座独立建筑。地面是水磨石，便于清洗和消毒，四周墙壁贴着两米高的白瓷砖，正中间是一个铝合金的尸体解剖台，上方有照明设施和紫外线灯，解剖台连接有自来水管和排污口。

一具球形尸体被放置在解剖台上。

尸体被塑料薄膜包裹成球状，外面还缠着黄色的胶带，这个球状尸体表面密密麻麻爬满了蛆，就连塑料薄膜里面也蠕动着蛆。透过塑料薄膜，可以看到死者皮肤上也布满数不清的突起痕迹，每个突起点都在蠕动，每个突起点都是一条蛆，在皮肤下面钻来钻去，在皮肤和塑料薄膜之间钻来钻去，死者眼窝处鼓胀着，那也是两团蠕动的蛆。

如果直接看到尸体，大家也许会感到恶心和恐怖，但是不会吐。可是，面前的这具尸体被透明的塑料薄膜包裹着，里面那一团团蠕动的蛆显得模糊和朦胧，这样更刺激视觉，触目惊心，连带激发了想象力，最终导致胃里严重不舒服而呕吐。

法医对血迹、残肢断臂以及密密麻麻的蝇蛆都可以熟视目睹，但是有的法医出于敬业，解剖验尸时并不戴口罩，这是为了保证嗅觉不受影响，便于判断死者是否中毒身亡。这名法医显然高估了自己，他没戴口罩，当他用刀划开球状尸体的时候，只听到噗的一声，好像这具尸体放了个屁，一股强烈的腥臭味扑鼻而来，吸入胸肺后，立即引发呕吐反应。

法医休息了一会儿，忍着恶心，用解剖刀将塑料薄膜和尸体慢慢分离开来。

梁副局长和特案组四人都在门口更衣处等待，捂着嘴巴，无人上前。

大家惊讶地看到，球状尸体表层的薄膜被割开后，竟然从里面飞出来很多灰黑色的大蛾子。

第三十七章
夜蛾迷魂

包斩急忙关窗,但是仍有很多灰黑色的大蛾子飞了出去。画龙身手敏捷,拿起挂在墙上的解剖衣,抽落几只蛾子,用标本缸将其罩住。

法医走过来,辨认了一下,说道:这是夜蛾。

透明的标本缸罩着一只扑棱着翅膀的蛾子,看上去比蝴蝶丑陋,身体肥大,翅色灰黑,翅膀上还有诡异的眼睛图案。法医说,夜蛾的幼虫一般为毛虫,卵多为绿色、白色和黄色,产在寄主植物上或土壤内,5~7天即可长成。

根据尸体腐烂的程度以及虫卵蛹化成蛾的时间,死者的死亡时间大概有一星期。

傍晚时分,初步尸检结果出来了。

死者扎着马尾辫，上身腐烂，面目难辨，大家本来以为是名女性，验尸报告却让人有些意外——受害人为一名16岁左右的长发男孩，身高1.75米，体重67.5公斤，系他杀，窒息死亡。死亡时上身赤裸，皮肤上有刀伤和殴打痕迹，下身穿着一件耐克牌运动短裤，脚上穿一双黑色阿迪达斯牌篮球鞋。

从衣着上看，这个长发少年很像是在打完篮球以后遇害身亡的。

不知为何，他光着上身去了宿舍楼顶，凶手持刀殴打他，他当时的姿势应该是盘腿坐在地上，凶手用塑料薄膜将他包裹成球状，只露出头发，然后将他的马尾辫用胶带系在楼顶的篮球架上，吊在空中，如同一个巨大的人蛹。

梁副局长说：你们觉得凶手有几人？

画龙说：至少有两个人，两个成年人，力气大，一个人举着球形尸体，另一个人把死者的辫子用胶带系住，缠绕了很多圈。

包斩说：一个人也可以做到，先在尸体下垫一张桌子，拴住尸体后再抽掉桌子。

苏眉说：这个男孩有点儿模仿韩国明星金希澈的长发造型，耍酷有个性，充满野性魅力。他打篮球的时候，为防止长发遮挡视线，就扎了个马尾辫。为什么要吊在篮球架上呢，难道是凶手要把他当成篮球，投进球筐？

梁教授说：我很想知道，包裹尸体的塑料薄膜是从哪里来的。

教学楼顶没有门，任何人都可以出入，楼顶的那些杂物——损坏的篮球架、断腿的课桌椅、破旧的垃圾桶等，都是实验中学淘汰下来的东西，校方本来想修理下赠送给偏远地区的希望小学，但一直未能解决运输问题，扔掉了又有些可惜，就暂时堆放在了楼顶。

实验中学的旁边还有一所职业中专学校，两个学校紧挨着，共用一个操场。职业中专直接在实验中学招生，考不上高中的学生就直接上了职业中专。两个学校临街的门市房，正在拆迁重建，工地上有很多干活儿的民工。

两个学校只有一墙之隔，共有师生数千人，人员流动较大。

梁副局长把实验中学和职业中专的校长都叫了来，两个校长面色惊慌，不知何意。

梁教授问道：你们学校里有塑料薄膜吗？

实验中学的校长说：没有，我们是初中啊，用不着这种东西。

职业中专的校长说：我们学校有，食堂厨房里用塑料薄膜盖菜，学校围墙外边还有附近居民搭建的塑料大棚，大棚里的菜苗上也覆盖着塑料薄膜。

实验中学的校长介绍说：这所初中是全封闭学校，学生们只有周末才可以回家，平时不许外出。但是最近周边施工，学校成了开放式的了，任何人在夜间都可以出入学校，工地上的农民工也常来学校上厕所。发现尸体的教学楼共有四个门，平时不锁。有些学生不打算中考，而是初中毕业后直接上职业中专，学校对这批学生管束得不是很严格。

职业中专的校长补充说道：准备上职业中专的学生，要么学习成绩差，考不上高中，要么是家里经济负担重，即使能上得起高中也上不起大学。选择职专也是明智之举，学到一技之长，走上社会直接工作。很多高三学生为高考而拼命的时候，这批技校的学生已经开始工作挣钱了。职业中专是半封闭学校，开设了会计电算化、市场营销、计算机平面设计与维修、工艺美术、物业管理、保安、烹饪等专业。

梁副局长问道：你们两个学校的学生，年龄段大概是多少？

实验中学的校长说：12~16岁。

职业中专的校长说：15～20岁。

梁教授问道：你们学校有没有留长发的男学生，身高1.75米，体重67.5公斤，大概16岁，喜欢打篮球，家里比较有钱，穿的衣服都是名牌。还有一点，这名男孩失踪了一个星期了。

实验中学的校长说道：我想想啊，我们学校倒是有这么一个男生，他叫李聪昊……

死者的身份很快被查明，毕竟学校里留长发的男生并不多见。李聪昊是实验中学的校草，一个非常阳光帅气的男孩，爱好广泛，会跳鬼步舞，喜欢打篮球、玩网游，常常滑着滑板在校园穿梭，吸引了很多女孩的目光。李聪昊的父亲在当地富甲一方，其家族企业立足本市，辐射全省，生意做得非常大。父母早就帮他安排好了前途，初中毕业后先去香港读高中，然后去美国上大学。父母让他住校，只是让他锻炼一下独立生活的能力。因为他是家中的独子，从海外留学归来后，要接管家族企业。

这么一个又高又帅又多金的男孩，竟然惨死在教学楼顶，包裹在塑料薄膜里生满了蛆。

梁教授和梁副局长亲自点兵，挑选精兵强将分成两组，每组分配一辆流动警务车作为指挥中心，直接进驻校园，一组负责实验中学的摸排工作，另一组担当职业中专的调查任务。两所学校都要做到24小时巡逻，门口都要有警员轮流站岗，除了破案，维护学校的治安、稳定师生的情绪，也是警方义不容辞的责任。

梁教授厉声喝问：侦破此案，缉拿凶手，你们有没有信心？

所有警员齐声说道：有！

梁教授又宣布了一条消息：警力分成两组，梁教授和梁副局长一组，负责职业中专的侦查工作；画龙、包斩、苏眉三人一组，指挥领导实验中学的摸排。两组共享资源，互相竞争，每天都要召开赏罚会议。

画龙、包斩、苏眉三人都觉得很意外，等到集结警员散尽后，苏眉可怜兮兮地说：梁叔，你不要我们了吗？

梁教授说：你们也该学会独立了，我老了，难道你们三个人没有信心吗？

梁副局长推着轮椅上的梁教授慢慢走远，风吹落树叶，这个老人的背影看上去那么孤单。

画龙、包斩、苏眉三人感到心酸，梁教授年事已高，迟早要告别特案组，三人意识到，这可能是他们和梁教授侦破的最后一起凶杀案了……

警务车直接开进了校园，这种警车就是一个迷你型的派出所，车内设有办公桌、联网电脑、警报器、搜索灯、喊话器等警务装备。车顶配有可升降360度旋转摄像头，高清150米监控，夜间可用红外线功能查看周围信息。主要部署在人员聚集、治安复杂的重点区域。

画龙、包斩、苏眉坐在警务车里，几个男孩立正，向警务车敬礼，然后嘻嘻哈哈地跑开，三人不禁莞尔。

苏眉喝咖啡，包斩喝茶，画龙打开一罐冰镇啤酒，咕咚咕咚一饮而尽。这两个学校有近万名师生，当地警方逐一排查，难度很大，他们所能做的只有等待，为了保证进度，他们必须通宵工作，对收集来的线索进行筛选和分析。

画龙又打开一罐啤酒说道：今天晚上是没法睡了，这活儿明天也干不完。

苏眉说：小包，你背一下公安部五条禁令。

包斩说：……二、严禁携带枪支饮酒……四、严禁在工作时间饮酒，违者予以纪律处分；造成严重后果的，予以辞退或者开除……

画龙哈哈一笑，喝了一大口啤酒说：别说在这里，就是在公安部，我也敢在上班时间喝酒。梁叔不在,反正没人管我,冰镇啤酒也算酒?这就是饮料啊。

苏眉指着一个12岁左右的男孩,问道:你们两个,像他这么大的时候,在做什么?

包斩说:爬树。

画龙说:打架。

包斩说自己小时候很喜欢爬树,他没有朋友,喜欢一个人爬到树上看书,坐在树杈上消磨一下午的时光。他爬过很多树,最喜欢梧桐树和槐树,梧桐树开花的时候,他在大串的花朵中间坐着,感到很孤独;槐花盛开的时候,一株树的香味能飘出很远,他小时候生活的村庄,河的两岸栽满了槐树,有时在梦里,也能闻到槐花的芬芳。如果一个人的童年在村庄度过,长大后,不管远行到何处,始终走不出那个村庄的边际。

画龙讲起一些往事,小学时,他就是学校里的小霸王,打架凶猛,整个学校里的孩子都怕他。他从小就想当英雄,可是不知道英雄是什么。有一次,他惹到社会上的小混混,一群小痞子在学校门口堵截他,人人都以为他会躲起来,可是他一个人向着那一群人走了过去。后来,他获得了全国武术大赛少儿组的冠军,再后来,他当上了武警教官。他明白了什么是英雄。英雄,就是向着枪口毫无畏惧地走过去。纵然前面有千军万马,也要勇往直前。英雄就是——虽千万人,吾往矣。

苏眉问道:画龙,你女儿叫什么,很少听你说起这些呢。

画龙说:我离婚了,女儿跟着前妻,叫画梅。

画龙不说话了,看着一个地方发呆,那里有个穿白裙子的小女孩,坐在秋千上,他想起自己的女儿,心中百感交集。苏眉若有所思,轻轻地念着画龙女儿的名字。

警务车里的对讲机响了,男生宿舍发生了异常情况。画龙三人走出警务车,看到男生宿舍的一个窗口有浓烟和火苗冒出来,此时正是晚饭时分,不知道从哪里飞来很多夜蛾,这种蛾子和球形尸体里飞出的蛾子一模一样,它们毫不畏惧,向着冒出火光的窗口飞了进去。

窗户里面,就是死者李聪昊的宿舍。

第三十八章
恶鬼压床

校草被人杀死，凶手用塑料薄膜将尸体包裹成球形，吊在学校楼顶。尸体就像一个巨大的马蜂窝，每个孔里都钻着蛆。塑料薄膜曾经覆盖过菜苗，沾有虫卵，一个星期后，尸体被发现。法医割开塑料薄膜，球状尸体喷出臭气，飞出很多夜蛾，蛾子飞啊飞啊，飞回了校草的宿舍。

特案组和当地警方一致认为：凶手很可能就在学生中间。

梁教授所在的小组第一时间找到了塑料薄膜的来源——职业中专围墙外的塑料大棚里少了三十多米塑料薄膜，凶手预谋作案，盗窃了覆盖菜苗的塑料薄膜。

警方对两所学校的学生逐一排查的时候，死者的宿舍突然发生火灾。

死者李聪昊的宿舍在一楼，如果大火蔓延燃烧，整栋宿舍楼都会化为灰烬。幸好很多师生赶来救火，及时控制了火势，很快将火扑灭。

包斩和画龙调查得知，宿舍里的三个学生违规使用蜡烛祭奠室友李聪昊，结果引发火灾。

宿舍里住了四个学生，校草李聪昊死了，另外三个学生是：陈沧海、乐乐、程贝扬。

校草有钱，平时对三个男生很照顾，他们知恩图报，校草遇害后，三个男生商量买些祭奠用品哀悼一下校草。他们凑了钱，买了蜡烛和冥币，本来想再买个花圈，可是不知道敬送到哪儿，所以就把买花圈的钱买了酒菜，在宿舍里一边吃喝一边开哀悼会。

陈沧海说：这第一口酒，谁也别喝，得浇在地上。

乐乐说：聪昊哥，一路走好，我们很想你。

程贝扬说：老大啊，老大，你死得好惨啊，到底是谁害的你？

陈沧海吃一口菜，喝一口酒，摇头叹气说：聪昊啊，你到底得罪谁了啊？

乐乐接过白酒，对着瓶喝了一口，递给程贝扬，他说道：咱们三个以后别单独行动。

程贝扬接过酒，说道：难道凶手还会对咱们下手？

陈沧海说：仇富呗，他家有钱，他家得罪的仇人也多。

乐乐说：聪昊是高富帅，咱是男屌丝啊，我觉得是情杀。

程贝扬说：职业中专的那女神，还有咱们学校的女屌丝，都和聪昊有一腿吧。

陈沧海说：别胡说，女神怎么可能杀人呢，那个女屌丝就是个神经病。

三个学生不胜酒力，一瓶白酒喝完，都醉意蒙眬的。他们没吃晚饭，有些饿了，就把剩菜都倒进一个不锈钢的大茶缸里，把方便面和火腿肠也放了进去，这样就做成了一个新颖别致的火锅。不锈钢茶缸下面点着三根蜡烛，用几个易拉罐作为支架，一会儿，火锅就煮开了，三个男生蹲着吃得不亦乐乎。

宿舍有规定，不能使用酒精炉、电磁炉，但是学生的创造力是非常惊人的，毫不夸张地说，他们不用锅不用碗，在宿舍里连满汉全席都能做出来。当年，那些一起用脸盆煮泡面吃的兄弟们，如今各奔东西，再难聚首，你们过得还好吗？

我们不停地翻看着回忆，却再也找不回那时的自己。

吃完以后，程贝扬收拾餐具，正想吹熄蜡烛的时候，乐乐突发奇想，他要用屁吹灭蜡烛。他褪掉大裤衩，躺在下铺床上，跷起双腿，程贝扬拿着蜡烛靠近他的气门。陈沧海捂着嘴巴，忍着笑站在一旁看。乐乐憋了一会儿，放出一个响屁，响屁轰的一下，燃烧成一个大火球。

放屁应该远离明火，对着蜡烛放屁是件很危险的事！

屁的主要成分中含有甲烷，是一种可燃烧气体，甚至有可能引发爆炸。这绝不是危言耸听，国外报道，有患者在一次肠道手术中，因电手术刀工作时短路产生电火花，使肠道内溢出的屁发生爆炸，炸掉了一段肠子。美国航空宇航局专门设立课题，划拨经费，对屁进行全面和深入的研究，目的是解决宇航员放屁的问题。

程贝扬吓了一跳，担心乐乐会被自己喷出的火球烧伤，随手就把蜡烛放在了墙边。蜡烛烧着了墙上贴的火影忍者海报，海报又点燃了蚊帐，火势迅猛。三个男生跑出宿舍求救，宿舍距离水房很近，火势得到控制，随即被扑灭。

死者李聪昊的三位室友是警方重点盘查的对象，然而，他们并不是最后见到李聪昊的人。

包斩问他们案发时在哪里，苏眉做了详细的笔录。

陈沧海说：我啊，在网吧上网，有个同学可以证明。

包斩问道：那同学叫什么，我们会核实一下的。

陈沧海说：他叫坏姜，网吧老板也能证明我上网。

乐乐说：那天晚上，我和程贝扬在宿舍看书，睡觉，整个晚上都没出去。

说完后，乐乐又补充了一句：我们是在各自的床上睡觉。

程贝扬和乐乐的说法一致。

这三位学生都准备报考技校，不打算高考上大学，老师对这批学生几乎不管。学生们逃课很正常，有的学生就算几天不来，班主任也根本不会过问。

李聪昊为人随和，朋友众多，人际关系复杂，警方经过大量调查工作，勾勒出死者遇害当天的时间表。李聪昊死于上个星期五，下午放学后，他在操场打篮球，并没有回宿舍，当时有数名目击者证实，他穿的衣服和死亡时的衣着一样。遇害时间在晚上7点~8点之间，上晚自习之前，他在学校里突然失踪，再也没有人见到过他。

从失踪到案发的一周时间里，校方没有发觉。

因为李聪昊的父亲曾和校方打过招呼，李聪昊混到毕业，就要去香港读书，所以校方对李聪昊大开方便之门，不加管束，他可以自由进出学校。李聪昊失踪一周，三位室友也不以为意，他们对警方的说法是——

陈沧海：就算是封闭式学校，李聪昊也可以回家住，谁叫人家有钱呢？

乐乐：可能请病假了吧，他以前就这样过，请过好几次病假，通宵玩游戏。

程贝扬：这一个星期，我真以为他是去哪里旅行了，谁能想到他一直在楼顶上吊着……

任何凶杀案都包括时间、地点、人物、动机、凶器、手法等基本要素。

时间：星期五晚上7点。

地点：教学楼顶。

人物：凶手的身份很可能是学生，应与死者相识。

动机：不详。

凶器：普通刀具、塑料薄膜、胶带。

手法：持刀刺伤死者，但不致命，使用覆盖过菜苗的塑料薄膜将死者包裹、悬吊，用胶带加固，窒息而亡。

火灾过后，宿舍里财物损失不大，但是程贝扬的床单被烧了，夜里，他就睡在了死者李聪昊的床上。警方对他们盘问结束后，老师又将他们批评教育一番，三个人都有些担惊受怕，闲聊到半夜，陈沧海和乐乐都睡着了，程贝扬突然想到，自己睡的是死人的床啊！

程贝扬有些害怕，但又不好意思叫醒室友，心里想着凑合一夜算了。

而且，程贝扬认为，死的是要好的同学，即使变成鬼也不会害他。

这个男生从来不看恐怖片和惊悚小说，对于校园流传的寝室闹鬼传闻也从来不信。他胡思乱想了一会儿，不知道过了多久，迷迷糊糊睡着了。他睡在上铺，那也是死者的床。死者在学校楼顶吊了七天，全身腐烂生蛆。窗外漆黑一片，他意识到有人进来了，就站在床前看着他。他想可能是室友刚洗澡回来，就问了一句：去洗澡了？睡吧。

那人说：我刚从楼顶上下来。

程贝扬说：什么楼顶上？

问完这句话，程贝扬觉得不对劲儿，心里感觉这个人不是自己的同学。他睁开眼一看，宿舍里很黑，有个人影站着，看不到脸。他觉得声音很熟悉，那人影转过来半个脸，似乎想让他看清楚，然后，那人一个字一个字地对他说道：我……没……死。

程贝扬只觉得毛骨悚然，这分明是李聪昊的声音！

程贝扬惊慌地说：你死了，你别过来啊。

那人走过来，想要上床，程贝扬伸手推了一下。

程贝扬觉得自己的手触到了什么腐烂的东西，滑腻腻的感觉，那人倒在地上，竟然发出一具人体骨骼瞬间摔碎的声响。

程贝扬吓得不敢动，这时他看到，那人趴着，抬起头，双手撑地，身体竟然从地上轻飘飘地飞到了床上，简直就像电影中的画面。而且，那人的身姿非常古怪，就像一只蛾子拍打着翅膀，在空中飞出弧线，落在床上后，那人的身体却又变得直挺挺的。

程贝扬当即吓得紧闭双眼全身僵硬，那人就躺在他的身边，他觉得身体的一侧阴森森的。

突然，一只冰冷的手掐住了他的脖子，那人说道：我和你说谁杀死的我。

程贝扬吓得头皮发麻，他睁开眼睛，告诉自己这是一个噩梦。

他睁着眼睛躺在床上，不能动，不能说话，身边躺着一个死去的人，和他挤在一起。他翻了个身，分明听到背后传来一个冷冰冰的声音：转过来，看着我。他用眼角的余光去看那人的脸，就是死人的那种脸色，五官已经腐烂了，眼眶里一团蛆蠕动着……

那人阴森森地说道：你睡的是我的床。

第三十九章
黑土肥圆

程贝扬惊醒的时候，发现陈沧海和乐乐正惊恐地看着他。

程贝扬大汗淋漓，瞳孔散大，面色苍白，他嘴里一直发出奇怪的声音，就像鸭子叫。两个室友被惊醒了，一致认为他是被鬼压床了。

鬼压床并不是做噩梦，而是一种半梦半醒的状态，有人甚至可以有清醒的意识，但是身体动不了，也说不出话。鬼压床时常常产生幻觉，这种半梦半醒时产生的幻觉极为真实。

学校里开始流传寝室闹鬼的故事，李聪昊遇害一事也有了最新的版本。同学们认为，李聪昊得罪了学校的老师，老师将他绑架，勒索了100万元人民币，然后将其杀害。李聪昊死得不明不白，冤魂化作夜蛾在学校里飞来飞去。

同学们见到夜蛾，就害怕地说道：不要过来啊，李聪昊，不是我害死你的。

这些传闻都煞有介事，特案组抽调警力对两所学校里的老师进行了排查，对死者的家人也进行了走访，死者父母否认了绑架勒索钱财的说法。

梁教授所在的小组查到一条线索，李聪昊曾聚集人马和职业中专的学生发生过群殴。

包斩、画龙、苏眉三人也得到消息，李聪昊发起过抵制学校餐厅的活动，在老师眼中，李聪昊是一个很极端的学生，常常闹事。

实验中学和职业中专，两个学校仅一墙之隔，不仅共用一个操场，还在同一个餐厅吃饭。职业中专开设有烹饪专业，那些练习炒菜的学生，他们的作品就是学生们在食堂吃到的饭菜，学校认为这样也算是不浪费，物尽其用。

学生们对学校餐厅饭菜的评价是：死难吃！

相信这个评价能获得全国大多数学生的认可。

餐厅里的土豆丝，有的细如针，有的粗如手指，这是不同学生练习刀工的结果。

一盘青椒肉片，有酸甜苦辣多种味道，这是很多烹饪学生练习炒菜后的拼盘，与其倒进垃圾桶，不如倒进学生们的肚子。

饭菜里发现了头发和刷锅钢丝并不足为奇，有的同学还吃到过螺丝钉和硬币呢。

校草李聪昊曾经发起过声势浩大的抵制活动，他征集了数以百计的学生签名，要求校方改善伙食，不要再把烹饪专业学生练习炒菜的残羹剩饭放到他们的饭盒里。尽管他获得了很多学生的支持，但是校方没有同意，而是全校通报批评了李聪昊，最后不了了之。

　　只有一次，校方更换了厨师，饭菜变得便宜又可口，那是副省长前来视察的日子。

　　有两份稿件都记录了当时的情景，官方稿发表在报纸上，学生稿发表在自己QQ空间日志里。摘录如下：

　　官方稿：

　　5月19日，副省长专程来我校调研，看望广大教职员工和在校学生，了解学校建设发展情况，帮助学校协调解决实际问题。他强调，要坚持以科学发展观为统领，深入贯彻落实全国、全省教育工作会议精神，抓住机遇、乘势而上，推动职带教育全面协调可持续发展……

　　时近中午，副省长来到学生食堂，与同学们共同排队打饭，围坐一起共进午餐、亲切交谈。学校的伙食怎么样？课程紧张不紧张？毕业后有什么打算？省长问得十分仔细，鼓励同学们要珍惜时间，刻苦学习，增长本领，励志成才，努力成长为优秀的社会主义事业接班人。

　　省长助理、省政府秘书长和省直有关部门主要负责同志陪同调研。

　　学生稿：

　　亲娘哎，17日中午得到通知，副省长19日要来我们学校视察，中午在食堂与学生就餐。

　　从17日开始，全校清理小广告，学校都用上高压水枪了，墙面瞬时就薄了很多，又看见久违的墙面了。食堂开始全面打扫卫生，地面跟狗舔过似的，玻璃擦得苍蝇落上去都得劈叉，门帘换新的，餐具换新的，灯换新的，窗口贴上很多新标语牌，大妈竟然穿上围裙了，卖饭大叔也戴上口罩了，饭给多了，充卡那变态女的态度也好了……

19日副省长来了！

食堂划定了一块儿固定的区域让我们坐里面等着和副省长吃饭，大妈瞬时间成了礼仪小姐，见同学就说这儿不能坐。我们到了，要坐下来，大妈告诉我们这儿不能坐，一会儿有人坐。我们看了大妈一眼说，我们就是安排好的人。俺们跟大妈都笑了。唉……从此我们见人就像问代号似的，是安排好的吗？安排好的吗？唉，太扯了。

一会儿，时间差不多了，后勤处的通知我们去打饭，不用划卡，免费，就跟卖饭的说是后勤处的就行。那家伙，亲娘哎，大家就开始行动了，感觉相当不错啊，一下子食堂就成了自助餐馆了，真爽啊。每个人打好了饭就开始等着，等着和副省长吃饭。这家伙，左等不来右等不来，去食堂吃饭的同学都跟进动物园似的看我们，一群人坐在食堂里，守着饭不吃，真他妈逗。

12点20分，还没来，老师走过来对我们说，饭都凉了，扔了再打一份，不能让副省长吃凉的。唉，这么好的菜，还没吃就扔了，悲哀啊……没办法，都扔了。

副省长终于来了，一批新糕点上来了，巨好看的蛋糕、点心……同学们凑上前想买，只见卖饭大妈无奈地笑了笑说，不好意思，这个不卖。汗，又上了一批好吃的菜，我们上前一看，妈呀，这菜这菜价，没得说了。西红柿炒鸡蛋终于有鸡蛋了，还有宫保鸡丁也有鸡丁了，红烧肉和炸带鱼很便宜，最贵的菜才4块，没得说了，也形容不出来。

我们又一次吃上了"新出的饭"，坐在那里等副省长，结果副省长好不给力啊，竟然没按照原计划跟我们一桌，坐到前面那桌去了。唉，这副省长怎么不服从组织安排呢。

不过，前面那桌也是我们安排好的人，嘻嘻。

吃完饭了，我们还和副省长握了握手，从此，我们的手就再也不是一般的手了，那可是握过副省长的手啊！哈哈哈哈！

副省长走了……

特案组也在学校餐厅吃饭,一是为了交流案情,二是可以近距离接触学生,他们并没有对饭菜严加挑剔。梁副局长是个美食家,尽管饭菜难以下咽,但为了破案,不得不委曲求全。

梁教授说:我们小组发现了一位嫌疑人,目前正在从外围调查,你们那边有什么进展?

画龙说:我们也找到了一个嫌疑人。

包斩说:嫌疑人不一定就是凶手。

苏眉说:梁叔,看我们谁先抓住凶手,要是我们先抓到,你要乖,不许离开我们。

梁教授说:我在考虑,咱们特案组要不要增加一位新成员?

画龙、包斩、苏眉三人交换了一下眼神,不知如何回答。

梁副局长咬了一口包子,从牙缝里拽出来一片指甲,他拍桌怒道:把校长给我叫过来。

职业中专的校长来了后,梁副局长说:饭菜难吃,我们也忍了,怎么包子馅里还有指甲,校园里是不是又发生了一起凶杀案?

校长说指甲应该是某个学生剪掉的,他唯唯诺诺地表示以后会改善餐厅伙食,加强监管。

随着调查的深入,两个嫌疑人渐渐进入警方的视线。

这起胶皮人蛹案,没有任何线索指向谋财害命,警方将作案动机定性为情杀和报复杀人。

两个嫌疑人均为女性,一个是职业中专的校花,名叫白冰娅,长得非常漂亮，学习的是商务文秘专业，平时喜欢穿白领制服，追求者众多，她和死者李聪昊是恋人关系。校草和校花，郎才女貌，学生们都对他们艳羡不已。

另一个女孩是实验中学的初三学生，外号叫黑土肥圆，人如其名，长得是又黑又土又肥又圆，同学大多叫她"土肥圆"，以至于很少有人知道她的真名。警方对死者李聪昊的手机通信记录调查时发现，这个女生给校草拨打的电话数以千计。

她疯狂地迷恋校草，这是全校皆知的事情，可是校草死后，她并不悲伤，反倒整天笑呵呵的。

画龙、包斩、苏眉三人把"土肥圆"叫到警务车里，对她进行了初次询问。

这个彪悍壮实的女生，虎背熊腰屁股大，苏眉和她相比，就像一只小鸟。

一般男生如果不拿武器，可能都打不过她，从身体条件上来看，她具备杀人的能力。尽管虎背熊腰屁股大，但她也有一颗萝莉心。

"土肥圆"向画龙三人羞答答地讲述了她与校草的相识以及后来相恋的整个过程。

苏眉疑惑地问道：你们……谈过恋爱？校草会喜欢你？

"土肥圆"自信满满地说道：喜欢我，需要理由吗？

包斩作笔录，插口问道：你们发展到什么程度了？

"土肥圆"低下头，用手指缠绕着自己的发梢，扭捏着说：我还是处女啦……

画龙问道：同学反映，你有一次在教室里差点儿把校草给强奸了，有这事没？

"土肥圆"瞪大眼睛说：没有，我们是自愿的，是灵与肉的结合。只是，后来他跑掉了……

苏眉问道：你心爱的人死了，你为什么不难过，反而很开心的样子？

"土肥圆"说：我眼睛都哭肿了，我有个秘密的发现。

苏眉说：什么秘密呢，告诉姐姐好不好？我们会帮你保密的。

"土肥圆"扭捏害羞地说：我发现，他没有死，他就在我的身体里。

第四十章
玩具娃娃

在此之前,这个又胖又黑又矮的丑女孩一直过着安静而平淡的生活。

"土肥圆"从7岁到16岁之间没有任何真心的朋友,一个朋友都没有。

这个花痴女孩是很多歌星的粉丝。她迷恋眼神深邃的男人,喜欢眼神清澈的帅哥,那些歌星无一例外都是以眼神俘虏了她。她经常对着电视机激动地说:啊啊啊啊,杀死我吧!

看到电视机里的韩庚,她就两眼放电,嘴流口水,目不转睛地说:我爱他,真的爱他啊。

看到电视机里的武艺,她喊道:他才是我的星星!

看到电视机里的东方神起,她自言自语道:好想做你们的老婆,我要嫁给你们。

看到电视机里的李炜，她喃喃自语：炜宝，好痴情好无辜好可怜好帅哦。

她经常发春地说自己爱上了谁，然后满世界搜寻偶像的八卦资料，她不能容忍别人批评自己的偶像，因此，她和室友常常闹矛盾。

除了追星，"土肥圆"还喜欢装扮QQ空间，喜欢自拍，自拍前要戴上美瞳，粘上假睫毛，还要做出各种卖萌装可爱的动作。例如：伸出手指戳脸蛋、嘟嘴、瞪大无辜的眼睛。

她有时感到自卑，有时认为自己很美，哪个女孩不是这样呢？

有一天，"土肥圆"正忧伤地走在校园里，几个男生打篮球，正巧球跑到了她脚下，她抬起脚猛地朝球踢过去。结果，但见一只鞋飞得老高，而球还在原地不动。

打篮球的男生哄笑起来，一个男生跳起来接住她的鞋，笑着走过来还给了她。

她看到了他的眼睛，瞬间被击溃，16年的春水如开闸洪水般一泻千里，而后是碧波荡漾。

男生就是校草李聪昊，他们就这样相识了。

她移情别恋，抛弃了偶像，疯狂地爱上了校草。

她向他要了电话和QQ号码。相识的那天晚上，校草参加朋友的生日聚会，喝得醉意蒙眬，回到宿舍后就把手机调成静音睡了。第二天，校草起床后，发现手机里有207个未接来电，他用手机登录QQ，又看到几十条加好友的验证消息，都是"土肥圆"发送的。校草胃里有点儿不舒服，冲进厕所就吐了。

那天晚上，她不停地打电话，整夜未眠，激动、兴奋、羞涩、忐忑，根本睡不着。

几天后,校草不堪忍受,回复了一条短信:求你了,妹子,不要再打电话骚扰我了。

"土肥圆"看到短信,兴奋得蹦了起来,她单腿直立,翘起脚尖转了个圈儿。她回复短信:李聪昊,你的名字好男人哦,有韩国味道,对吧。不过,我喜欢叫你聪昊SAMA。

校草回复:什么是SAMA,你喜欢叫什么就叫什么吧,只要你别再骚扰我。

"土肥圆"看到短信,幸福得战栗传遍全身,她鼓起勇气回复道:老公,我喊你老公,可以吧。SAMA就是日语中的敬称,也就是大人或殿下的意思啦,我好崇拜你,你好帅啊。

校草回复:你就像痔疮一样让我难受。

"土肥圆"回复:我愿意做你的肛泰。

校草回复:吐血,怎么样你才能不再骚扰我,为什么iPhone 4手机没有黑名单。

"土肥圆"回复:老公,我乖,我不打电话了,你先通过我的扣扣,好吧?

校草迫于无奈,加上了她的QQ,从此以后,"土肥圆"更爱拍照了。

她穿着借来的校园风短裙和地摊儿上买来的黑色以及彩色丝袜,让室友帮她拍照。她觉得自拍已经不足以展示她的美貌,她要拍全身的。当然,她选择蹲着拍,这样能掩饰自己一米五几的身高,如果是站姿,她一定要靠在墙上,双腿交叉,伸出可爱的剪刀手。这样,她的大象腿才能稍微显得修长,她用头发遮住自己的圆脸,瞪着绿豆般的眼睛。

拍完照片后,她熟练地打开美图秀秀,各种磨皮、调色、瘦身瘦脸、美白皮肤、放大眼睛……等到她完全认不出是自己时,她满意地点击了上传照片,发布到QQ空间里。

有同学评论了她的照片,喊她美女,还有陌生网友试图勾搭她。

她盘腿坐着,穿着表姐淘汰的睡裙,伸手挠着油腻腻的头发,看到照片评论里有个怪叔叔含蓄地向她发出约会的邀请。她心想:这个傻子,我只爱我家聪昊SAMA,老娘从不一夜情。

怪叔叔一连发了好几条暧昧的评论,她回复道:对不起哦,我有主了,我是聪昊SAMA的小萝莉。我生是他的人,死是他的吉祥物。

怪叔叔不死心,对照片上的这个美女特别感兴趣,坚持要请她吃饭,问她可否赏脸。

她找了个理由婉拒了,有些沮丧,眼神也暗淡下来,心里想道:你以为我不想约会呀,怪叔叔,见到我,你会借口上厕所跑掉的吧。老娘去了,你认得出我吗?

她把自己的QQ空间装扮得非常漂亮,可是校草从不会来,访客记录中没有他的名字。

她这样安慰自己:可能他删除了自己的访问足迹,可能他不怎么喜欢上网。

"土肥圆"开始找同学打听校草的事情,校草几点起床,几点吃饭,什么时候上厕所,晚上有没有打飞机……校草一天做什么事情,她都知道。她很彪悍地闯进男生宿舍楼,走进校草的寝室,她对校草的三位室友说:谢谢你们。

陈沧海、乐乐、程贝扬三个男生感到莫名其妙,问道:谢我们什么啊?

"土肥圆"说：谢谢你们平时帮我照顾聪昊SAMA。

乐乐说：我去，他不在，请病假出去旅行了。

"土肥圆"说：我知道，不管他在天涯在海角，我都会千里送。

陈沧海问道：你要千里送什么？我……懂了，哈哈。

"土肥圆"说：拜托你们一件事，不要告诉他好吗，你们可以把他的战衣悄悄卖给我吗？

"土肥圆"买了一个大玩具娃娃，把这个娃娃当成了心上人，每晚都抱着睡，还常常对娃娃自言自语。有一次，她突发奇想，愿意出800元买校草的战衣，然后穿在娃娃身上。

战衣是什么呢？

就是男生打篮球的时候穿的球衣，因为衣服上有汗水，更有男人味。

她想给玩具娃娃穿上校草的战衣，这样她抱着娃娃会感觉自己抱着他。

她苦苦哀求，要买校草的战衣，陈沧海蠢蠢欲动，想要悄悄卖掉，另外两个男生——乐乐和程贝扬觉得这样做不道德。三个男生后来把"土肥圆"赶出了寝室。

这个女孩很难过，手心里握着买战衣的钱，这些钱是她省吃俭用东借西凑得来的。

"土肥圆"向女同学请教，怎么才能让校草爱上她。

女同学七嘴八舌，给她乱出主意，最后得出了一个结论：男生都喜欢色女孩。

"土肥圆"笑了，淫笑的时候整张床都在摇晃，她觉得自己本来就好色——这是她的强项。

她抱着玩具娃娃，趴在床上，大喊道：我要扑倒你，聪昊SAMA。聪昊老公，你好帅啊，老公，你嘴巴好性感啊，我想吸你的血，我要吸干你。

"土肥圆"去网吧，录了一首歌传到空间里，然后要校草来听。她想用这首歌来勾引他。

值得一提的是，她当时对着视频录歌的时候，网吧里所有的人都有一种被雷劈了的感觉，所有人石化般地看着她。她坐在椅子上，舞动着身体，唱着一首网络歌曲。

然而，校草对她的万种风情依然无动于衷，尽管看了她录制的视频歌曲，还是没有爱上她。

"土肥圆"下定决心——减肥！

我们的身边总有这么一个女孩：她心里爱着一个男孩，很自卑，生活在我们看不到的角落；她很坚强，但常常感到孤独，独处时会哭；她的口头禅是：减肥。但是敌人太强大，她打不过红烧肉，打不过烤鸭和鸡翅，打不过零食和酸奶。当她说减肥的时候，别人不再相信，因为说这句话时，她刚吃饱。

后来，她的口头禅改成了这句话：谁他妈再说我胖，我就抠死他。
室友对她避而远之，尽量不和她说话，不碰她的玩具娃娃。
她的爱无处释放，直到有一天，她把娃娃强奸了……一个女生回宿舍，发现"土肥圆"正光着腚骑在娃娃身上，用力地磨蹭着下身，嘴巴里还发出娇喘呻吟的声音，她的身体猛地抽搐了几下，倒在床上，瘫软如泥。
那名女生悄悄关上门，吓得赶紧离开了。
过了一段时间，"土肥圆"对那名女生说：我这个月，月经没来，我可能怀孕了。

那名女生很惊讶地问道：你和谁啊？

"土肥圆"说：悲催的是，我还是处女。

那名女生呆若木鸡，看着床上的玩具娃娃，突然尖叫一声，跑出了宿舍。

ZUI
QUAN
SHU

第九卷 ㊀
变态校园

我的孤独是一座花园。

——阿多尼斯

一

女生宿舍楼,夜里熄灯后,阴森森的走廊很安静。一个女生上厕所,她找了个隔间蹲下来,周围万籁俱寂,只有水龙头滴水的声音。女生拉完擦屁股时,洗手池的水龙头似乎被一个鬼手拧开,突然哗哗地流水。

她站起来,洗手池前没有人。

另一个厕所隔间里有个穿白裙子的女人,长发低垂,正睁着眼睛看着她。

第四十一章
鬼胎处女

"土肥圆"高调地声称自己怀孕了,她告诉了很多人,要每个人都帮她保守秘密,但是学校里没有人相信她的话,特案组也感到半信半疑,苏眉走访了她的室友。

室友甲说:她是神经病,太极品了,花痴。我常常被她吓到,就她那砢碜样儿,谁会喜欢她啊,她是处女,怎么可能怀孕。

室友乙说:她每个周末从外面回到宿舍后,都高兴地说自己被人破处啦,要放烟花庆祝。

室友丙说:她的那个玩具娃娃确实很邪门儿,娃娃的腿常常湿漉漉滑腻腻的,都干巴了,是她弄上去的。这个不要脸的东西,强奸玩具娃娃,还说自己怀了玩具娃娃的孩子。

警方将"土肥圆"和校花白冰娅列为重点调查对象,室友反映了一个疑点,白冰娅和死者李聪昊是恋爱关系,"土肥圆"疯狂地迷恋李聪昊。有那么一段时间,"土肥圆"竟然天天给校花白冰娅买早点。这点很可疑,因为"土肥圆"非常抠门儿,自愿给情敌买早点,居心叵测;而且,那段时间,校草和校花已经恋爱了。室友怀疑"土肥圆"在早点中下毒,想要毒死白冰娅,但是白冰娅现在活得好好儿的,大家都觉得不可理解。

梁教授和梁副局长也对白冰娅进行了正面询问,白冰娅声称,她和李聪昊不是恋爱关系。

梁教授说:你不要有什么思想包袱,实话实说,要是撒谎的话,对你很不利。

梁副局长也说:你记住了,你说的每一件事,我们都会核实,所以你不要低估我们警方。

白冰娅说:我只是害怕,其实,我并没有爱过他,我只是觉得他家有钱。

梁副局长说:案发的那天晚上,你在哪里?

白冰娅考虑了一会儿,说道:夜店。

梁副局长说:在夜店干吗?

白冰娅说:陪人喝酒,跳舞,挣外快。

梁教授说:实验中学有个外号叫"土肥圆"的女生,你认识吗?

白冰娅说:我知道她,她跟踪过我,我们俩不熟。

梁教授说:不熟悉,她还给你买过早点?

白冰娅说:是的,我当时也觉得很奇怪,一连几天都是那样。

梁教授说:几天?

白冰娅想了想,说道:她说是李聪昊让她给我买的早点,给我送了一个星期。

梁副局长说:都是什么早点?

白冰娅：红豆粥、鸡蛋灌饼、小笼包之类的。

梁教授若有所思，自言自语地说：七天，红豆粥。他点点头，似乎明白了什么。

初步调查，两名嫌疑人都不具备作案时间。案发时，白冰娅在夜店，"土肥圆"在宿舍睡觉，警方开始从外围对两名嫌疑人的社会关系进行广泛摸排，试图从中找出买凶杀人或者找人行凶的迹象，然而这需要大量的时间以及投入更多的警力。警方很快搞清楚了，"土肥圆"主动给白冰娅送早点，是一种变态报复行为，她无法接受心爱的男孩喜欢上别的女孩。

李聪昊和白冰娅在学校餐厅前相识，一个是校草，一个是校花。

她穿着长裙，头戴一朵白花，从他面前走过。

他叫住她，她回眸一笑，两个人都听说过对方，但这是第一次说话。

李聪昊说：喂，等等，问你个事。

白冰娅说：什么事哦？

李聪昊说：你肯定喜欢昂山素季，对不对？

白冰娅说：她是谁？

李聪昊说：我的偶像。她头发上就戴着一朵白花，素净而优雅，她喜欢诗歌，喜欢在夜里弹钢琴，她被称为"缅甸的蝴蝶""亚洲最美的女人"。

白冰娅说：没有听说过，你这搭讪方式也太老土了吧。

李聪昊说：你的偶像是谁？

白冰娅说：我自己。

李聪昊说：我正在追寻昂山素季的道路上。

白冰娅说：什么意思哦？

李聪昊从书包里扯出一条横幅，上面写着抵制学校餐厅的标语，号召学生拒绝用餐。他让白冰娅帮他一起举起横幅抗议，但是白冰娅拒绝了。她不敢对抗学校，表示自己会支持李聪昊的正义行为，校方不做出让步，自己就不在学校餐厅吃饭。

　　李聪昊的三名室友，只有陈沧海和他肩并肩站在一起，另外两名仅仅是口头上支持。

　　李聪昊和陈沧海在学校餐厅前举起横幅，他们抗议了三天。

　　天下着小雨，李聪昊站在雨中，很多学生围观，议论纷纷。李聪昊大声讲道：同学们，有些事不是看到了希望再去坚持，而是因为坚持才会看到希望。我们的国家是由许许多多个具体的人组成的，我们的国家只有拥有寻求公平、正义、真理的人，拥有能够独立思考的人，能够面对不合理现象敢于大声说不的人，能够不计较个人得失为这片土地付出的人，能够去捍卫自己权益的人，能够知道社会并不完美，但仍然不言放弃不悲观失望的人，才能真的富强，才能让明天更美好。

　　学生们大声叫好，纷纷鼓掌。

　　李聪昊向周围的同学大声疾呼，号召大家齐心协力，一起抗议学校的霸王行为，拒绝用餐。很多学生开始在横幅上签名，支持李聪昊的正义行为……

　　一个男生从学校餐厅出来喊道：今天有羊肉汤，刚出锅的，晚了就没啦。

　　刚签完名的同学一哄而散，冲进餐厅，抢着去购买羊肉汤了。

　　李聪昊抗议了三天，那三天，天空阴霾，常常下起雨。

　　李聪昊的身边站着一个女孩，为他打着伞。

　　那女孩是"土肥圆"，她浑身淋得湿透了，但是心里乐开了花。

　　她很饿，很想去吃饭，但是她没有，她一直坚定不移地给心爱的男孩打着伞。

李聪昊淡淡地说谢谢，他感到悲哀，自己无力改变现状。

"土肥圆"很开心，絮絮叨叨地问他有没有看过她的空间，觉得那些照片美不美，她录的那首歌曲被转发到了土豆网、优酷网、人人网、百度贴吧，超级火暴……

画龙对李聪昊的抗议行为并不赞赏，他说道：这小屁孩是没见过大阵势。

苏眉反驳说：我要是他同学，肯定和他一起抗议。

包斩说：李聪昊死的时候，教学楼顶的凶杀现场没有明显的搏斗痕迹，他面对生命危险时选择了屈服，这和他抗议演讲时的慷慨激昂有点儿不太相符。

抗议活动结束后不久，李聪昊和白冰娅就相爱了。

那段时间，"土肥圆"心灰意冷，常唱的歌曲是《见习爱》，她一天到晚都在哼哼那几句歌词：

> 摩天轮孤单地在天空下淋着雨
> 我想用魔法缩短你们之间的距离
> 想着你们将要展开了动人的插曲
> ……
> 你刚刚离开那红色转弯的楼梯
> 她就出现在不远处安静的公园里
> 看着你们相遇在我唱的这首歌里

"土肥圆"眼睁睁看着心爱的男孩拥抱着另一个女孩，她哭过，但是对警方否认自己有过报复行为。

她买了早点给白冰娅送去，声称是李聪昊让送来的。有同学反映，那几天看见她拎着早点去过厕所。

包斩分析说：她会不会是悄悄跑到厕所，往早点里吐口水啊，然后给情敌吃？

画龙说：我猜测，那早点里有大便，或者尿。

苏眉说：她买了红豆粥，鸡蛋灌饼里有辣酱，好吧，我邪恶了，我知道她做了什么手脚。

苏眉猜测，那几天"土肥圆"来月经了。苏眉拿起警务车里的毛巾，假装是卫生巾，然后，她做了一个拧的动作……

画龙、包斩、苏眉三人要求几位室友对"土肥圆"密切监视，一旦发现异常，立刻报告。

一名室友因为肚子疼，晚自习没结束就回到宿舍休息，她跑到警务车里报告说宿舍闹鬼。

画龙、包斩、苏眉三人跟随这女孩来到宿舍，宿舍里空无一人，玩具娃娃坐在门后。

女孩像见了鬼似的，指着地上的玩具娃娃说：它会跑，它还会发出声音！

画龙、包斩、苏眉三人仔细观看，玩具娃娃的眼睛竟然流出了鲜血。

报案的女孩小时候有过不寻常的经历，看到残缺的布娃娃或者黑夜中布娃娃眼睛的反光就特别害怕，她患有布娃娃恐惧症，潜意识里认为玩具娃娃像死孩子。她是最后一个离开宿舍的，当时玩具娃娃在床上放着，她记得很清楚，她也是第一个来到宿舍的，却发现玩具娃娃竟然跑到了地上，就在门后坐着。

包斩带上勘验手套，拿起玩具娃娃仔细检查，并无异样。他翻转娃娃，在底部看到一条裂缝，玩具娃娃的裆部塞着一团纸，他小心翼翼取开后发现这是医院开具的两份鉴定书。

一份是"土肥圆"处女膜完好无损的鉴定报告。

另一份写着"土肥圆"有妊娠反应，已经怀孕。

第四十二章
校园色狼

苏眉说：她真的是处女。

包斩说：可是，她确实怀孕了。

处女怀孕，匪夷所思。

医院出具的报告单盖有公章，不太像伪造的，这两份鉴定结果前后矛盾。一个处女膜完好无损的女孩，竟然怀孕了，这令人感到不可思议。

"土肥圆"的这个玩具娃娃，她整晚都抱着睡，因为她胖，床小，娃娃都被她挤扁了。包斩抱起娃娃，轻轻晃动，娃娃肚子里竟然有响声。检查后发现，玩具娃娃的肚子里面有吃剩的汉堡、烟头、笔帽，还有一串海蓝色水晶手链。

报案女孩说道：手链是校草的！

苏眉问道：你确定？

报案女孩说：校草打篮球的时候，我见他戴过这手链。

画龙说：校草的手链怎么会在娃娃肚子里呢？

报案女孩说：肯定是"土肥圆"偷来的，我上个月还少了瓶皮皮狗润肤霜呢。

包斩说：没有证据，先别乱讲。

特案组分析，这些东西应该都是校草的，"土肥圆"收集了这些东西，然后都塞到玩具娃娃肚子里。她希望娃娃沾染上心上人的气息，这样，她抱着娃娃睡觉的时候，会感觉很甜蜜。她的性欲可能也由此而来，可是，她抱着娃娃自慰，也不可能怀孕啊！

报案女孩说，校草被人杀死后，这个娃娃就变得很邪门儿。

有时，娃娃会改变位置，有时，娃娃还会发出恐怖的叫声。

校草被人杀害，也许是冤魂不散，无法安息，怨念可能就附在这个玩具娃娃里。

"土肥圆"怀孕了，处女膜却完好无损，看来她怀的是鬼胎。

画龙和苏眉觉得报案女孩的话有些可笑，但是他们也无法作出合理的解释。包斩继续把手伸进娃娃的肚子，从肚子深处挖出一只死老鼠。众人有些作呕，包斩表示，娃娃改变位置，可能是老鼠造成的，娃娃的眼睛流出鲜血，也是"土肥圆"抱着娃娃睡觉时挤死了老鼠的缘故。

苏眉说：恶心，这女孩也不嫌臭，娃娃肚子里还塞着汉堡，能不招老鼠吗？

包斩说：她的爱已经到了疯狂和变态的程度。

画龙说：我现在有点儿相信，她会杀人了。

特案组去教室找到"土肥圆"。戴上手铐的时候，"土肥圆"呆若木鸡，不明白为什么会这样。她开始大哭大闹，坐在地上不肯走，很多老师和学生都前来围观。画龙威胁她，如果不配合，单凭盗窃手链一事就足够拘留她半个月。

"土肥圆"吓坏了，跟着画龙三人走进警务车，详细交代了自己怀孕的实情。

手链不是她偷来的，而是买来的，其他东西都是捡的。

校草李聪昊和校花白冰娅相恋时，校草把自己的手链送给了校花。

"土肥圆"想买校草的战衣，但是他的室友不卖，"土肥圆"又找到白冰娅，用买战衣的800元钱买了这串手链。苏眉调查得知，这串海蓝色水晶手链在网店只卖100多元，但是对"土肥圆"来说，这串手链价值连城。

相信白冰娅也知道手链的价格，所以大方地卖给了"土肥圆"。

这点，梁教授询问白冰娅后得到了证实。

白冰娅虽然外表清纯，但常常出入夜店，她是那种很现实、很虚荣的女孩。

再清纯的女人也有性欲。女人穿件吊带低胸的裙子，男人看，她们会觉得是色狼，男人不看，她们又觉得是瞎子。她们表面上嗲声嗲气地说陪我看电影好吗？心里却很饥渴！表面上对追求者冷若冰霜，心里却嚯瑟地花枝乱颤。

"土肥圆"常常跟踪校草，有一天，她发现校草和校花在宿舍里做爱。

校草和校花做爱后，用过的安全套随手扔到了宿舍窗外的垃圾堆里。

"土肥圆"一直潜伏在窗外，秘密监视着校草和校花的一举一动。我们无法得知她当时是什么心理，羡慕？忌妒？恨？她看见安全套从窗口扔出来，就像饥渴的母狗一样蹿了出去。她捡到安全套，如获至宝，一路上咻咻地笑着回到了宿舍。她认为自己捡到了校草最珍贵的东西！她突发奇想……她为这个想法而欢呼雀跃，觉得自己简直就是个天才。她常常意淫，幻想校草能给她一个吻，她就很满足了。

这次，她捡到了校草至高无上的精华。

这个爱得走火入魔的花痴女孩做出了惊世骇俗的一幕。

她躺在床上，两只脚朝天，撇开腿，让安全套里的液体缓缓流入阴道。等到液体全部流入她的身体里面后，她发出了一声心满意足的叹息！随即，她悲哀地想到这安全套是心爱的男孩和别人用过的。

那一刻，她泪流满面……

看到他和别的女孩在一起，才知道自己多么爱他。

捡到安全套的时候，"土肥圆"正值排卵期，她是处女，处女膜中间有小孔，医学研究表明，在37℃环境中，精子在体外的存活时间为4～8小时。她将安全套里的精液倒入体内，也相当于人工授精，所以，这个处女膜完好的女孩怀孕了。

苏眉觉得这个女孩很可怜，没有证据表明"土肥圆"就是凶手，经过商议后就把她放了。画龙警告她，不许私自离校，必须保证警方传唤时随叫随到。

"土肥圆"离开时哭着说：你们可以夺走我的娃娃，你们杀不死我肚子里的孩子。

"土肥圆"怀孕的消息轰动了整个校园，最初，大家都不相信她怀孕了，现在都知道她怀了校草的孩子。校方开始研究怎么处理此事，女生宿舍流传

"土肥圆"怀有鬼胎的消息,男生宿舍的传闻是"土肥圆"强奸了校草。一时间,众说纷纭,莫衷一是。

"土肥圆"傻乎乎的,竟然和室友讨论是否有必要捅破自己的处女膜。

"土肥圆"说:我得找个男人给我破处。

室友问道:为什么,你不爱李聪昊了吗?

"土肥圆"说:爱到我死,好吧。

室友又问:那为什么还要找别的男人?

"土肥圆"说:我可不想让我的孩子捅破我的处女膜,你想啊,孩子出生时,要是孩子的头先出来,孩子的头不就捅破我的处女膜了吗?这叫什么事呀,我的第一次给了我的孩子?

室友把这件事汇报给了苏眉,苏眉也觉得不可思议,难以理解,只能让室友继续监视。

那天晚上,包斩和苏眉在警务车里值班,画龙去和梁副局长喝酒了。正值学生下晚自习,包斩给苏眉买了一盒藕粉。打开盖,冒着热气,餐盒里的藕粉像玛瑙果冻,令人食欲大增。苏眉笑嘻嘻地接过来,说道:哎哟,你怎么知道我想吃这个。

小包又拿出几盒药,说道:小眉,你这两天有点儿感冒,吃完饭,过半小时再吃药。

苏眉说:小包,你对我太好了,让姐亲亲你。

苏眉嘟起嘴,包斩笑着向后躲,脸都红了。

苏眉挥舞着小勺,风卷残云,很快就吃光了藕粉,她舔舔嘴唇,还有些意犹未尽。

胶皮人蛹案僵持不下,尽管每天都有新的线索,但是案情始终没有明朗。

两个人闲聊,苏眉问包斩:咱们在一起也好久了,你对咱们破获的哪个案子印象最深？

包斩说道：人皮草人案。

苏眉想了想，随即笑了，出于女性敏锐的直觉，她猜到了什么。在那个桃花盛开的山村小学，包斩模拟上吊，一脚踩翻了凳子，差点儿死掉。幸好被画龙及时发现，苏眉立即做人工呼吸，救醒了包斩。苏眉想，自己可能夺走了包斩的初吻……

晚自习后，校园里的学生渐渐散尽，"土肥圆"突然跑到警务车里报案。

"土肥圆"惊慌失措地说：校园里有色狼，他摸我，亲我，我的初吻没了，还抠我。那个畜生，他硬了，我觉得有个很粗很硬的棍子顶着我。

苏眉问道：那色狼长什么样。

"土肥圆"说：是个搬砖大叔，是学校附近工地上的。

包斩说：你还能认出那人吗？

"土肥圆"点点头，包斩和苏眉又叫来几位民警，在"土肥圆"的指认下，大家在工地上找到了这名搬砖大叔，民警当场将其逮捕。

搬砖大叔辩解道：我干啥了？

"土肥圆"说：你摸我。

搬砖大叔说：小妮，是你让我摸的。

搬砖大叔和"土肥圆"的说法有些不一致。

学校有一片施工工地，"土肥圆"声称，晚自习后，她偶然看到搬砖大叔猥亵一个小女生，她就跑过来解救，小女生趁机逃跑，搬砖大叔就把魔掌伸向了她。

搬砖大叔说：这些学生可坏了，他们偷工地上的铁扣件，以前逮住过两个男生，今天又有个女生来工地上偷东西。

经过分别审讯，包斩和苏眉搞清了事实。

搬砖大叔怀疑一个小女生来工地上偷东西，就质问她，把她推倒了，恰好被"土肥圆"看到。"土肥圆"以为搬砖大叔要强奸小女生，就跑了过来，小女生趁机跑掉了。

"土肥圆"并没有离开，而是向搬砖大叔走了过去，她当时的心肯定怦怦直跳，觉得搬砖大叔会非礼她，也许，她内心里一直渴望着色狼的出现。

她径直走到搬砖大叔面前，假装要晕倒，一副娇弱无力的样子，她说道：抱住我。

搬砖大叔四下张望，眼神有些惊慌，"土肥圆"快要倒下的时候，搬砖大叔抱住了她，一连声问道：咋了，你这个小妮？

"土肥圆"说：摸我。

搬砖大叔犹豫了一下，心中狂喜，伸出手在她背上抚摸了几下，看她没有抵抗，就把手滑向了她的裤裆处。"土肥圆"穿着牛仔短裤、黑丝袜、白色运动鞋，搬砖大叔的手伸不进去，就在她丝袜大腿上胡乱摸着，同时激动地吻住了她。

"土肥圆"转头避开，提示说：抠我。

搬砖大叔问道：啥？

"土肥圆"娇喘着说：抠我下面。

搬砖大叔愣了一下，心里有些害怕，转身走开了。

"土肥圆"不知道是出于气愤还是别的什么心理，一跺脚，就去报了案。

苏眉说：我觉得，这位大叔有点儿冤。

一个民警说：反正他摸了，先带回局里去吧，要是没什么大事就批评教育一下再放了。

包斩说：我奇怪的是，那名小女生是谁，晚自习放学后独自来工地上干什么？

第四十三章
鲜血被子

"土肥圆"描述,那名小女生个子很矮,应该是初一的学生。

包斩和苏眉立即展开走访,根据衣着和体貌特征,很快查到这名女生叫小萱妹,只有12岁,奇怪的是放学后并没有回宿舍,而是去了工地。根据她的室友反映,几天来,小萱妹都魂不守舍,非常可疑。

其中一位室友是小萱妹的闺蜜,俩人一起长大,一起进入这所寄宿初中。

闺蜜说:小萱妹是杀人犯!

苏眉说:不是吧,她只有12岁。

闺蜜说:你自己看。

闺蜜掀开小萱妹床铺上的被子,被子和床单上都有血迹,已经干涸了,呈现一片淡红色。

这时，大家回头，小萱妹不知道什么时候回到了寝室，已经听到了闺蜜说的话。

包斩和苏眉把其他人支走，寝室里只留下小萱妹。

苏眉问她被子上的血是怎么回事。

小萱妹嘴一撇，突然哭了，她说：我只告诉你一个人，好吗，姐姐？

苏眉向包斩使眼色，包斩知趣地离开寝室，关上门，躲在门外偷听。

小萱妹穿着一件有卡通图案的连衣裙，眼如秋水，肌肤似雪，这个漂亮的小女孩只有12岁，她不戴胸罩，里面穿着小背心，奇怪的是下身却穿着一件秋裤，显得不伦不类。她告诉苏眉，自己流血了，已经流了好几天了。

苏眉明白了什么，说道：你是第一次来大姨妈吧？

小萱妹的眼睛蓄满泪水，疑惑地说道：我没有大姨妈。

苏眉笑起来，耐心地告诉她，每个女人都会来月经，流血几天是正常的。随后，苏眉教她怎么把卫生巾贴到内裤上。小萱妹摊手，说自己没有内裤穿了。因为内裤上有血，她悄悄扔掉了。这名小女孩第一次来例假，很害怕，不敢告诉任何人，连续几天都盖着带血的被子，换了几条内裤都被血染红了，她不好意思把血内裤扔到学校的垃圾桶里，就扔到了工地上。

苏眉说：那个搬砖大叔没有欺负你吧？

小萱妹摇摇头说：我没有偷铁，那大叔把我推倒了。

苏眉问：那你是怎么说的呢？

小萱妹说：好痛哦！

苏眉把包斩叫进来，对他说道：哎呀，这小妹妹纯死了，太纯洁了，被怪叔叔推倒在地，这小女孩只是说好痛啊，而不是问干什么。

包斩叹息说：这么小的孩子就住校。

小学生都是父母接送，衣来伸手饭来张口，进入寄宿初中后，离开家，突然一下子要独立生活。自己洗衣服，每天6点起床，晚上失眠，上课时发呆，想象着电风扇会掉下来，斩掉同学的脑袋。每天都度日如年，盼着周末回家，无聊时，掏出小手机看一下时间，然后解锁，翻动几页功能表，又锁屏放回兜里。

女生宿舍里的矛盾比女生的头发都多，而且似乎永远没有解决的办法。

每个女孩都记得第一次来大姨妈的时候，多么无助、惊慌、难以启齿。

小萱妹眼圈一红，低下头又哭了，很心酸地提起自己的闺蜜：她说我是杀人犯。

苏眉弯下腰说：姐姐相信你。

小萱妹委屈地说：其实有的时候我好讨厌她。

苏眉握住她的手说：为什么呢，小女孩？

小萱妹说：她会在我背后说我坏话，然后，以为我什么都不知道扭头又来和我玩儿。

苏眉捏捏她的小脸蛋说：你这小女孩，可爱死了，纯死了。

小萱妹说：我的闺蜜，不爱我，可是……

苏眉问道：可是什么呢？

小萱妹说：可是，我还爱她，还想和她玩儿。

苏眉摸摸小萱妹的头，说：那你就告诉她，你还爱她，你喜欢和她玩儿，是她误解了你，如果她还不理你，你就换个人做好姐妹。

包斩说：如果有人欺负你，你就去警务车里找我们。

包斩和苏眉回到警务车时，画龙已经喝得醉醺醺地回来了。苏眉说起小萱妹扔内裤的事，画龙哈哈大笑，问起苏眉第一次来例假是怎么处理的。苏眉说声讨厌，矜持了一下，随即滔滔不绝地讲起自己初潮时如何淡定，感觉自己长大了，很兴奋，去偷妈妈的卫生巾。

包斩一直在思考，他想起了什么，猛然说道：两个学生曾经盗窃过工地上的铁扣件。

苏眉说：这和咱们的案子有关吗？

包斩说：咱们的侦破方向一直围绕着情杀，我觉得不对劲儿。

画龙说：小包，我也觉得咱们该换个方向，按照谋财害命的杀人动机查起。

包斩赶到公安局，那名搬砖大叔已经被警方教育一顿放走了，包斩又回到学校的工地，详细询问，可惜搬砖大叔想不起两个学生小偷的名字，就连长相都无法说清。包斩到学校保安科调查，保卫科长查询处理记录，终于找到了两名盗窃工地铁扣件的学生的名字。

他们正好是死者李聪昊的室友：乐乐和程贝扬。

乐乐和程贝扬从睡梦中被叫醒，画龙用一副手铐将两个人铐上，他们一脸惊慌，不知所措。宿舍里的陈沧海也被惊醒了，大声嚷嚷起来，画龙警告他别动，留下一名民警讯问陈沧海，乐乐和程贝扬被带走了。

经过审问，乐乐和程贝扬坦诚了盗窃一事，但是声明他们是盗窃未遂。

几个月前，乐乐和程贝扬想买iPhone 4手机，但是没钱，他们就想盗窃工地上的铁扣件卖钱。可是刚搬起装有铁扣件的袋子，就被工地上的农民工抓获了。盗窃前，他们有过这样一段对话：

乐乐说：偷铁，偷到何年何月才能买得起iPhone 4手机呀。

程贝扬说：不偷铁，咱只能卖肾了。

乐乐说：要不就找李聪昊借钱吧，反正他不差钱，他玩游戏都花了不少钱了。

程贝扬说：我可不好意思张口，上次借他的钱都没还呢。

乐乐说：实在不行，我和家里要钱，撒谎呗。

程贝扬说：咱们偷点儿铁，换点儿钱，再找家里要点儿，买一部手机，轮流用。

乐乐说：对，我的就是你的。

乐乐和程贝扬的嫌疑上升到首位，警方将他们俩暂时关押。李聪昊被杀当晚，他们俩声称自己在宿舍睡觉，但是没有人能够证实，两个人有可能因为勒索钱财，或者绑架受害人未果，将其杀害灭口。

包斩、画龙、苏眉三人连续审问了一夜，两个人口风甚紧，始终没有露出马脚。

梁教授也看了一下审讯笔录，他点点头，又摇了摇头。

第二天，苏眉隐隐约约觉得这两名男生可能是同性恋，经过审讯攻坚，俩人承认了这点。他们平时掩饰得很好，就连室友陈沧海都没有发现，学校里的其他学生也不知道他们的这个秘密。

画龙说：这么小的孩子，初三男生，竟然搞同性恋？

苏眉说：GAY（男同性恋）吧，还有拉拉（女同性恋）吧，都是90后少年，18岁以下的GAY和拉拉非常多。

包斩说：校草李聪昊会不会也是同性恋，他们三人因为争风吃醋……不对啊，李聪昊和校花发生过关系。

苏眉说：这个需要咱们进一步调查，李聪昊也许是双性恋呢！

第三天，职业中专和实验中学两所学校开始流传凶手已经落网的消息，乐乐和程贝扬被警方拘捕，两天没来上课，使学生们更加相信他们杀死了李聪昊。

晚自习放学后，职业中专学校里，又一起人命案发生了……

第四十四章
厕所上吊

女生宿舍楼夜里熄灯后，一个女生拉肚子上厕所。当晚停水，水龙头没有拧紧，突然来水了，哗哗的流水声吓了那女生一跳。女生擦完屁股，站起来，眼角的余光看到另一个厕所隔间里站着个白裙女人。

女生转过头，终于看清楚了，那白裙女人吊死在厕所水箱的支撑架上，身体轻轻晃动着，舌头吐出，耷拉老长，还睁着眼睛，一副死不瞑目的样子。

从此以后，这名女生每次上厕所都会看一眼墙角的水箱，担心那里吊着一个白裙女人。

死者是校花白冰娅！

接到报警后，女生宿舍楼厕所被警方封锁。梁教授亲自指挥现场勘验，为了避免错失良机，他决定就在女生厕所现场验尸，进行初步尸检，校方提供了照明设备,梁副局长立即展开外围调查,走访与死者接触的每一个人。

据死者的同学反映,白冰娅有自杀倾向。

白冰娅死得很蹊跷,死亡当天,她和同学逛街,遇到一个摆摊儿算卦的瞎子,瞎子说她最近要小心一些,因为有不干净的东西跟着她。

白冰娅临近毕业,但是没找到满意的工作,再加上男友遇害,她整天郁郁寡欢,心情灰暗。同学觉得她有自杀倾向,所以陪她逛街散心。

据说每个想自杀的人,都有个鬼跟在身后。

白冰娅听到算命瞎子的话,反倒笑了,她说:我本来想自杀的,现在不想了,谢谢你。

结果,她当天晚上就吊死在厕所里,悬吊绳索是她的丝袜。

梁教授召集该市公安系统所有法医,进行联合尸检。他向法医说道:你们必须在第一时间弄清死者是否为自杀,先检查尸体表面是否有不明来源的伤痕,头、脚离绳索处及地面距离各多少,有无大小便失禁现象。尸检解剖是重点,死者颈部的解剖是重中之重。分层解剖颈部皮下、浅层及深层肌肉,检查有无损伤和出血。注意检查甲状软骨板及上角、舌骨大角、环状软骨等有无骨折,观察颈总动脉内膜有无横裂。舌、咽喉和食道的检查,还有肺部的检查也至关重要,尽快写一份完整详细的尸检报告。

一名法医说道:您以前肯定做过法医,我们还是第一次在厕所进行验尸。

梁教授说:少拍马屁,我只给你们半小时。

另一名法医说道:啊,半小时,我们很难作出准确的结论。

梁教授说:我现在只要一个结论,她是自杀还是他杀。

画龙、包斩、苏眉三人也赶来了,尸体已经取下,放置在厕所中间一个临时解剖台上。三人对校花白冰娅的死亡都感到意外。

画龙说：哎，小包，这是你第一次进女厕所吧。

包斩说：画龙大哥，你还有心情开玩笑。

苏眉说：梁叔，咱们特案组为什么要一分为二呢？咱们还是合伙吧，你看，我都感冒了。

梁教授说：小眉，你不要装可怜，我相信你们三个比我强，咱们共享线索，看谁先找到凶手。

包斩查看了一下悬吊现场，丝袜悬吊在水箱的支撑架上，女生厕所为沟槽式，相隔成十个蹲位，水箱在第一个厕所蹲位的上方，已经有些生锈。这种沟槽式厕所常常冲不干净，排泄物和便纸堆积在尾部。

一名法医脱下了校花白冰娅的衣物，他对梁教授说：死者衣着整齐，无搏斗伤及挣扎伤。

包斩看了一下白冰娅的鞋子，鞋跟处没有剧烈蹬踏造成的磨损痕迹，如果是他杀，死者临死前必然挣扎。

特案组四人有些失望，从直觉上判断，他们认为这是一起凶杀案件。

另一名法医汇报说：尸体表面没有凶器损伤痕迹。

苏眉咳嗽了几下，捂着胸说道：难道真的是自杀？

梁教授拿起死者白冰娅的裙子仔细检查，白裙子很干净，上面没有泥土，裙子只有几处细小的污渍，梁教授叹了口气，颇显失望。死者的衣服这么干净，不太符合凶杀的特征。死者脚尖距离地面有一段距离，悬空吊着，包斩简单模拟了一下，如果是自杀，死者可能是踩着厕所的隔离墙，将头伸进丝袜绳套里，但是警方没有在厕所隔离墙上提取到死者的鞋印。不过，如果死者去意坚决，两手抓着绳套，引体向上，也能将头伸进绳套之中。

外围调查传来消息，梁副局长说，死亡当晚，白冰娅没有上晚自习，去向不明。"土肥圆"也没有上晚自习,她对警方声称自己在逛街,想去书店买几本胎教的书,但是没有人能证明。

女生宿舍的楼门早就损坏,而且,楼道口堆放着一些建材。学校把靠街的围墙拆除了,要建成商品门市房,每年的租金也是一笔可观的收入。一些建材就堆在楼道口,任何人都可以出入,宿舍安全无法保障。

很多女生宿舍都发生过大案。

2010年8月,晋北某地一所医学院,两个蒙面歹徒夜里蹿进一间女生宿舍,持刀把八个女学生控制住,先是猥亵,然后挑出一个漂亮女生强行轮奸,最后将八名女生杀害、焚尸。

2011年6月,广东汕尾出现一雨衣色魔,此人裸体穿雨衣骑行在村巷,夜间闯入受害人屋内,采用威胁、捂嘴、掐脖子等手段,抱起女性受害人,一丝不挂走进雨中,寻找一个合适的强奸地点。一名警官说"他就是骑着破自行车,不穿衣服,披着雨衣去作案"。作案数起后被警方在一所高校女生宿舍抓获。

特案组情绪沮丧,种种迹象都指向自杀,只能等待法医的联合尸检报告。如果白冰娅死于他杀,两起案件并案侦查,警方能够掌握更多的线索,更容易锁定真凶,一举破获此案。

苏眉咳嗽得厉害,梁教授摸了一下苏眉的额头,有些发烫。

梁教授说:小眉,你立刻去医院,你发高烧呢。

包斩说:小眉姐感冒好几天了,我买药她也不吃,劝她去医院打针也不去。

画龙也摸了一下苏眉的额头,非常烫手,起码高烧39℃。苏眉嘟囔说:我不打针,不打针,我没事。画龙问了一下别人,打听到附近的医院,强行抓住她的手腕，然后将苏眉拽走了。去医院的路上，行人寥寥，夜色苍茫，画龙紧紧拽着苏眉的手。

苏眉调皮地踩着地上的水洼，故意把水溅到画龙身上。

走过一个广场时，有个卖花女孩以为画龙和苏眉是情侣，上前推销玫瑰花。

画龙买了一束玫瑰花，说道：小眉，你要乖，发烧不打针怎么行。

苏眉噘嘴说：我不要。

画龙说：那我扔垃圾箱里，你是病人嘛，给病人送花是应该的。

苏眉接过花，笑吟吟地问道：玫瑰叫什么名字？

一阵晚风吹来，苏眉冷得发抖，弯腰剧烈地咳嗽起来，站起身，有些头晕目眩，画龙抱住了她。苏眉娇弱无力，两只手搂住画龙的脖子。他们拥抱在一起，长发飘飘如同情丝缠绕，两个人的心怦怦直跳，爱情的芬芳居住在层层叠叠的玫瑰花瓣之间，就连晚风都变得香甜。苏眉闭上眼睛，将头靠在画龙的肩头，她的手里拿着一束玫瑰花。

画龙陪着苏眉在医院输液的时候，包斩打来电话，告诉了一个消息：白冰娅死于他杀！

法医通过尸体解剖，判断死者颈部皮下血痕不符合丝袜所致，脖子表面勒痕是死后形成的，数名法医联合作出权威的尸检结果：死者白冰娅系生前被人勒颈致窒息死亡，尸体悬吊系他杀后伪造的自杀现场。

画龙在电话里大声地问：是掐死的，还是用手臂勒脖子勒死的？

包斩说：这个还需要法医进一步鉴定，现在已经证实了是凶杀，不是自杀。

苏眉说：咱们的两名嫌疑人，乐乐和程贝扬一直被拘押着，不可能作案啊。

画龙说：如果乐乐和程贝扬是凶手，那么校花又是谁杀死的？

苏眉说：我觉得，校草和校花是同一伙人杀害的。

画龙说：凶手有三人以上，同伙杀害白冰娅，试图洗清乐乐和程贝扬的嫌疑。

苏眉说："土肥圆"会不会是凶手之一？我觉得这个女孩不正常。

画龙说：不好说，反正凶手已经露出了狐狸尾巴，我们距离破案不远啦。

两个人不说话了，病房里很安静，瓶子里的药液一滴一滴缓慢地滴落。画龙摸了摸苏眉的额头，已经退烧，不是很烫了。苏眉百无聊赖，拿出手机玩游戏，玩着玩着，突然想起什么，手机滑落在地上都没有捡起来，一副苦苦思索的样子。

画龙捡起手机，问道：小眉，怎么了？

苏眉突然拔下输液的针头，说道：快回去，我知道李聪昊是怎么死的了。

一夜过去了，苏眉带病工作，尽管憔悴不堪，但是精神振奋——她发现了凶杀动机。第二天早晨，特案组四人和梁副局长召开会议，两队全副武装的民警在门外等候抓捕命令。

梁教授说：我已经知道凶手的身份。

画龙说：梁叔，我们也知道凶手是谁了。

梁教授说：你们先说，凶手有几名？

包斩说：两个凶手。

苏眉说：凶手不是乐乐和程贝扬，也不是"土肥圆"。

梁教授说：咱们都把凶手的名字写下来。

梁教授和苏眉分别将凶手的名字写在纸上，拿起来一看，名字一样，俩人都笑了起来。

第四十五章
虚拟世界

两名凶手的名字是：陈沧海和坏姜。

画龙带领一队公安民警逮捕了陈沧海。

梁副局长率人抓捕了职业中专那名外号叫作坏姜的男生。

审讯分别进行，梁教授和梁副局长对坏姜进行预审；画龙、包斩、苏眉三人负责审讯陈沧海。坏姜一脸无辜，认为警方抓错了人，陈沧海有些惊慌，感到很意外。

李聪昊遇害后，警方在学校里作了大范围排查，每个学生都要提供自己不在案发现场的证明。李聪昊的室友陈沧海声称自己在网吧上网，有个叫坏姜的同学可以证明。警方当时也去网吧进行了核实，网吧老板提供了两人用身份证登记的上网记录。从表面上来看，李聪昊被杀害时，陈沧海和坏姜都在网吧上网，这使得警方将他们排除在嫌疑人名单之外。再加上学生众多，第一次排查和第二次排查的人数对不上，警方白白耗费了大量时间。

校花被人勒死，又移尸到女生厕所，伪造成上吊自杀的假象。

梁教授从白冰娅的裙子上找到了破案的突破口。死者白冰娅的裙子上沾染有几处细小的污渍，经过化验，发现这些都是菜渍，而且种类繁多。有同学证实，她是在晚饭后换上的新裙子。梁教授推测，裙子上的菜渍应该是凶手沾染上的。凶手穿着一件油腻腻的外衣，很可能是职业中专烹饪专业的学生。然而，老师说，按照规定，烹饪学生在炒菜时必须穿戴厨师衣帽，只是有的学生出于懒惰，连围裙也不系。这样就大大缩小了排查范围。梁教授安排警员，挨个儿询问。坏姜就是烹饪专业的学生，当天没有穿戴厨师衣帽，校花遇害时，他声称自己在网吧上网，陈沧海可以证实。

两名受害人遇害时，陈沧海和坏姜都在网吧上网，梁教授产生了怀疑。

通过调看网吧门口的监控录像，梁教授直接锁定了他们——监控录像显示，陈沧海和坏姜离开过网吧，但是他们的电脑都没有下线。

梁教授问道：这段时间，你们去了哪里？

坏姜回答：我们出去吃了点儿东西。

梁副局长问：吃的什么，在哪儿吃的，有谁能证明？

坏姜的头上开始冒汗，结结巴巴地说：吃的烤羊肉串，喝了几瓶啤酒。

梁副局长拍桌道：还敢撒谎，你嘴里根本就没酒味，我去找个酒精测试仪，你吹一下，就像交警测试醉驾一样，你喝没喝酒，立刻就能知道。还有，烤羊肉串的摊子在哪？

坏姜战战兢兢，低头不语。

梁教授说：我猜，你是帮凶，对不对？陈沧海勒死的白冰娅，而你当时是紧紧抱住她，所以，你衣服上的菜渍沾到了她裙子上。

另一个审讯室里，画龙、包斩、苏眉三人正在审问陈沧海。

陈沧海态度顽强，回答问题谨慎，还质问警方为什么乱抓人，情绪有些激动。画龙三人冷冷地看着他表演，琢磨着怎么突破他的心理防线。

陈沧海问道：你们觉得我杀了人，有证据吗？

包斩说道：没有证据，我们怎么会把你抓来。

画龙威胁道：你最好老实点儿，这样能少吃苦头。

陈沧海说：还有，我为什么要杀人？

苏眉说：你玩网络游戏吧？

陈沧海犹豫了一下，说道：很少玩游戏，我上网都是看电影、听歌。

苏眉说：李聪昊和你玩的同一个游戏吧。乐乐和程贝扬说起过，李聪昊玩游戏花了不少钱了。

陈沧海面色惊慌，不知怎么回答，看来苏眉击中了他的软肋。

苏眉紧追不舍，问道：李聪昊那些值钱的游戏装备哪儿去了？

陈沧海面色惨白，一连声回答：不知道……我怎么会知道，我不知道。

包斩说：我们有证据，只是，这证据不是现实世界的东西。

梁教授和梁副局长都是精明干练的老警察，审讯经验丰富，坏姜最先交代了犯罪过程。几天后，陈沧海也顶不住心理压力供述了自己的罪行。

这是一起抢劫杀人案！

只是，他们抢劫的不是现实生活里存在的东西，而是网络游戏中的衣服、首饰、武器、骑宠等装备。

网络游戏里的生活可以视为虚拟世界。

这是一个虚无缥缈的空间，有多少孩子沉迷其中，荒废了学业，甚至不惜行凶杀人，血淋淋的真实案例举不胜举。15岁的少年袁闻为买游戏装备去行窃，被发现后虐杀5岁男童。16岁少女小倩痴迷网游，沦为卖淫女，因为游戏纠纷，喊人砍死玩家。20岁青年谢某为筹钱玩游戏，锤杀了自己的爷爷奶奶。

在网上，有一段广为流传的QQ聊天记录，可以看出，这是一对恋爱了两年的情侣：

狗剩子16:42:02

是我对不起你，耽误了你两年的青春。

狗剩子16:43:06

其实，那时候游戏迟迟不更新，我也没玩儿下去的意思，才追你和你交往的。现在开始更新了，我想回去玩儿，别人都满级了，我还没玩儿呢。

狗剩子16:45:57

对不起你，我辜负了你。

狗剩子16:46:04

原谅我未完成的承诺。

可口可乐16:46:32

一个游戏难道比我还重要吗？

狗剩子16:46:35

对不起。

可口可乐16:46:45

我想知道为什么？

狗剩子16:46:54

对不起，为了部落。

在天涯社区，一个网友这样写道：

我读初三的时候，特别喜欢玩网游，由于旷课太多，老师把我妈叫到学校，然后老师对我妈说网络游戏的危害，希望我迷途知返。我妈是农村妇女，根本听不懂什么是网游，说到游戏中的装备，我妈就问我，那些装备是不是都放在宿舍里了，我先拿回家，你在这儿好好儿读书……当时我就不争气地哭了，现在码字的时候也哭了。

陈沧海和坏姜因为抢劫游戏装备而杀人，他们准备了匕首、塑料薄膜、胶带等作案工具。陈沧海将室友李聪昊骗至教学楼顶，暴力胁迫他交出游戏账号和密码。坏姜去网吧验证密码真假，陈沧海守候在楼顶。为了防止李聪昊抵抗，两人用塑料薄膜将其密密缠绕，然后搬到一张桌子上，陈沧海又将李聪昊的长发绑在篮球架上，用胶带固定。坏姜从网吧验证完密码，俩人用剩余的塑料薄膜包裹李聪昊的脑袋，在外面缠上胶带，看着李聪昊窒息死亡后，俩人最后抽去了他身下的桌子。

尸体吊在教学楼顶的杂物堆里慢慢腐烂，那些天里，陈沧海和坏姜疯狂地玩着游戏。

案发后，他们躲过了警方的排查，乐乐和程贝扬被抓走，特案组把"土肥圆"列为重点调查对象，这些都使用他们兴奋异常，认为自己策划的凶杀天衣无缝，不会败露。

可是，有一天，两个人就像见了鬼似的，大惊失色，他们杀死的人竟然又出现了。

李聪昊的游戏角色突然出现在游戏里，两个人觉得万分恐怖，后又感到好奇。李聪昊在游戏公共频道里询问自己的装备哪儿去了。陈沧海和坏姜有些害怕，两个人正想下线的时候，李聪昊给陈沧海发来一句话：在吗？

陈沧海问道：你是谁？

李聪昊说：不是本人，我是他女朋友。

陈沧海说：哦，我有事得下了。

李聪昊说：等等，你先别走，陈沧海，我有事问你。

陈沧海说：你怎么知道我是陈沧海。

李聪昊说：他以前带我来网吧玩过游戏，告诉过我游戏密码，我见你们一起练过级。

陈沧海说：我有急事。

李聪昊说：你知道他身上的装备哪儿去了吗？

陈沧海说：这个……不知道啊。

李聪昊说：你要不说，我就让警察帮忙找，

陈沧海说：……

李聪昊说：他和我说这些装备值十几万呢。

陈沧海说：哪有这么多，现在都贬值了，好吧，我告诉你，他让我帮他卖装备，现在他死了，我也不知道把钱给谁，你身边就你自己吗，还有人知道你上这个账号吗？

李聪昊说：卖了多少钱？就我自己。

陈沧海说：卖了不到十万，我没想要这钱，你知道，他死了，我也没想独吞。

李聪昊说：我是他女朋友，这钱该归我，至少分一半给我，你要不分钱给我，我就告诉聪昊的家人，人家也会来找你要钱的，你一分也得不到，还不如给我一半呢。

陈沧海说：好吧，我分给你五万，这事你谁也别告诉，要不他家里会把钱要回去的。

李聪昊说：你放心，我不和任何人说，你把钱打到我银联卡的账号上。

陈沧海说：那不行，万一你是冒充的呢，我得把钱当面交给你。

李聪昊死后，白冰娅登录了他的游戏账号，这个贪钱的女孩想要悄悄卖掉游戏装备，结果发现装备不见了，就在游戏中问起陈沧海，陈沧海谎称分钱给她，约好晚自习放学后在女生宿舍楼顶见面。

校园里流传凶手已经落网的消息，学生们认为被警察抓走的乐乐和程贝扬就是凶手。所以，白冰娅放松了警惕，再加上她与陈沧海接触过几次，不算陌生，陈沧海又装作无奈分钱给她，使她更加深信不疑。

陈沧海和坏姜担心事情败露，一不做二不休，在宿舍楼顶将白冰娅勒死。

等到宿舍楼熄灯之后，女生都睡了，两个人将尸体抬到厕所里，吊在水箱支撑架上，伪造了自杀的假象。无论是杀人还是抬着尸体经过女生宿舍的走廊，整个过程他们丝毫没有感到恐怖，陈沧海表现得很冷静，坏姜嬉皮笑脸地说：我得抱抱她，她是校花呢。

白冰娅悬空吊着，坏姜身材矮小，就像爬树一样爬到女尸的身上，双腿紧紧夹着她的腰，兴奋地磨蹭了几下，在空中达到了高潮。

陈沧海说：她要是不贪财，不向我要钱，而是直接报警，她也死不了。

画龙说：你们杀人灭口，你们能跑得了吗？

陈沧海说：唉，收不住手了。

苏眉说：从杀死白冰娅，到抓住你们，只用了一夜。

包斩说："土肥圆"怀孕了，不知道学校会怎么处理她。

特案组查看了"土肥圆"的QQ空间，里面有一段文字：

我的空间说说和日志，每一句话，每一个字，每一个标点，都是为你而写，可是你从来不看，我每天无数次地打开自己的空间，多么想看到访客记录中的你，可是，你没有来。

你听到我空间里的歌曲了吗？那么悲伤，那么无奈。

你只爱美丽的容颜,你的风花雪月转瞬即逝,你没有看见吗?我站在风里,站在雨里,站在雪地上,等候了你很久很久。

你不会懂我第一次见你时的感受,就那一眼,我的目光就再没能离开过。我遥望你的背影无数次,那个站在你背后咧嘴花痴般笑的人是我,那个抱着娃娃睡觉的傻女孩是我,那个为了你而努力减肥的人是我。

你参加学校运动会的长跑,我买了两个雪糕站在赛道边等你,雪糕要化了,为什么你还没有向我跑来,我也快化掉了,一切还来得及吗?

每当下雨,每当我打伞,都会想起你。我的眼睛为你下着雨,心却为你打着伞。

你知道吗,我减肥不是让自己漂亮,而是为了让你爱上我。

为了减肥,我每天就吃一点点水果。每当我有虚脱感时我就告诉自己,你喜欢苗条的女生,只要我再瘦几斤,就会变成瓜子脸。等我变得漂亮的时候,我可以做你的朋友吗?我可以给你打电话吗?我只是想让你多看我一眼,哪怕只有一眼……

我空空如也的无名指永远在等待你的戒指。

(全书完)

图书在版编目（CIP）数据

罪全书.3/蜘蛛著.—贵阳：贵州人民出版社，2020.3

ISBN 978-7-221-15805-5

Ⅰ.①罪… Ⅱ.①蜘… Ⅲ.①长篇小说—中国—当代 Ⅳ.①I247.5

中国版本图书馆CIP数据核字（2019）第282662号

上架建议：畅销·长篇小说

罪全书 3

蜘蛛 著

责任编辑：	胡 洋 潘 乐
出 版：	贵州人民出版社
	（贵州省贵阳市观山湖区会展东路SOHO办公区A座　邮编：550081）
印 刷：	三河市兴博印务有限公司
开 本：	880mm×1270mm　1/16
字 数：	285千字
印 张：	21
版 次：	2020年3月第1版　2020年3月第1次印刷
书 号：	ISBN 978-7-221-15805-5
定 价：	49.80元